L'ABBÉ F-X. PERROT
CURÉ DE PASSAVANT - LA ROCHÈRE

I0562589

# JÉRUSALEM

## ALLER

## ET RETOUR

IMPRIMERIE P. JACQUIN
BESANÇON

# JÉRUSALEM

## ALLER ET RETOUR

L'Abbé F.-X. PERROT

# Jérusalem

## Aller & retour

BESANÇON

IMPRIMERIE DE PAUL JACQUIN

1897

Permis d'imprimer.

P. DE BEAUSÉJOUR, *vic. gén.*

Besançon, le 8 octobre 1897.

# XIVᵉ PÈLERINAGE NATIONAL

*7 décembre 1894 — 18 janvier 1895*

# JÉRUSALEM

## ALLER ET RETOUR

## PRÉFACE EN DIX LIGNES

Après l'avoir ardemment et longtemps dé-
siré, j'ai vu la Terre sainte et le nord de
l'Egypte, l'hiver dernier. Voici mes notes.

Pauvres petites notes que j'ai prises au courant du voyage, çà et là, sur le pont du navire,
sous la tente, à cheval, à âne, dans les couvents,
dans les hôtels, en bateau sur le Nil, et même à
dos de chameau. Je les appuie simplement de
quelques observations faites par d'autres voyageurs, et je les livre sans prétention au public
qu'intéressent les Saints Lieux.

Mon but, ou, si vous voulez, mon ambition,
serait, en racontant, d'instruire et d'édifier.

1

# I.

## LE DÉPART

~~~~~~~~

Quels hommes que ces Pères de l'Assomption !

Ils fondent un journal et plantent vaillamment la croix à son sommet. On crie au scandale, à la folie.

Vaines clameurs ! Ce journal sera bientôt le plus lu de France.

L'idée leur vient de précipiter sur Lourdes, en un tourbillon de vapeur, les trains par dizaines, et tout un convoi de malades. Aussitôt dit que fait ; et chaque année les voit verser quarante mille pèlerins devant les grottes Massabielle.

Mais Lourdes est en France. Il faut faire mieux et aller plus loin. Ils organisent donc le pèlerinage à Jérusalem, et, grâce à eux, moyennant une dépense modeste, les Français pourront reprendre le chemin du Sain-Sépulcre.

Nouveau succès !

*La quatorzième croisade dirigée par le Moine,*

*nouveau Pierre l'Ermite*, se préparait vers la fin de l'année 1894. Il s'agissait d'aller faire la Noël à Bethléem.

Je donnai mon nom, versai mon argent et fis mes préparatifs. Ah! par exemple, on en fait toujours trop de préparatifs, et c'est curieux de voir comme on s'encombre à plaisir d'inutiles colis, malles, sacs et valises. J'ai beaucoup admiré l'esprit pratique d'un pèlerin original qui avait emporté, pour tout bagage, quelques faux cols, une douzaine de faux poignets et deux savonnettes.

Une précaution qu'on peut toujours prendre avant le départ, c'est de faire son testament. J'ai fait le mien. Riez, si vous voulez. Quant à moi, je n'avais pas envie de rire en l'écrivant. Une pareille rédaction n'a rien de folâtre, et je savais qu'il est mort, à chaque voyage, au moins un pèlerin, le plus souvent un prêtre. Devais-je être la victime? Qui le savait?

Le 5 décembre de l'an de grâce 1894, au matin, par un temps tiède, je me trouvais donc à la gare de Viotte. Quand le train se fut ébranlé et que je vis Besançon fuir dans le lointain, je me sentis sérieusement triste. Je pleurai au fond de mon cœur, et je dis un adieu mélancolique à tous mes parents, à tous mes amis, aux maisons mêmes, aux champs et aux bois de mon pays.

Le lendemain j'étais à Marseille, en pleine Cannebière, mon bon. Les cochers du Midi sont intelligents. Ils virent tout de suite que je devais

être un pèlerin en quête du bateau, et ils se précipitèrent sur moi en tous sens, hurlant : *Au
Notre-Dame du Salut*, monsieur l'abbé !

Je pris une de ces voitures et fus bientôt sur
le quai du bassin, où nous attendait le bienheureux navire. Ce n'était pas le navire de la chanson : « *Il était un petit navire….* »

Le *Notre-Dame du Salut* est un superbe stea-
mer que je saluai avec enthousiasme. J'en fis
aussitôt une visite sommaire, et je jugeai de
suite qu'il ferait bon sur l'eau dans un pareil
bateau.

Le lendemain 7 décembre, tous les pèlerins se
trouvaient réunis, dès le matin, sur la colline où
règne, en un magnifique sanctuaire, Notre-Dame
de la Garde, qui protège sa bonne ville de Marseille, comme Notre-Dame de Fourvières protège sa bonne ville de Lyon. L'évêque de Marseille, vénérable vieillard, célébra le saint sacrifice, nous exhorta en de vibrantes paroles et
bénit nos croix. Nous devenions les croisés de
la Pénitence. En redescendant vers la ville, j'a-
vais sur la poitrine une de ces petites croix en
drap rouge, et j'en étais tout fier, songeant à
Pierre l'Ermite et aux preux des croisades. Après
midi, Monseigneur se retrouvait sur le bateau
magnifiquement pavoisé, et le bénissait encore.
Puis Sa Grandeur se retirait et toutes les bouches
poussaient le même cri : Vive Monseigneur !

Il est deux heures précises. Une foule nombreuse et sympathique s'est amoncelée sur le
quai. On largue en hâte les amarres; avec un

bruit infernal, on lève les ancres, le canon tonne, et lentement, majestueusement, nous partons.

L'émotion m'étreint le cœur. Je ne puis, comme les autres, répondre aux démonstrations de ceux qui sont venus saluer notre départ. Mais un incident se produit aussitôt, qui jette la note gaie au milieu de cette scène imposante. A trois reprises, des barques paraissent qui portent des retardataires! Les malheureux font des gestes désespérés. Je le comprends, manquer un bateau qui part à peine une fois chaque année est plus désagréable que manquer le train de huit heures quand on peut prendre celui de midi. Nous stoppons, et de petits vapeurs remorquent les traînards qu'on finit pas recueillir plus morts que vifs.

Dès lors, rien n'arrête plus notre marche. Le temps est calme, la mer est belle, les cœurs débordent de joie. Nous passons devant le rocher de Notre-Dame de la Garde, et le cantique à Marie, « étoile de la mer, » éclate aussitôt sur le pont :

*Ave, maris stella,*

. . . . . .

*Iter para tutum.*

## II.

## EN MER! EN MER!

~~~~~~

« Et le maître-pilote cria aux nautonniers :
Que les prêtres et les clercs viennent en avant.
Et quand ils furent venus, leur dit : Chantez,
de par Dieu. Et ils chantèrent, comme d'une
voix, *Veni, creator Spiritus*, jusqu'au bout. En
bref temps, le vent enfla les voiles et nous en-
leva si bien la vue de la terre que nous ne vîmes
plus que le ciel et l'eau, loin du pays où nous
étions nés. Par là, vous fais-je voir que celui-là
est bien fol hardi qui se ose mettre en tel péril
avec le bien d'autrui ou en péché mortel : car
là on s'endort le soir, et l'on ne sait si l'on ne
se trouvera pas au fond de la mer le matin. »

Ainsi raconte le sire de Joinville, partant
pour la croisade. Nouveaux croisés, nous étions
partis en même manière que nos aînés.

Vers six heures, le soleil descendait rapidement derrière un voile épais de brumes pour
se noyer bientôt dans les flots. Entre temps, les
pèlerins de même pays s'étaient rapprochés et
liaient intime connaissance. La Franche-Comté,

hélas ! n'était représentée que par un curé,
deux vicaires et l'adjoint d'un petit village.
« Ils étaient quatre.... ! » Le curé, l'abbé Ricard,
homme d'une politesse exquise et d'une grande
piété, dès le premier jour édifiera et charmera
tout le pèlerinage. Un des vicaires, l'abbé Dondal, très haut, assez mince, riant largement et
à grand fracas, toujours de bonne humeur,
fera passer le département du Doubs pour un
pays de joyeux compagnons, réputation qu'il
n'avait guère. M. Dugourd, l'adjoint, a heureusement laissé sa gravité professionnelle au village, et se montre très aimable camarade. Note
particulière : n'a pas son pareil pour servir la
messe et griller les cigarettes. Quant à l'autre
vicaire, c'était votre serviteur. Je ne le qualifie-
rai pas. Selon un mot célèbre : « Il pense de
lui-même trop de bien pour en dire du mal,
et trop de mal pour en dire du bien. »

Ding-ding ! ding-ding ! C'est la lente clo-
chette du maître d'hôtel qui se promène, en
nasillant, sur le pont. A table ! Nous descendons par les escaliers, qui à l'arrière, les grands
seigneurs ; qui au milieu, les bourgeois ; qui à
l'avant, le populo. Je suis du populo. Le réfectoire où je prends place est très grand et la
nourriture qu'on y sert.... mangeable. Vous
avez là, deux fois par jour, des menus qui eussent fait les délices d'un Spartiate autrefois, et
qui réjouiraient encore un trappiste aujour-
d'hui. On est pèlerin de pénitence ou on ne
l'est pas, que diable ! Du reste, la mer est très

calme. J'ai cette illusion, à certains moments,
de me croire sur terre, tant nous semblons immobiles; n'était le lecteur absent, il me semblerait être assis à une table de petit séminaire.

Le repas terminé, nous remontons sur le
pont, et je passe une soirée dont je garderai un
souvenir éternel. Je m'assis sur le bastingage,
en compagnie de quelques pèlerins. Une brise
tiède nous caressait le visage; en haut, un ciel
d'été d'où la lune épandait une douce lumière;
en bas, la chanson harmonieuse des vagues qui
s'en venaient mourir, en clapotant, sur les flancs
du navire. Je ne pouvais me décider à gagner
ma cabine. Il le fallut bien quand je me vis à
peu près seul sur le pont. Grand Dieu ! une
cabine ! Imaginez-vous une chambre carrée,
grande comme un mouchoir de poche. Sur
trois côtés, placez deux étages de rayons, et
sur le quatrième, un lavabo quelconque. Sur
les rayons, disposez des matelas épais comme
la main : vous avez une cabine. La mienne
pouvait contenir dix personnes : quatre à
droite, quatre à gauche et deux au fond. Le
tout éclairé de nuit par une lampe électri-
que, et de jour, par une lucarne que les marins
appellent *hublot* quand elle est ronde, et *sabord*
quand elle est carrée. Il faut vous dire que notre
hublot ne servait à rien, se trouvant le plus
souvent au-dessous de la ligne de flottaison. Il
arriva un soir, qu'un camarade de cabine voulut changer l'air, en ouvrant la lucarne. Mal
lui en prit. Une vague se leva soudain et s'en

vint, par cette ouverture, inonder deux lits et le plancher. J'en ris encore quand j'y pense.

Se mettre au lit est une opération qui paraît en général facile. Dans la cabine, c'est une autre affaire. Les cinq pèlerins qui couchaient sur les rayons du premier étage durent exécuter, pour gagner leurs couchettes, une gymnastique des plus réjouissantes. Ce ne fut guère qu'après plusieurs essais qu'ils « attrapèrent le coup. » Grâce au roulis, on ne met pas tant de façon pour descendre. Si vous n'aviez pas la précaution, les nuits orageuses, de vous ficeler sur votre lit comme on ficelle un enfant au berceau, vous étiez bientôt projeté à terre. Une dame que le roulis avait ainsi descendue présentait, le lendemain, une figure noire de blessures. Quant aux locataires du rez-de-chaussée, ils se couchaient avec moins de peine ; mais voyez l'ennui. Ils avaient pour ciel-de-lit, à quarante centimètres du nez, la paillasse d'un camarade qui, en se levant le matin, leur posait le pied sur la figure, faute d'échelle pour descendre de son rayon. En présence d'une pareille chambre à coucher, un pèlerin de ma connaissance se sentit pris d'une telle détresse qu'il se mit au lit avec ses lunettes.

Eh bien ! dans ces lapinières, on dort tout de même. J'y passai une excellente première nuit. Dès le lendemain, j'aimais notre maison flottante et la visitais de fond en comble. Superbe, le vapeur des pèlerins, le *Notre-Dame du Salut !* Il revient pour la troisième fois de Madagascar, et lors de son premier départ, un délégué de la marine écrivait de lui : « Tous les bateaux pour le transport des troupes devraient ressembler à celui-là. Nos petits soldats vont être ici comme des rentiers dans leurs meubles ; ils arriveront gaillards pour la chasse à Madagascar. L'année prochaine, je permettrai volontiers à ma femme et à mes enfants de faire le pèlerinage de Jérusalem ; avec une pareille installation, il n'y a rien à craindre. »

Que de choses sur le pont, du gaillard d'avant au gaillard d'arrière où flotte le drapeau national ! J'y trouve la chapelle, fort jolie avec sa décoration or et blanc. Je me heurte à deux mâts gigantesques, hauts comme les sapins de nos montagnes, et d'où pendent, secoués par les vents, échelles, vergues et cordages. Au pied sont plantées deux croix en chêne monumentales, qui reviendront en France avec nous. Tout près sont suspendus les canots de sauvetage, et se dresse la cheminée, énorme, luisante, illustrée d'une croix de Jérusalem peinte en rouge, qui s'aperçoit de très loin. Tout autour sont les prises d'air, cheminées plus petites et mobiles ; on les tourne du côté d'où vient le vent, qui s'engouffre et descend jusqu'au fond du navire. Je me promène et je vois la boulangerie, la cuisine, la forge, l'infirmerie, les cabines des officiers et du médecin, trois bœufs, des moutons, des lapins, des pigeons, des canards, des poules et des poulets, qui chantent le matin, comme à la ferme. J'oubliais notre petit canon, les deux

machines à air comprimé, les tourelles à fanaux,
la passerelle de l'officier de quart, la tente des
malades, plusieurs magasins, divers cabinets,
des câbles de toute dimension et les ancres.

A l'intérieur du navire, nous trouvons, à l'entrepont, le salon, la salle à manger et les cabines des premières ; les cabines et la salle à manger des secondes. Plus bas, le réfectoire des troisièmes, sur lequel donnent les cabines de cette
classe, les hommes d'un côté et les femmes de
l'autre. A ce niveau et plus bas encore, je vois
la cambuse qui est le magasin des provisions et
le réfectoire de l'équipage ; le dynamo qui répand l'électricité de la cale au sommet des
mâts ; la machine à vapeur, véritable enfer al-
lumé dans le ventre du bateau et d'où part un
mouvement qui ne s'arrête ni jour ni nuit ; la
cale et les soutes. Le *Notre-Dame du Salut* mesure 114 mètres et file en moyenne 13 nœuds
à l'heure, ce qui fait environ 500 kilomètres par
jour.

## III.

# ÉTAT-MAJOR & DIRECTION

Cependant que je visitais le bateau, nous avions doublé le cap Corse, expédié une dépêche par le sémaphore et repris le large, voguant vers les rivages de l'Italie. Le temps se mit à la pluie, et ce me fut un véritable plaisir. Les gouttes, en tombant, piquaient sur la surface de la mer calmée, comme une infinité de petits clous noirs ; si l'averse redoublait, il me semblait voir une grêle fine recouvrant un pré vert.

La pluie faisant bientôt place à l'orage, les vagues se soulèvent violemment. Je les vois s'élancer contre le navire, pareilles à de monstrueuses cavales, la crinière au vent et l'écume à la bouche : une rafale, et la blanche crête du flot tombe, soudain pulvérisée. Des vallées se creusent profondes et noires, et des montagnes d'eau se dressent, pour retomber, un instant après, en cascades éblouissantes. La poussière d'eau obscurcit l'air, au milieu d'un vacarme assourdissant.

Une vague plus furieuse bondit sur le pont et

nous inonde de la tête aux pieds. Le roulis, qui est le mouvement de *bâbord* à *tribord*, ou de gauche à droite, comme on dit à Besançon, augmente d'effrayante façon, et se complique de tangage. On ne peut plus se tenir debout, même avec le pied marin. Les visages pâlissent, les cœurs se soulèvent et on se précipite au bastingage pour faire aux flots une offrande douloureuse. C'est le mal de mer, mal affreux qui vous donne, par-dessus le marché, le mal du pays.

Cela dure quelques heures, après quoi les éléments pacifiés nous rendent à nous-mêmes et à l'ordinaire gaîeté. Nous voyons les marsouins gambader, nous faisant cortège, et des mouettes mélancoliques se poser gracieusement sur la pointe des petites vagues que soulève notre bateau en passant. On m'appelle à l'arrière pour me faire admirer le sillage que nous creusons, sillage bleu comme les glaciers que j'ai vus dans les Alpes. Et le soir, je m'extasie à la proue devant un autre phénomène, celui d'étoiles qui jaillissent des flots que nous labourons, comme les étincelles éclatent sous le sabot rapide du coursier.

Permettez-moi maintenant de vous présenter l'équipage et la direction.

Le commandant est M. Pillard, un vrai loup de mer; la mer, hélas! a été jusqu'ici le tombeau de famille des Pillard. Il a sous ses ordres un capitaine, deux lieutenants, un mécanicien en chef, deux sous-chefs mécaniciens, deux quartiers-maîtres, une douzaine de marins, trois novices, deux mousses, sans parler de l'équipe des machines, du charpentier et du forgeron.

Le service est fait sur le pont par *bordées*. La bordée dure quatre heures et occupe cinq hommes, dont un lieutenant. Celui-ci fait les cent pas sur la *passerelle*, un marin est à la barre, au gouvernail, si vous voulez, un autre, au *gaillard d'avant*, pendant que le troisième et le quatrième s'occupent à diverses besognes.

De vrais loustics, nos marins ! J'ai plaisir à causer avec eux. Un ancien me raconte ses campagnes, et ajoute, en plaisantant : « Pour ça, monsieur le curé, jamais expédition pareille à celle-ci. Figurez-vous qu'à bord du *Notre-Dame du Salut*, nous ne pouvons ni jurer ni nous griser : c'est défendu. Bien sûr, on gagnera le paradis avec une pareille pénitence. Ce que ça nous coûte !.... Non, vous ne saurez jamais. »

Un autre me demande si je sais l'âge du capitaine. « Non, dis-je. — Rien de plus simple, reprend-il : vous multipliez la longueur du bateau par sa largeur et vous divisez le produit par la profondeur ; le chiffre obtenu est l'âge du capitaine, à huit jours près. » Ce jovial marin m'apprend encore un proverbe qui est bien du cru : « Quand un curé est à bord, on aura mauvais temps. » Je ris et me demande d'où peut venir cet irrévérencieux dicton. Je songe à l'histoire de Jonas que ses compagnons de bateau accusèrent de leur apporter la tempête, et qui était bien une espèce de curé, en sa qualité de prophète du Seigneur.

Le directeur du pèlerinage était le P. *Bailly*, « le Moine. » Oh ! le bel homme! Le beau fleuve de barbe grise qui descend de son menton sur sa poitrine ! Qu'on aime à voir cette énergique figure, qu'on aime à entendre la voix lente et métallique de ce général en froc! Le P. Bailly est un homme à qui on ne résiste pas. Il a un encouragement pour toutes les faiblesses et des consolations dans tous les déboires. Ses « avis spirituels » sont attendus et savourés. Il ravit tout le monde, édifie tout le monde et allume en chacun le feu sacré qui dévore son âme. Ses adjoints étaient le P. *Edmond*, un docteur ès lettres, plus maître encore en la science des saints qu'en toute autre, et dont les envolées mystiques nous emportaient très haut, vers les cieux ; le P. *Marie*, type de vaillance, un preux du temps des croisades, beau sur son cheval fougueux et toujours partout pour la distribution des logements et le service des vivres aux étapes.

Nommons, après les directeurs, le médecin du bord qui logeait sur le pont, tout près de la pharmacie et de l'infirmerie. Ce bon docteur est de nation chilienne ; venu à Paris dans le but de voir et d'entendre nos sommités médicales, il se préparait à fonder une faculté catholique de médecine, à son retour à Santiago.

Je n'aurai garde d'oublier dans cette nomenclature un homme fort important, le maître d'hôtel. En vérité, que fussions-nous devenus sans lui et sans son armée de cuisiniers, marmitons et valets ?

## IV.

# LA VIE A BORD

~~~ ~~~

Un ami, à qui je racontais mon voyage, me fit cette réflexion bien naturelle : « Huit jours en mer pour aller, et huit jours pour revenir, vous avez dû vous ennuyer épouvantablement. Mac-Mahon, allant de Marseille à Alger, passait, dit-on, son temps à s'exclamer : Que d'eau, mes amis, que d'eau ! Oui, ce doit être gai cela, de l'eau, encore de l'eau, de l'eau partout, à gauche et à droite, devant et derrière ! »

— Eh bien ! non, on ne s'ennuie pas une minute sur le bateau. Voici la vie qu'on y menait. Vous jugerez.

On pouvait se lever dès quatre heures du matin. Les messes commençaient, célébrées, non sans secousses, sur une vingtaine de petits autels, avec de petits calices, de petits missels, de petits cierges et une très grande ferveur. Les pèlerins assistaient au saint sacrifice et faisaient souvent la communion.

On retournait nombre de fois à la chapelle dans la journée, pour y entendre de beaux et

2

bons discours, y réciter les trois chapelets du rosaire, y faire le chemin de la croix et recevoir la bénédiction du saint Sacrement, quand l'adoration nocturne n'avait pas lieu.

Nous chantions assez mal, au début, malgré un solide harmonium et un excellent organiste ; on fit des efforts, on se perfectionna et ce fut bientôt merveille d'entendre de belles voix d'hommes se mêler à la superbe harmonie des flots.

La messe du dimanche produisait en moi une particulière émotion. Un diacre et un sous-diacre assistaient le célébrant, l'aspersion de l'eau bénite était donnée comme dans nos églises, l'état-major du bâtiment et tous les marins libres, en grande tenue, occupaient les premières places, une homélie toute paroissiale était prononcée par quelque vétéran du sacerdoce, et une salve d'artillerie saluait le moment solennel de l'élévation.

Je crois, Dieu me pardonne, que les dames, ce jour-là, se mettaient en frais de toilette et qu'une demi-douzaine de messieurs arboraient le gibus des grandes solennités.

Il ne faudrait pas s'imaginer, cependant, que notre bateau était devenu une abbaye de chartreux. Nous subissions bien une sorte de *retraite* ou de *mission*, mais au milieu de la plus franche gaieté.

Notre caravane, composée par tiers, de dames, de messieurs laïques et de prêtres, formait un beau groupe de deux cent vingt pèlerins. La

direction, l'équipage et les divers services portaient le nombre total à trois cents. Nous avions
huit Américains, trois Hollandais, deux Belges,
un Alsacien, un Espagnol, un Suisse et une de-
moiselle très originale qui était Anglaise.

En me promenant, je coudoie sur le pont : di-
plomates, officiers de terre et de mer, journalistes, curés, vicaires, aumôniers, missionnaires,
médecins, pharmaciens, négociants, laboureurs,
artisans : noblesse et roture, richesse et pauvreté,
un haut magistrat et un maçon en blouse bleue.

C'était la république égalitaire, non sans un
reste de morgue surannée chez quelques-uns de
nos gens à parchemins ou à coffres-forts.

Je ne dis pas cela pour d'excellents dignitaires,
comme M. Sagary, qui nous adressa de si belles
et si *pratiques* instructions, pour de charmants
compagnons de route comme M. et Mᵐᵉ Dubois,
de Dijon, pour d'aimables et chrétiens gentils-
hommes, comme M. le comte de Lapparent.

Oh ! les joyeuses causeries sur le bateau, avec
M. Dubois, et les bonnes chevauchées vers Jéricho avec M. de Lapparent !

Au surplus, on nous abordait facilement, nous
autres Franc-Comtois, et toujours de même
façon : « Ah ! ah ! vous êtes de Besançon, le
pays des montres ? Tenez ! la mienne en vient
et j'en suis très content. »

Besançon, le pays des montres ! Personne ne
songeait à dire : Besançon, le pays de Victor
Hugo !

Les relations suivies avec tant de braves gens

et avec mes compatriotes me faisaient oublier
les très rares et très insupportables personnages
que nous qualifierons comme ils le méritent : le
pèlerin poseur qui cherche l'admiration de ses
voisins, le pèlerin grognon qui a toujours une
plainte au bec, le pèlerin sans gêne qui occupe
tout le monde autour de sa précieuse personne,
le pèlerin goujat qui mange comme avec les petites bêtes laissées à la maison, le pèlerin touriste
qui a des airs voltairiens au milieu des simples
et honnêtes catholiques que nous sommes.

Tout en priant et causant, nous filions vers
la terre bénie de Galilée.

Après avoir salué au passage la Corse, avec
ses roches grisâtres, nues et tristes, ses collines
ravinées et maigres, plantées, au sommet, de
moulins à vent, et, sur les pentes, de pauvres
petits villages aux maisons blanches, nous atteignons l'île d'Elbe, et nos imaginations, soudain
exaltées, promènent sur ce roc abrupt le fan-
tôme désolé du plus grand des Soldats.

Un soir, nous arrivons dans le groupe des
îles Eoliennes ou îles Lipari, et nous approchons
à quelques brasses de la plus célèbre, le Stromboli, à peine habitée par un millier de pêcheurs.

Le Stromboli, haut de 740 mètres, présente
sur une de ses pentes un cratère d'où s'échap-
pent, tous les quarts d'heure, une fumée rou-
geâtre et des blocs enflammés qui se brisent en
retombant et roulent vers la mer en cailloux
de feu.

C'est un spectacle saisissant, la nuit. Lentement, nous chantons le *De profundis*, et les habitants, qui nous entendent, sortent de leurs maisons, des falots à la main, intrigués par ce chant lugubre et par les feux d'artifice que le capitaine tire à ce moment, sur le bateau, pour rendre sa politesse au Stromboli.

Saviez-vous que l'origine de notre *Fête des morts* se rattachait aux éruptions de ce petit volcan? Voici la légende qu'on raconte à ce sujet.

Vers l'an 1000, un vieux moine, qui vivait en ces lieux, entendait souvent les démons se plaindre de la puissance d'Odilon, abbé de Cluny, pour arracher les âmes du purgatoire. Un pèlerin français vint à être jeté par la tempête sur le rivage du Stromboli, et y rencontra l'ermite, qui lui demanda s'il connaissait le saint abbé Odilon. – Oui, répondit le naufragé. — Eh bien! reprit le moine, quand vous serez de retour dans votre patrie, allez à son monastère et exhortez-le à redoubler de prières pour les âmes du purgatoire.

Le pèlerin fit ce qu'on lui demandait. Saint Odilon, sur cet avertissement, institua chez ses religieux un jour de prières spéciales chaque année, pour les morts, et cet usage est devenu notre fête des trépassés.

La même nuit, à onze heures, nous étions dans le détroit de Messine.

*Incidit in Scyllam, cupiens vitare Charybdim.*

C'était ainsi au temps de Virgile, quand les bateaux n'avaient pas les dimensions du *Notre-*

*Dame de Salut.* Nous avons passé sur le gouffre tourbillonnant de Charybde, sans même nous en apercevoir, et sans rien craindre des rochers de Scylla.

Je m'étais bien gardé, malgré l'heure tardive, de descendre à la cabine.

Accoudé au bastingage, et ne voyant de Messine que les becs de gaz, semés comme de petites lampes en un champ noir, je fis des efforts inouïs pour me représenter cette jolie ville dont le nom a toujours chanté joyeusement dans mes rêves.

En face s'étend Reggio. Les rues y sont, comme à Turin, en ligne droite. Je vis parfaitement filer, entre deux rangs de réverbères, la pâle étoile des voitures attardées, et j'eus l'illusion d'entendre le cahot des roues sur le pavé.

Cette féerie m'enchanta. Il faisait un temps calme ; une tiède haleine m'enveloppait, que je n'avais savourée pareillement qu'une fois, certain soir, à Venise, en une rêveuse promenade sur le grand canal, assis dans la gondole légère, aux côtés de mon ami Jean, pendant que, paisible et sereine, la lune brillait au-dessus du campanile de Saint-Marc. Ainsi apparut cet astre, ce soir de décembre, au sommet du grand mât, comme un point sur un i. J'étais d'humeur à passer la nuit sur le pont. L'ami Dondal me décida à descendre.

Les jours suivants, nous verrons l'île de Crète, nous ferons la rencontre de bateaux à vapeur et de grands voiliers, que notre sirène

saluera d'un long mugissement, et ce sera
tout : durant des jours, plus rien que le ciel et
l'eau !

Devant ce spectacle grandiose et si nouveau
pour un indigène de la Comté, je laisse vaga-
bonder ma pensée.

Assis, en quelque coin, sur un monceau de
câbles, je songe aux pèlerins d'autrefois qui s'en
allaient à l'aventure, sans connaître la direction
qu'ils devaient suivre et les cités où ils devaient
passer. Le voyage, qui sera pour nous de six
semaines, durait pour eux de longs mois, et ils
affrontaient des dangers que nous ne connaî-
trons pas. Beaucoup restaient en route ou pé-
rissaient de la main des Turcs, qui les suppo-
saient porteurs de riches trésors. Ces barbares
n'allaient-ils pas, pour en extraire un or très
problématique, jusqu'à les mettre à la torture,
jusqu'à leur ouvrir le ventre, voire même leur
faire prendre des vomitifs ou des purgatifs ! !

Depuis les époques de foi, depuis les croisades, jamais plus la Méditerranée n'avait porté
si bons chrétiens vers les saints Lieux.

Nous étions de nouveau sur cette mer d'azur
tant aimée des Grecs, illustrée par les voyages
et les malheurs d'Ulysse, où ne s'entendaient
naguère que les cris des matelots, les bavar-
dages des touristes et les discussions des marchands. Ici passèrent les navires qui portaient
les régiments de l'expédition d'Egypte ; n'en-
tends-je pas, au milieu du calme des flots, la
musique des guides de Bonaparte jouer la com-

position guerrière que préférait le jeune général, la *Marche des Tartares* ?

En des temps plus rapprochés, la Méditerranée porta les conquérants du Tonkin et les héros de Madagascar, après avoir vu passer les grands soldats qui donnèrent l'Algérie à la France.

Je me reposais l'âme dans ces patriotiques souvenirs, puis mes réflexions prenant un tour plus aimable, je me demandais si, à cette heure même, quelque parent ou ami ne songeait pas au voyageur, ne l'accompagnait pas de ses prières, et j'avais un suave plaisir à penser qu'il en était ainsi. Moi-même je ne manquais pas d'écrire, au salon du bord, d'affectueuses lettres qui sont venues dire combien est agréable un premier voyage en bateau.

Les soirées se passaient de fort joyeuse façon. Nous avions d'intrépides boute-en-train, toujours prêts à organiser quelque amusante récréation

Ne s'avisa-t-on pas un jour de développer sur le bateau un long monôme comme en organisent nos étudiants ? Des dames, aussi respectables par les vertus que par l'âge, s'avisèrent de s'y mêler. Mal en prit à quelques-unes qui ne purent suivre le mouvement, tombèrent et firent beaucoup rire. Ce qui prouve qu'il ne faut jamais présumer trop de ses forces.

Les petits talents de société se donnaient libre carrière. Un Toulousain développait à tout venant l'interminable rouleau d'un *Hymne au*

*soleil*, qui ne comptait pas moins de cinq cents
alexandrins. Un officier déclamait, le drapeau à
la main, de magnifiques poésies patriotiques,
et une chorale improvisée exécutait, à pleine
voix, les chansonnettes composées le jour
même par un spirituel aumônier.

En voulez-vous des échantillons? Ecoutez :

EN ROUTE ! (*sur l'air de Cadet-Roussel*)

> Le jour du départ tout va bien,
> Mais attendez le lendemain.
> Vous pouvez descendre aux cabines,
> Vous y verrez de tristes mines.

Refrain :  *Ah ! ah ! que c'est beau*
*Un pèlerinage en bateau !* (bis)

> Quand vous dormez paisiblement,
> Tout à coup un balancement
> Vous fait sauter de la couchette
> Pour courir à votre cuvette.

*Ah ! ah ! que c'est beau*, etc.

Les couplets se multipliaient par dizaines.
Après quoi nous entonnions un autre air et une
autre chanson. Par exemple : LES PÈLERINS.

> C'est vraiment la famille
> Où règne la ferveur.
> Partout la gaieté brille,
> On chante avec ardeur.

Refrain :  *Gai, gai, l'heureux voyage*
*Que le pèlerinage.*
*Gai, gai, voyage heureux,*
*Qui nous conduit aux cieux.*

Et le poète rime sur ce ton tous les exercices
de la journée. Il n'avait eu garde d'oublier le
P. Bailly, qui nous écoutait avec bonhomie
chanter tous les soirs :

Refrain :  *Vive le Père Bailly,*
          *Vive le bon Père !*

    Le bon Père Bailly est notre directeur,
    Vieillard à cheveux blancs, mais de très bonne
    Pour tous les pèlerins il possède, dit-on, [humeur.
    Encor plus de bonté que de barbe au menton.

La séance se terminait par un petit air de
flûte dont nous gratifiait un vicaire de Paris ;
puis lentement, l'un après l'autre, nous rega-
gnions nos cabines. Moi je m'endormirai au
bruit des vagues qui mugissent à mon oreille,
et dont me sépare le flanc du navire, épais de
quelques centimètres à peine.

# V.

# TERRE! TERRE SAINTE!

~~~~~~

Le jeudi 13 décembre, après cent cinquante heures de traversée, sur le soir, nous étions en vue de Kaïffa. Bien avant, d'aucuns, qui se prétendaient doués d'un flair spécial, avaient respiré le parfum de la terre. Un petit oiseau s'était venu poser dans les vergues, sur un bout de cordage, et cette apparition annonçait, disait-on, que le rivage n'était pas loin.

Massés à l'avant, nous regardions avec anxiété, fatiguant nos yeux et surexcitant notre imagination. On voyait — une minute après on ne voyait plus, et les myopes n'étaient pas les derniers à prendre un nuage grisâtre pour le Mont Carmel.

Vers l'heure du souper, le canon tonne, et dès lors le doute n'est plus permis. On aperçoit, en effet, la terre comme une mince ligne, d'un bleu très foncé, fermant l'horizon. Un immense cri de reconnaissance éclate sur le pont: Vive le Commandant!

Après un repas de quelques minutes, je re-

monte et prends une belle place sur le gaillard.
A mesure que nous avançons, la ligne se pré-
cise au loin et s'élargit ; les échancrures du rivage se dessinent assez nettement, la montagne
surgit ; les maisons, d'abord petits points blancs,
deviennent distinctes, et le vert feuillage des
arbres finit par sauter aux yeux.

Nous stoppons, l'ancre descend, et au bout
d'un quart d'heure nous sommes immobiles, à
quelques centaines de mètres de la terre. Le
peu de profondeur des eaux, à cet endroit, ne
permet pas à un bâtiment comme le nôtre d'approcher plus près.

La pensée que cette terre est la *Terre Sainte*
me secoue de poignantes émotions. Quel moment dans la vie d'un chrétien, d'un prêtre !
Mes notes ne savent que répéter par trois fois
ces seuls mots : Que je suis heureux ! J'en ai
perdu la notion de la durée, et il me semble
que nous venons de quitter Marseille.

Je suis donc en vue de la Palestine, du pays
de Jésus. Je vais respirer l'air qu'il a respiré, et
reposer mes yeux sur les montagnes, les collines, les champs et les ruisseaux que ses yeux
ont vus. Je boirai aux fontaines où il a étanché
sa soif, et en mangeant la chair des animaux
de ces régions, je songerai aux touchantes paraboles que le monde des troupeaux, le monde
des eaux et le monde de l'air lui fournissaient.
Je suivrai les sentiers qu'il a suivis, et peut-être
me heurterai aux pierres que ses pieds ont heur-
tées, ou sur lesquelles s'est reposée sa tête divine.

Jusqu'ici, je n'avais pu que feuilleter l'Evangile, je vais maintenant voyager dans ses pages.

La nuit est venue. Le phare du Carmel brille comme une puissante étoile, et les Dames Carmélites, dont la maison est sur le rivage, nous saluent d'une splendide illumination. Le capitaine y répond par un feu d'artifice.

Tout à coup, un bruit de rames battant les vagues. C'est le médecin du port, la *Santé*, comme on dit, qui s'approche. Chez ces honnêtes marins, *Médecine* et *Santé* signifient même chose. On n'est pas plus mauvaise langue.

Or la Santé de Kaïffa est représentée par un Turc de taille moyenne, à large face, à grosses lunettes et à ventre énorme. Le docteur du bord s'approche, reçoit son confrère et l'assure que nous n'apportons pas le choléra. Nous, pendant ce temps, nous entourons ce superbes Arabes, figures basanées et intelligentes, pieds et bras nus, sur la tête la toque blanche spéciale aux hommes de la mer en ce pays, et pour tout vêtement, de longues et légères tuniques serrées à la ceinture. Ce sont les mariniers de la Santé.

Nous leur offrons des cigarettes, qu'ils acceptent avec empressement et fument avec délices. Je ne me lasse pas d'admirer ces beaux gaillards, et je songe que les apôtres devaient être des hommes de cette trempe.

Ils nous quittent, sur le signal du médecin qu'ils ont amené, et s'en retournent, pendant que nous gagnons à regret nos cabines : le ciel

est si beau, l'air si pur, le calme si parfait, la
lune, plus brillante que jamais, se reflète dans
la mer avec des paillettements argentés si merveilleux !

Le matin je suis debout à deux heures, et
me trouve des premiers à la chapelle. Mes dévotions faites, la sainte messe célébrée, je re-
prends à l'avant ma place de la veille et regarde, sans me lasser, Kaïffa, gracieusement
assise dans le fond de la baie, au pied du mont
Carmel, avec ses maisons carrées, sans toiture,
semblables à de gigantesques blocs de pierre
blanche symétriquement entassés.

J'entends les chiens aboyer, les coqs chanter, les cloches tinter l'*Angelus*, et tous ces
bruits, si ordinaires chez moi, me causent ici
un incroyable plaisir. Derrière un bouquet de
palmiers le soleil paraît, comme un embrase-
ment chaud et rouge de l'orient, puis comme
une fournaise immense qui verse des flots d'or
à travers les palmiers élancés.

Il fait grand jour. Les mariniers chargés de
nous débarquer arrivent, faisant un vacarme infernal. Une échelle spéciale est disposée sur un
des flancs du navire, et, chargés de bagages, nous
nous y précipitons dans une bousculade insensée.

Au dernier échelon, un Arabe, sans plus de
façon, vous saisit, vous et vos valises, comme
on ferait d'un sac de grains, et vous lance dans
sa barque. On se ramasse en riant, avant qu'un
autre colis vous tombe dessus, et on prend place
sur la banquette.

Quand l'embarcation est suffisamment chargée, les rameurs se mettent à l'œuvre, et vous filez. La marchandise humaine, après votre départ, continue à tomber dans d'autres barques, jusqu'au dernier pèlerin.

J'ai entendu, dans cette courte traversée, pour la première fois, le mot de *Bagchich* qui m'assourdira les oreilles durant tout le voyage. Quoiqu'un geste de la main l'accompagne, il ne signifie pas *bonjour!* Dans la bouche de nos mariniers, des âniers, muletiers et chameliers, il veut dire *pourboire;* dans celle des mendiants, *aumône,* et dans celle des gens chics, *honorable présent.*

En dix minutes nous sommes au débarcadère et nous trouvons dans un grouillement d'Arabes que refoulent à coups de canne des policiers en bottes éculées et tuniques crasseuses, aidés par les *cavas* du consulat français, sorte de garde turque, portant un splendide uniforme.

Aussitôt arrivé, le pèlerin baise la Terre sainte pour gagner l'indulgence attachée à cette pieuse coutume. Mais voyez comme, en voyage, le comique se mêle aux plus sérieuses choses. J'avais, pendu à l'épaule, un sac de cuir, gonflé de divers objets. En me baissant, ledit sac quitte mon flanc, vient me frapper derrière la tête, renverse mon chapeau et m'aplatit le nez sur le sol. Je me relève au milieu des rires de l'assistance et riant moi-même de tout mon cœur.

Nous voici en pleine rue arabe. Je ne vois

plus que des hommes vêtus de longues robes qui s'ouvrent sur la poitrine comme les blouses des paysans comtois, chaussés de bas blancs et de sandales rouges, quand ils ne vont pas nu-pieds, coiffés du tarbouch, sorte de cône tronqué en drap également rouge, et le plus souvent un bâton à la main.

Les magasins de toute espèce et les ateliers de toute nature donnent sur la rue, en général malpropre, et n'en sont séparés par aucune vi-trine ou devanture. On fait ses emplettes sans quitter le trottoir. Cette simplicité ne supprime du reste pas la canaillerie chez les marchands, et je pourrais nommer un pèlerin qui, ayant cru acheter une chemise chez un juif de Kaïffa, n'avait acheté qu'un plastron ; l'essentiel man-quait.

Les cafés, très multipliés, sont en terrasse. On s'y assied sur de petits tabourets de paille. Le fumeur peut ainsi savourer plus à l'aise le nar-ghilé posé à terre devant lui, tout en écoutant les histoires interminables du troubadour en vogue.

Les femmes que nous voyons, passent dans la rue, le visage couvert d'un long voile en co-tonnade légère et bariolée ; leurs pieds sont tout simplement chaussés d'une semelle de cuir, posée sur deux talons de bois qui forment pa-tin et battent avec grand bruit le pavé. Com-ment on peut marcher en traînant cette menui-serie, j'en suis encore à me le demander.

C'est jour de marché. Sur la place princi-

pale, je vois des chameaux, des chevaux, des
ânes et des mulets chargés de racines à brûler,
de dattes, de légumes, de graines et de paille
hachée. Le coup d'œil est pittoresque. Nous
voilà bien loin de la place Labourée, avec ses
bonnes femmes tranquillement assises devant
leurs bancs et paniers.

Nous atteignons l'église paroissiale Saint-Joseph, desservie par les religieux du Mont-Car-
mel. C'est le premier monument religieux de
Terre sainte qu'il m'est donné de voir. Son aspect général, la disposition de ses chapelles et
sa façade le font ressembler étonnamment à la
chapelle du grand séminaire de Besançon.

On prie avec ferveur, et quand toute la caravane est réunie, on se met en marche vers
le couvent du Carmel. Nous avançons en double
file, les femmes scrupuleusement séparées des
hommes. Autrement, les Arabes qui nous ver-
raient passer pourraient prendre scandale. Un
sentiment que je ne saurais qualifier ici leur
défend de se montrer dans la rue en compagnie d'une femme, fût-ce leur épouse, leur
sœur ou leur mère.

Une bande d'indigènes braillards, dépenaillés
et tout à fait importuns nous assaille. C'est le
corps des portefaix, considérablement aug-
menté pour l'occasion. Ces diables d'hommes
s'emparent malgré vous de vos bagages et vous
les porteront jusqu'au sommet du Carmel,
moyennant un maigre bagchich. Je me laisse,
sans trop de façon, dépouiller des miens par un

3

gentil garçonnet de treize ans, à la mine fort intelligente et qui parle fort bien le français. Il me dit son nom, Zizim, celui de son maître en classe, Frère Léon, et me fit part de son ardent désir d'aller un jour à Paris.

Pauvres Frères Ignorantins, que les imbéciles couaillent en France! Si nous ne les avions pas, qui donc essaierait de faire parler au loin la langue française, et de rendre à la France son prestige perdu? Car en Orient, aujourd'hui encore, on ne parle guère, en dehors de l'arabe, que l'italien et l'anglais; le français vient après. Nous ne sommes plus au temps de saint Louis, de Bonaparte et du *beau Dunois*.

J'en étais à ces réflexions, quand nous passâmes devant le consulat français, où flottait le drapeau national. Tous les pèlerins saluèrent avec émotion le glorieux symbole de la patrie, et cette rapide vision nous rendit moins pénible le passage au milieu de la colonie allemande, qui s'est établie en cet endroit après la guerre.

# VI.

## AU CARMEL

~~~~~~~~

Le chemin pratiqué sur le flanc du Carmel et
qui mène au sommet nous donne un avant-
goût du service vicinal chez les Turcs, le plus
mauvais du monde.

Après une heure de pénible montée, suant
et soufflant, nous étions devant le monastère.
Notre premier devoir, après la chaleureuse réception que nous firent les Carmes, fut d'entendre la messe, qui fut dite par un ancien aumônier militaire, servie par des militaires pèlerins, en plein soleil, tout contre la pyramide
élevée là-haut à la mémoire des soldats français morts au Carmel en 1799. Ces braves, qui
avaient été blessés au siège de Saint-Jean-
d'Acre et que Bonaparte, regagnant l'Egypte,
avait dû confier aux soins des religieux, furent
odieusement massacrés par les Turcs, aussitôt
après le départ du général français.

A cette saison, le propre jour du 14 décembre, de belles fleurs s'épanouissaient dans
l'enclos où se trouve la pyramide funèbre, et

de gentilles abeilles y butinaient, comme en juin chez nous. C'était ravissant.

La messe terminée, le P. Marie fit la distribution des billets de logement. Je fus caserné au beau milieu d'un très long couloir, avec les jeunes. Les dames et les pèlerins élevés en âge ou en dignité eurent les cellules vides et les appartements réservés de coutume aux étrangers, dans le monastère.

Une véritable forteresse ce monastère. « On pourrait, dit le maréchal Marmont, y soutenir un siège et, pour peu que l'on voulût résister, il serait imprenable pour des gens qui l'attaqueraient sans canons de gros calibre. Les portes sont revêtues de fer, des créneaux et des meurtrières sont ouverts dans toutes les directions, et le toit forme une magnifique terrasse de deux mille mètres carrés. »

L'église, quoique simple, est fort belle. Le chœur est élevé de dix degrés au-dessus de la nef. Au-dessous de ce sanctuaire, où brille une magnifique statue de Marie, la patronne de ces lieux, se trouve la *grotte d'Elie*. On y descend par quelques marches pour vénérer la mémoire du grand prophète qu'honorent en même temps les juifs, les musulmans et les chrétiens.

La célébrité du Carmel remonte jusqu'à lui. Il avait établi sa demeure sur ce sommet. Son disciple Elisée et d'innombrables anachorètes, imitateurs de ses vertus, vinrent à leur tour habiter les mille grottes percées dans les flancs de la montagne. Ces pieux solitaires furent des premiers à embrasser le christianisme naissant et à organiser la vie religieuse.

Leurs disciples, de siècle en siècle, vécurent cependant isolés, sous le nom de *Frères de la bienheureuse Marie du Carmel*. On les appela ainsi, à cause du culte dont ils entourèrent toujours la Vierge, qu'une tradition fait passer au Carmel, avec la sainte Famille, à son retour de l'exil en Egypte.

Au XIIe siècle, l'un d'entre eux, nommé Berthold, les réunit en communauté, devint leur premier supérieur et leur imposa une règle. Cette règle que son successeur, l'austère saint Brocard, remania et perfectionna, est encore suivie par les Carmes et les Carmélites modernes. Chacun sait que la *confrérie du Scapulaire* fut fondée au XIIIe siècle par l'un des généraux de l'ordre des Carmes, saint Simon, du pays de Kent, en Angleterre, pour réunir en un seul corps tous ceux qui voudraient honorer spécialement la Vierge Marie.

En 1799, après le passage de Bonaparte et le massacre des soldats français, les Turcs chassèrent les religieux Carmes de leur couvent ; et ce même couvent était détruit en 1821, par le fameux Abdallah, pacha de Saint-Jean-d'Acre, qui se construisit tout auprès une maison de plaisance avec les matériaux.

Comment se fait-il que sur les ruines du vieux couvent s'élève aujourd'hui le magnifique monastère que nous avons vu, et que la maison de plaisance d'Abdallah soit devenue un hospice entre les mains des Carmes ? Ecoutez.

Or donc, il s'agissait de déposséder Abdallah, et, pour bâtir un nouveau cloître, d'amener un architecte, des ouvriers, des pierres, du bois, de l'eau, sur une montagne où il n'y a rien. Il fallait un miracle : *Frère Jean-Baptiste* le fit.

Ce misérable moine promena son misérable froc de capitale en capitale, par toute l'Europe, réclamant protections et aumônes. La renommée s'empara de lui et jeta son nom à tous les vents de la charité. Les bourses se délient comme par enchantement, et l'or pleut dans ses mains. Il enregistre pêle-mêle, sur ses listes de souscription, l'empereur d'Autriche et Louis-Philippe, le roi de Prusse et la reine d'Angleterre, M. de Rothschild et le primat de Hongrie, des cardinaux et des curés de village, tous les pays, tous les rangs et toutes les religions. Pour lui, les poètes font des vers ; les peintres, des tableaux ; les musiciens, des cantates ; les journalistes, des réclames ; les gens du monde, des loteries et des concerts : il est devenu le lion de son époque. Les entrepreneurs de diligences vont jusqu'à lui donner place gratuite dans leurs pataches.

C'est ainsi que la protection de la France lui permit de chasser Abdallah du Carmel, et qu'avec les aumônes de l'Europe il releva de ses ruines l'antique monastère.

J'achevais de m'entretenir de ces grands souvenirs avec un vénérable Carme, quand midi

sonna. Je rejoins les pèlerins et nous nous diri-
geons vers la tente immense sous laquelle sont
dressées les tables, et où cinq cents personnes
pourraient facilement prendre place.

Devant l'ouverture principale, en plein air,
est établie la cuisine, et je vois autour de profondes chaudières disposées sur d'énormes
pierres, à la façon des marmites de campagne
de nos soldats, évoluer toute une légion d'Arabes, marmitons d'aspect très peu appétissant.

Quatre *drogmans*, dont le chef se nomme
Aoad, dirigent les mouvements, la *courba*, le
fouet à la main. Les drogmans sont à la fois
des interprètes et des entrepreneurs de voyage.
Ils parlent, avec l'arabe, leur langue mater-
nelle, le français, l'anglais, l'italien et l'allemand. Les directeurs du pèlerinage, bien avant
le départ, avaient conclu un marché, aux termes duquel ces individus devaient nous accompagner partout et nous fournir de vivres, de
tentes, de chevaux et de domestiques. Les domestiques se nomment *moukres*. Le moukre est
la plupart du temps propriétaire des montures
qu'il soigne et conduit, si on le désire. Il fait lui-
même marché avec le drogman qui parcourt
villes et villages pour trouver les montures qu'on
lui demande.

Entrés sous la tente, nous nous trouvons en
présence de tables convenablement installées et
chargées d'un service fort brillant. Tout est en
fer battu : gobelets, couteaux, fourchettes, cuillers, pochons, plats et pots à eau. Seules les

assiettes sont en terre et les bouteilles en verre. Nous avions aussi une serviette grande comme la main.

Et c'était du luxe pour le pays. Car les Arabes ne connaissent ni plats ni assiettes, et puisent au chaudron avec les doigts, en famille. Ajoutons que la batterie de cuisine est transportée d'un camp à l'autre à dos de mulets, dans des sacs très profonds. Que les braves bêtes prennent le galop et vous entendrez un joli carillon ! Après deux ou trois transports pareils tous les gobelets coulent, tous les flacons sont bosselés et tous les couteaux, fourchettes et cuillers sont tordus.

A terre, les classes n'existent plus. Ainsi les fines bouches des premières du bateau absorbent le même menu que les vulgaires palais des troisièmes. Ce premier menu était, du reste, acceptable : bœuf mode avec garniture de carottes blanches, rata de choux et pommes de terre, poulet, fromage du pays, orange, le tout arrosé d'excellent vin blanc des environs de Jérusalem. Saluons ce nectar, il ne reparaîtra plus ! Nous ne serons abreuvés que d'un affreux mélange, louche et pâteux, puant le goudron et la peau de bouc.

Après l'orange, on sert le café, qui est toujours délicieux en Orient, quoique servi avec son marc.

Le repas terminé, un vieux capucin, à longue barbe blanche, monte sur une table et se met à nous haranguer. Ce vénérable moine s'appelle

le Frère Liévin et dirige les caravanes en Terre
Sainte. Il fait le métier depuis plus de trente
années. C'est lui qui accompagna Renan et,
bien plus tard, le P. Didon.

Frère Liévin veut charitablement nous donner quelques principes d'équitation. C'est bien
nécessaire; la plupart d'entre nous n'en connaissent pas le premier mot et n'ont jamais
monté à cheval. On nous apprend donc qu'il
faut monter par la droite, non sans s'être as-
suré, au préalable, que la selle est solidement
fixée, ne pas trop presser de ses jambes les
flancs de la bête, ne pas tirer sur le mors, se
tenir à distance des autres cavaliers et observer
le sexe de sa monture. Sans ces précautions
« gare les chutes et les blessures *à la tibia !* »
Si la partie charnue de votre individu vient à
être blessée, graissez soigneusement le mal, et
améliorez la selle. J'ajoute, protégez-vous d'un
caleçon étroit et bien collant; cette précaution,
que m'avait fait prendre un ami qui connaît la
partie, est de toutes la meilleure : *Experto
crede Roberto.*

Tout cela était dit en fort mauvais français,
mais avec un air si bonhomme, que nous ap-
plaudissions à tout rompre.

Nous sortons de table pour tomber en pleine
cohue de trois cents montures réunies devant
le monastère. Les moukres s'appellent et s'in-
jurient, les camelots offrent en hurlant des
cravaches et des turbans, les ânes braient, les
mulets ruent, les chevaux hennissent et se

mordent : c'est un branle-bas indescriptible.

Il s'agit de faire son choix ; ce n'est pas petite affaire. Fort heureusement j'ai présents à l'esprit les excellents conseils que m'a donnés, avant le départ, mon excellent curé, l'abbé Hanriel, un ancien et très valeureux pèlerin.

Je prendrai donc, non un âne, ni un mulet, encore moins une voiture, mais un cheval. Et dans le cheval j'estimerai par-dessus tout la selle. Me voici en quête. Avec prudence, lenteur, attention, je pénètre dans le groupe des chevaux, prenant garde aux coups de pied et aux coups de dent. J'en avise un qui paraît me convenir : bonne selle, une fière allure sans trop de fougue, bon pied, bon œil et pas vicieux le moins du monde.

Son heureux propriétaire s'appelle Ibrahim Strougi. Nous nous entendons à merveille, lui ne sachant pas un mot de français, et moi pas un mot d'arabe. Très dévoué et très pratique, il me tient d'une main l'étrier, et me tend l'autre pour le bagchich. Me voilà sur la bête sans trop d'efforts.

Hop ! hop ! Au galop je rejoins les pèlerins qui, sous la conduite du F. Liévin, vont visiter les environs du couvent.

Nous pénétrons d'abord dans la grotte nommée l'*Ecole des Prophètes*, qui est une misérable mosquée musulmane. C'est là que se retiraient les disciples d'Elie et d'Elisée, pour méditer, dans le calme, les leçons de la sainte Ecriture. Nous atteignons ensuite le rivage de la mer, et

marchons vers le sud jusqu'à la *Vallée des Martyrs*. C'est un coin délicieux. Un ruisselet y
coule en chantant sur les galets; on remonte
à pied jusqu'à la source, qui est un grand bassin, creusé dans le roc et tout environné d'arbustes verts. On nomme ce bassin la *Fontaine
d'Elie*.

Les ruines du *couvent de Saint-Brocard* se
voient un peu plus haut, dans la gorge même.
Cet ermitage fut complètement détruit, l'année
1238, par les Sarrasins, qui tuèrent tous les
moines, et des cadavres remplirent la Fontaine
du Prophète. Notons que pareil massacre ne fut
pas, au Carmel, un fait isolé durant les siècles.
Le fanatisme poussa fréquemment les fils de
Mahomet à martyriser les fils de Jésus-Christ.
En pure perte, d'ailleurs! Aux religieux égor-
gés par le fer des assassins succédaient d'autres
religieux non moins zélés et courageux. Ils sont
toujours là. Tant il est vrai que les moines,
comme les chênes, sont éternels.

Le F. Liévin nous raconta, en ce même lieu,
moult légendes douces ou terribles; puis nous
remontâmes à cheval et regagnâmes le monastère. Je ne vis, sur les bords de l'étroit chemin,
que de vilaines broussailles, au-dessus desquelles pointaient des roches nues, et se dressaient
des arbres épars, caroubiers, figuiers et oliviers.
Le Carmel n'a plus, hélas! que de pauvres restes
de son antique beauté, et quelques-unes des
plantes rares qui embaumaient ses coteaux.

Vers six heures du soir, j'étais de retour et

descendais de cheval, un peu fatigué, il faut le
dire, de cette première course, mais très content de moi et de ma bête. La nuit vint bientôt.
Le camp flamboyait de lueurs fantastiques et la
flamme des foyers jetait d'étranges reflets sur
les visages basanés de nos cuisiniers. La pluie
tombait dans les chaudrons où cuisaient nos aliments, et le vent, sous la tente, éteignait les
chandelles. Comme à midi, je mangeai de bon
appétit.

Le repas terminé, le P. Bailly nous donna des
avis pour le lendemain, nous encouragea comme
il sait le faire, et chacun s'en fut se coucher.
Nous avions pour tout lit de repos un maigre
matelas posé à terre. Je me couchai tout ha-
billé et dormis peu. Un ronfleur exécuta toute
la nuit une si bruyante fanfare, qu'il empêcha
quiconque de sommeiller. Je me levais quelquefois sur mon séant, pour jouir du curieux
coup d'œil que nous présentions, ainsi étendus
côte à côte dans un long, très long couloir, sous
la pâle lumière des veilleuses du cloître.

# VII

# PREMIÈRE CHEVAUCHÉE

De très grand matin, vers quatre heures, j'étais debout. On devait partir à sept, et je voulais, avant le départ, célébrer la sainte messe et réciter mon bréviaire.

Quand je fus à la chapelle, l'esprit appliqué à la grande action du Sacrifice, je sentis tout à coup le pavé se soulever, et je vis les murailles s'incliner, avec l'autel, à droite et à gauche, en un mouvement doux et régulier que je reconnus tout de suite.

J'étais obsédé, halluciné ; je ressentais, après vingt-quatre heures passées à terre, la cadence écœurante du bateau sur les flots, et je m'arc-boutais au marbre pour ne pas tomber.

Mes prières terminées, je courus au petit déjeuner, qui consista, pour moi, en un gobelet de café noir. J'ai horreur des œufs durs qu'on servait très libéralement aux pèlerins tous les matins.

Le moment était venu de chercher, au milieu de la cohue hennissante et hurlante des

montures et des moukres, mon cheval de
la veille et son maître Ibrahim. Je finis, non
sans peine, par les retrouver. Chacun, du reste,
faisait comme moi. Tant et si bien qu'au bout
d'une heure, nous étions tous, qui sur un cheval, qui sur un mulet, qui sur un âne, et les
moins vaillants, logés en d'affreuses pataches,
rossignols amenés d'Europe, pour cahoter l'Européen jusqu'en Orient.

Au pied d'un drapeau français de dimensions énormes, nous avions entassé nos bagages
que nous retrouverons, comme par enchantement, à l'arrivée, sans qu'il manque rien des sa-
coches, couvertures et objets quelconques ainsi
confiés aux moukres de l'entreprise.

La caravane se divise en trois groupes, que
distinguent la couleur spéciale des fanions et le
tempérament des cavaliers. Chaque groupe a
son porte-fanion qui marche en tête, son aumônier qui dirige la prière durant les marches, et
son capitaine qui veille partout au bon ordre
et à la discipline.

En avant du premier groupe marche seul un
superbe cavalier arabe qui porte le drapeau
tricolore, tenu roulé en pleine campagne, et
déployé dans les villages. Pour fermer la marche, une arrière-garde de quelques hommes
dévoués qui chassent les retardataires et ramassent les blessés.

Nous sommes rangés autour de nos capitai-
nes respectifs. Celui de l'abbé Dondal, de l'ami
Dugourd et le mien s'appelle M. le comte de

Lapparent. Notre escadron est l'escadron des
*Jeunes*, fanion rouge. Quant à l'abbé Ricard, il a
enfourché un âne superbe, d'allure élégante et
martiale.

Un âne ! On se figure le malheureux quadru-
pède d'Europe, outragé par tant de quolibets,
asservi aux plus vulgaires travaux, attelé gro-
tesquement à la *baladeuse* du marchand forain
ou à la charrette du jardinier, et, dans cette
triste condition, n'inspirant pas même la pitié,
et n'excitant sur son passage, pour prix de sa
modestie, que les huées des enfants.

Maître Aliberon a ici bien meilleure tournure.

Quiconque n'a pas vu l'âne d'Orient, écrit
X. Marmier, ne connaît pas l'un des plus beaux
et des meilleurs animaux de la création. Un
âne portait les patriarches et les prophètes, un
âne fut la monture de Jésus, à la journée
triomphale des Rameaux.

Les descendants ont bien un peu dégénéré;
et cependant ces coursiers aux longues oreilles
font encore le bonheur des pèlerins que le cheval effraie.

Un coup de trompe, et nous partons.

Scène inoubliable !

Vous voyez des mains qui saisissent fiévreu-
sement le pommeau des selles ou la crinière
des cavales, des jambes qui tremblent et se
crispent, des dos qui se courbent dans la terreur et des figures qui s'allongent dans l'effroi.

Malheur de malheur ! Où est le bateau avec
ses secousses, et qui nous rendra le mal de mer?

Je dirai, sans vanité, que dans mon groupe on se tenait mieux. Personnellement j'avais monté à cheval pas moins d'une fois dans ma vie, le long du chemin qui mène de Pompéi au Vésuve. Le souvenir de cette équipée m'était resté et, chose bizarre, j'en tirais comme une obligation de paraître bon cavalier.

Nous descendons les pentes du Carmel, lentement, en file indienne, pour atteindre bientôt Caïffa, que nous traversons fièrement au milieu de la population ébahie.

Devant nous s'étend une plaine immense que borne à droite la chaîne du Carmel et à gauche la mer : la mer tant célèbre qui, de ses lèvres d'argent, baise la Terre Sainte et baise aussi les rives de l'Afrique et les rives de la Provence.

La colonne marche sur une longueur d'un kilomètre, présentant un spectacle peu commun, avec la variété des costumes, des tenues et des montures.

Dans le lointain l'œil distingue Saint-Jean-d'Acre, l'antique Ptolémaïs, qui occupe une si grande place dans l'histoire de l'Europe, et de la France en particulier. Trois fois cette cité guerrière a décidé du sort de la Syrie. En 1290, Acre était le dernier rempart de la chrétienté. D'innombrables légions de Sarrasins vinrent la cerner et en chassèrent les héroïques Chevaliers du Temple. En 1799, devant ses murs vint échouer la fortune de Bonaparte, qui dut se retirer après deux mois d'une lutte sanglante et d'un siège acharné. Plus heureux que

le héros des Pyramides, en 1832, Ibrahim Pacha s'empara de Saint-Jean-d'Acre et fit de
cette forteresse l'un des principaux soutiens de
sa domination en Syrie.

La cruauté des Turcs est proverbiale. Les
massacres qui viennent d'ensanglanter l'Armé-
nie sont une nouvelle preuve de la barbarie
sauvage où peut conduire le fanatisme musulman. Or dans la dernière moitié du xviiie siècle, Saint-Jean-d'Acre eut un pacha qui prit à
tâche de pousser la cruauté à ses dernières limites. Il fut surnommé Djezzar, *le Boucher*, et
il ne lui a manqué qu'un plus grand théâtre
pour conquérir l'effroyable célébrité des Néron
et des Caligula.

Je citerai, d'après X. Marmier, deux exemples
de ses ruses infernales et de ses froides atrocités.

De son divan, il pouvait voir dans la rue,
et s'il passait un individu qui lui déplût, il le
faisait saisir par ses gardes et amener de force
devant lui. « Ton visage me déplaît, » lui disait Djezzar, ou bien : « Tu as le mauvais œil, »
et il lui balafrait la figure à coups de sabre ou,
du doigt, lui arrachait l'œil et le lui jetait à la
face.

Un jour, il imagine de placer des sentinelles
à l'entrée des principales rues d'Acre, avec ordre d'arrêter tous les hommes qui passeraient
et de les enfermer dans une salle basse de son
palais. Quand la salle fut pleine, il fit appeler
les prisonniers, en plaça la moitié à sa droite et
la moitié à sa gauche, puis s'écria d'un ton en-

4

joué : « Très bien ! Maintenant, qu'on pende les hommes de gauche et qu'on régale ceux de droite. »

Ajoutons que ce monstre était un parvenu vulgaire et qu'il mourut paisiblement dans son lit, à l'âge de quatre-vingt-huit ans, après un demi-siècle de règne.

Je ruminais ces souvenirs quand la trompe de M. de Piellat retentit de nouveau, ordonnant un arrêt. En une minute, tout le monde fut à terre, avec des jambes déjà raidies et une sensation fort douloureuse dans l'articulation du genou.

Tout près de moi un Arabe laboure son champ pour l'ensemencer de blé. Je m'approche et j'examine ; c'est fort curieux.

La charrue se compose d'une pièce de bois de mince volume, mal dégrossie, recourbée à l'une des extrémités et armée en cet endroit d'un soc rudimentaire. A l'autre extrémité se fixe le joug, on ne peut plus simple, et c'est tout. Les *rouelles*, qui soutiennent chez nous l'avant de la charrue, n'existent pas en Orient.

L'attelage est formé, tantôt de deux bœufs, d'un bœuf et d'un âne, ou d'un chameau seul. Les bœufs de Palestine sont généralement de poil brun et petits de taille : bêtes laides à voir.

J'avais sous les yeux un âne et un bœuf, liés l'un à l'autre, malgré le précepte de Moïse, qui défend ce genre d'attelage. Le laboureur, pieds nus, la tête serrée dans une sorte de foulard graisseux, et le corps vêtu seule-

ment d'une longue chemise assez semblable
aux blouses blanches des commis d'épicerie,
l'œil indifférent, dans le plus profond silence,
d'une main dirigeait la charrue, qui n'a jamais qu'un manche, et de l'autre stimulait ses
bêtes avec le *dorban*, ou bâton à pointe de fer
dont il est souvent question dans la Sainte Ecriture.

La charrue creusait à peine le sol. Mais la
terre est si fertile dans les plaines de la Galilée,
qu'il suffit de jeter le blé, en ces sillons légèrement tracés, pour obtenir les plus belles moissons. Ailleurs, je verrai les *fellahs*, ou paysans,
labourer des cailloux sur la pente des collines;
et dans ces triste finages, sous un soleil de feu,
le pauvre fermier fera suffisante récolte. O terre
de bénédiction, si l'Arabe savait tirer profit
de ta fertilité !

On remonte à cheval pour franchir le Cison,
qui ne mouille que les jambes de nos montures,
l'honnête ruisseau. Nous faisons bientôt la pittoresque rencontre d'une caravane de chameaux et, à cette vue, ma pensée se reporte
tout de suite vers la fontaine où puisait Rébecca
quand Eliézer vint avec ses chameaux chargés
de présents demander la main de la fille de
Bathuel pour Isaac, son maître. Je songe aussi
aux chameliers ismaélites à qui Joseph fut vendu
par ses frères.

Nous ferons souvent la rencontre de caravanes semblables. Les chameaux y marchent, au
nombre de quinze à trente, sur une seule ligne,

séparés par des intervalles égaux et reliés les uns aux autres par une faible corde qui leur étreint le mufle : un train spécial dont chaque wagon serait une bête et aurait, au lieu de roues très basses, des jambes très hautes. En tête, un premier âne pour diriger la marche, et un second en queue pour la fermer : les locomotives du train !

Chacun connaît les mœurs du chameau, « le trésor de l'Asie, » comme dit Buffon, et « le navire du désert, » comme disent les Arabes. C'est le philosophe des animaux. Doux et patient, docile au point d'obéir à un enfant, il dédaigne les emportements nerveux du cheval et l'entêtement stupide de l'âne.

D'une frugalité rare, il mange une fois seulement toutes les vingt-quatre heures et peut rester huit jours sans boire, tout en portant des fardeaux de cinq cents kilogrammes. On le voit habituellement chargé de racines d'arbres, de bois coupé, de balles de paille hachée, de pierres, de sable, de dattes, de figues et d'objets qu'on déménage. Le méhari porte en outre des cavaliers et fournit des courses.

Devenu vieux, le chameau un beau jour pliera sous le fardeau, tombera sur le bord du chemin et périra loin de son étable. Combien n'ai-je pas vu de ces carcasses de chameaux, abandonnés naguère à la voracité des bêtes fauves, qui n'en avaient laissé qu'un affreux squelette ? Il arrive cependant parfois que la bête morte rend encore quelques services. On mangera sa chair, on fera de sa peau des sandales, de ses os des objets de commerce, de son poil des cordages, des tentes, des couvertures et même des manteaux. Les Bédouins ne sont pas vêtus d'autre chose.

L'élevage des chameaux se pratique en plusieurs endroits ; j'en ai vu de très jeunes dans la plaine de Jéricho.

Nous voici près d'un cimetière de campagne. Ni murs ni barrières pour l'enfermer ; ce n'est pas l'usage. Le pays, du reste, est pauvre, et les sépultures ne sont marquées que par de lourdes pierres qui préservent les morts des griffes de l'hyène, amie des cadavres.

Il fait un temps idéal.

Dans la lumière limpide l'œil porte plus loin qu'en nos pays de brouillards et de froid, et les objets semblent plus rapprochés.

Sous le ciel de Naples, de la terrasse de San-Martino, j'ai vu le golfe célèbre et sa merveilleuse ceinture de vertes collines, de bourgades ensoleillées, de coquettes villas et de vignes, hautes comme les taillis de nos bois.

C'était très beau et je remerciais Dieu qui offrait à mes yeux ce festin de luxe.

Ici, le ciel me semble encore plus radieux, la lumière plus pure et le spectacle plus émouvant. Pourquoi ? Je vais le dire.

L'accoutumance, qui rapetisse tout, n'a pas touché mon âme et, la pensée de Jésus ne me quittant pas, tout prend à mes yeux des proportions sublimes. Ce pays avec ses vastes plaines mal cultivées, avec ses collines pierreuses, ari-

des, parsemées seulement d'arbres nains et de
huttes sans forme, me paraît le plus beau pays
du monde. N'est-ce pas le pays qu'a parcouru
le Bien-Aimé, le pays des paraboles et des miracles, le pays de l'Evangile ? Je suis, à ces pensées, plein d'une admiration toute respectueuse,
et j'éprouve une secrète colère contre les pèlerins que je vois munis d'appareils photogra-
phiques, bien décidés à profaner, en la chambre noire, des paysages divins.

Un malheur !

Le cheval de mon voisin, laboureur flamand,
depuis le départ prenait plaisir, en trottinant
sans cesse, à désarticuler son cavalier ; il se paie
maintenant la fantaisie de s'en débarrasser tout
à fait. Pouf ! voilà mon homme à terre, lourd,
honteux. On rit, pendant que le malheureux
se ramasse, se tâte, s'essuie et remonte en selle,
avec l'aide aussi obligeante qu'intéressée d'un
moukre.

'Bagchich ! fait naturellement celui-ci.

Et notre Flamand y va de sa pièce de quatre
sous.

O sempiternelle chanson du bagchich, et
mains jamais lasses d'être tendues !

Une cravache à terre : bagchich !

Un parasol : bagchich !

Votre chapeau : bagchich !

Pour serrer d'un cran votre selle : bagchich !

Pour tenir l'étrier : bagchich ! etc., etc.

C'est la mendicité élevée à la hauteur d'une
institution nationale.

A midi nous arrivons sur un plateau étroit, ombragé de chênes verts et de caroubiers.

Halte! Le diner nous attend.

> Sur un tapis de Turquie
> Le couvert se trouva mis.

C'est vrai, à la lettre. Des toiles et des nattes.... de Turquie couvrent le sol Le service en fer battu est disposé en un ordre parfait. Le menu se compose d'œufs durs et de mouton froid, de fromage, d'oranges et de café. Fort heureusement, il me reste, pour faire descendre le tout, quelques gouttes d'un rhum extraordinaire, don d'un vieil ami, au départ. Merci encore à lui!

Le repas terminé, je vois les pèlerins se grouper autour du F. Liévin. Je m'approche et j'écoute. Le bon franciscain, tourné vers le Carmel, montre sur une des cimes les plus élevées le lieu où le prophète Elie confondit les prêtres de Baal et raconte en termes pittoresques ce triomphant miracle : scène merveilleuse de raillerie accablante et de foi indomptable !

« Construisez un bûcher, dit Elie aux prêtres de Baal, immolez un taureau sur le bois, et demandez à vos dieux d'envoyer le feu du ciel pour consumer l'autel et la victime. Je ferai de même et invoquerai mon Dieu, le Dieu d'Israël. »

Le défi est accepté. Du matin à midi les idolâtres répètent : Baal, écoutez-nous !

Rien! Alors Elie : « Criez plus fort ; votre
dieu cause, ou bien est à l'auberge, ou se promène, ou dort. »

Et les malheureux de pousser des clameurs
vers Baal, tout en se lardant la chair à coups de
lances et de couteaux, selon leur coutume.

Même silence de Baal !

Elie, confiant dans le Seigneur, prépare le
second bûcher, y dispose la victime et, devant
tout le peuple, invoque Jéhovah.

Aussitôt le feu du ciel allume l'holocauste et
consume en un instant la victime, le bois et la
pierre du sacrifice.

Baal et ses prêtres menteurs étaient confon-
dus ; et le peuple, en punition de leurs super-
cheries, les mettait tous à mort et précipitait
leurs cadavres dans le Cison.

La halte avait à peine duré une heure, que
déjà retentissait la trompe de M. de Piellat,
pour la levée du camp.

Nos bêtes, lestées d'un peu de paille hachée
et de quelques grains d'orge, la ration coutu-
mière du matin, du midi et du soir, étaient
prêtes. En cinq minutes, tout le monde fut à
cheval et nous partîmes. Mon groupe marchait
en tête, précédé seulement du Père Bailly, du
Frère Liévin et de M. de Piellat.

Un cavalier indigène tout à coup pique des
deux, et, dans la plaine d'Esdrelon qui s'étendait devant nous, en l'honneur de la direction,
exécute une brillante *fantasia*.

Doucement il a caressé sa belle cavale, à la

crinière d'ébène, et la noble bête a senti ce
qu'on demandait d'elle. Son œil s'est enflammé,
ses naseaux ont aspiré le vent, son pied a frappé
la terre, et, rapide, elle s'est élancée comme
l'éclair. Elle est loin déjà.

Docile, elle se retourne tout à coup et revient
à la caravane, fumante, dévorant l'espace au
milieu d'un tourbillon d'air et de poussière.
Une seconde, et la tempête va fondre dans les
premiers rangs des pèlerins.

Non ! L'Arabe a fait une légère pression de
la main et du genou, et son cheval s'est à l'instant arrêté à quelques pas des nôtres, les jambes subitement fixées au sol.

Un nouveau signe, et le coursier de feu est
reparti, faisant mille détours, avançant, reculant, tournant comme en un cirque, fendant
l'air comme une flèche, souple et nerveux,
obéissant et sauvage : pendant que son maître,
une main à la bride, de l'autre brandissait un
fusil aux riches incrustations et saluait nos chefs
de détonations répétées.

J'étais dans l'enthousiasme et je songeais que
le cheval d'Orient doit être un superbe cheval
de bataille. Job le dépeint donc tel qu'il est
quand il s'écrie, parlant au nom de Jéhovah :

« Est-ce toi qui as donné la force au cheval,
qui as hérissé son cou d'une crinière mouvante?
Le feras-tu bondir comme la sauterelle? Son
souffle répand la terreur. Il creuse du pied la
terre, s'élance avec orgueil et court au-devant
des armes. Il se rit de la peur et affronte le

glaive. Sur lui le bruit du carquois retentit, la flamme de la lance et du javelot étincelle. Il bouillonne, il frémit, il dévore la terre. A-t-il entendu la trompette ? Il dit : Allons ! et de loin il respire le combat, la voix tonnante des chefs et le fracas des armes. »

Je me hâte de dire que nos chevaux, à nous, avaient une allure plus modeste. Nos mains, du reste, étaient malhabiles pour les guider ; nous leur parlions d'une voix qu'ils n'avaient pas coutume d'entendre ; et nos genoux ne savaient pas presser leurs flancs, comme les presse le genou vigoureux de l'Arabe, qui, à cheval, semble ne faire qu'un avec sa bête, cavalier d'une aisance, d'une distinction et d'une habileté que n'atteignent pas les maîtres de l'art chez nous.

Nous battons la plaine, franchissons des ruisseaux, gravissons des collines, longeons des haies de cactus gigantesques où se cueille la figue de Barbarie, et traversons des villages aux maisons en terre, tristes à voir.

A Zebbah, je remarque, à l'entrée du pays, un énorme amoncellement de balayures et de débris sans nom, qu'une herbe verte recouvre. C'est le fumier dont il est parlé dans le livre de Job, et sur lequel le patriarche recevait les railleries de ses amis Les indigènes aiment encore à s'y reposer, y trouvant, le soir, plus de fraîcheur.

Les habitants de Zebbah ne brûlent que des crottes d'animaux desséchées.... Et à ce propos le P. Bailly nous raconte une piquante anecdote.

C'était pendant la campagne de Bonaparte en Syrie. La première fois que le général en chef eut à délivrer des bons de combustible à ses soldats, il écrivit simplement :

*Bon pour 100 stères de bois*

Un officier lui fit respectueusement observer que le bois était rare en Palestine, grâce à ces vandales de Turcs, qui détruisent les arbres jusqu'à la racine, et que les habitants avaient coutume de faire cuire leurs aliments avec la fiente des chameaux et des ânes, séchée au soleil et arrondie en forme d'épais gâteaux.

Très bien ! fit Bonaparte, et il écrivit :

*Bon pour 3000 m....*

L'officier à qui ce billet fut remis s'appelait-il Cambronne ? Je l'ignore. Quoi qu'il en soit, le musée d'Alexandrie possède le fameux bon où le dernier mot, je vous prie de le croire, ne figure pas, comme ici, seulement avec sa première lettre.

On me permettra bien de tirer de ce fait un argument contre les idiotes et sales plaisanteries que le chapitre quatrième d'Ezéchiel inspira un jour à M. de Voltaire. Il est donc vrai que les Israélites ont pu, eux aussi, dans les temps de détresse, remplacer le bois à brûler par les crottes d'animaux domestiques ou même par les détritus humains, et « cuire le pain avec ces choses. »

Nous débouchons dans une vaste plaine qui

appartient tout entière à un Grec de Jérusalem.
Soudain passent devant nous une demi-douzaine de gazelles, et nous avons le temps d'admirer ce gracieux animal qui a la taille, la sou-
plesse et toute l'élégance du chevreuil, avec des
jambes très fines, deux cornes bien plantées et
un pelage fauve, comme les champs ensoleillés
de l'Orient.

# VIII.

## NAZARETH

~~~~~~

La fatigue commence à nous envahir. On demande aux directeurs si Nazareth est encore loin, et je vois bien des cavaliers à l'allure gênée, changeant continuellement de position sur la selle, inquiets, le visage en feu et comme tourmentés d'un mal secret.

Je suis à l'arrière de la colonne. Nous traversons un dernier village ; les habitants en ont très mauvaise mine. J'en vois même qui ramassent des pierres, prêts à les lancer sur les retardataires. Nous nous retournons, ce qui heureusement les intimide, et nous ne cessons de les fixer qu'une fois hors de leur portée.

Nazareth ! Une acclamation joyeuse retentit dans tous les groupes, et l'*Ave Maria* s'échappe de toutes les poitrines. A un détour du chemin, la « Ville des Fleurs » nous est apparue subitement, blanche, calme, coquettement assise sur le flanc d'une colline, au milieu de grands arbres verts et de luxuriantes végétations.

Nos chevaux, qui sentent que la course va

prendre fin, pressent le pas, et nous sommes bientôt à l'entrée de la bourgade.

La population, avertie je ne sais par qui ni par quoi de notre arrivée, s'est entassée vers les premières maisons et nous fait un cordial accueil.

Qu'avec plaisir on descend de cheval, après cette première chevauchée qui n'a pas duré moins de douze heures, en de très mauvais chemins et sur de fort méchantes selles !

Sur deux files et par la rue principale, nous montons au sanctuaire. Quelle rue, mes amis ! Elle n'a que les trottoirs entre lesquels, à quarante centimètres plus bas, est pratiqué une sorte de canal pavé, qui devrait être le passage des voitures, mais qui n'est que le réceptacle des immondices de la ville.

Nous prenons à droite sous une arcade pour arriver sur la magnifique terrasse qui précède le portail de l'église de l'Annonciation.

Nous franchissons en grande joie la porte de l'auguste temple, du reste assez simple, et qu'on voit tout entier d'un seul coup d'œil. Il a trois nefs, séparées par des piliers revêtus de marbre. A l'extrémité de la grande nef prennent naissance deux escaliers : l'un qui monte par une double rampe au maître-autel et au chœur ; l'autre qui descend sous le premier et conduit à la chapelle souterraine.

Cette chapelle est une partie de la maison de la Sainte Famille. Chacun sait que la pièce principale de la modeste demeure a été miraculeusement transportée à Lorette, en Italie, où depuis six cents ans on accourt pour la vénérer.

Nous sommes accueillis par les Franciscains, gardiens du sanctuaire, et, après les compliments d'usage, nous nous précipitons vers l'escalier de marbre blanc qui descend à la grotte bénie.

Quand mon tour fut venu et que je pus lire la parole sacrée : *Verbum caro hic factum est — Ici le Verbe s'est fait chair*, mon imagination, franchissant d'un bond les siècles écoulés, renversa les murailles de l'église où j'étais, dispersa les terrasses amoncelées par les hommes et sur la pente déblayée reconstruisit la petite maison qui abritait Joseph et Marie.

Je la vis, avec ses deux pièces basses, son pauvre mobilier et son voisinage de semblables maisons.

La Vierge travaillait ou priait dans un coin du logis, quand un ange de Dieu, Gabriel, revêtu de la forme humaine, se présenta devant elle, et s'inclinant profondément, lui adressa les mémorables paroles : « *Je vous salue, Marie, pleine de grâce, le Seigneur est avec vous, vous êtes bénie entre toutes les femmes.* »

Nous ne rapporterons pas ici le sublime dialogue que tinrent le messager céleste et l'humble jeune fille. Les chrétiens des villes et des campagnes l'ont maintes fois lu dans le livre des Évangiles. Nous savons tous qu'en cette entrevue furent débattus les plus grands intérêts de l'humanité. Les temps de la promesse étaient

accomplis. Le Verbe éternel allait prendre chair,
et, sur le monde réconcilié pour jamais avec
Dieu, allait s'ouvrir l'ère du salut et de la paix.

En vérité, cet instant est le point culminant
de l'histoire humaine.

Après que chacun eut satisfait sa dévotion,
nous nous retrouvâmes tous sous la grande
tente, pour y prendre un joyeux et réconfortant
souper.

Il faisait à la sortie nuit noire, et nous étions
fort empêchés pour regagner nos logements
respectifs, dans les couvents, les hospices, les
écoles ou les auberges. Les indigènes avaient
prévu notre embarras, et ils se trouvèrent en nombre, munis de falots, pour nous conduire chacun chez nous.... moyennant bagchich, naturellement!

J'étais logé au Dispensaire de médecine et de
pharmacie, desservi par les Sœurs de Saint-Joseph, et je partageais avec trois confrères une
petite pièce fort proprette, située au premier
étage. Nos lits : deux tréteaux, une planche dessus, et sur la planche un mince matelas, avec
des draps étroits et une légère couverture. Il
fallait être bien sage et n'avoir pas de rêves trop
mouvementés. Sans quoi, les tréteaux se désa-
grégeaient, ou bien la couverture disparaissait,
et vous étiez fort désagréablement réveillé par
une chute ou un refroidissement.

En dormeur paisible et en cavalier très fatigué, je reposai bien et me réveillai le lendemain tout heureux de me trouver à Nazareth.

Je dis : heureux ! Nazareth, en effet, éveille
tout un monde de souvenirs qui n'appartiennent qu'à elle. Le Sauveur s'y présente à nous
dans ce qu'il a de plus humain.

A Tibériade, nous songeons à sa mission de
Docteur, nous le voyons entouré de ses disciples
et d'une foule nombreuse, avide d'instruction.
de consolation et de guérison. A Jérusalem,
tout nous rappelle ses souffrances, sa passion et
sa mort. Mais, à Nazareth, nous le retrouvons
homme comme nous. C'est ici qu'il a grandi,
au sein de sa famille. Enfant, il a joué dans les
prairies que nous voyons ; jeune homme, il a
travaillé chaque jour dans l'atelier du charpentier Joseph.

Rien ne change dans ces pays d'Orient, et les
ateliers d'aujourd'hui sont ce que fut la modeste
échoppe du Père nourricier de Jésus. Je visite-
rai plusieurs charpentiers et je les verrai fabri-
quer des charrues, des jougs, des fourches et
quelques coffres grossiers destinés à servir d'armoires dans les maisons.

Les instruments de travail sont rudimentaires
comme autrefois. Une hache-marteau, quelques
ciseaux, un maillet, un vilebrequin tournant
à l'aide d'une corde, quelques scies à poignée,
suffisent à ces ouvriers, qui réussissent à se passer d'étau en serrant entre leurs pieds nus la
pièce qu'ils fabriquent tout assis.

Et jusqu'à trente ans, Jésus a travaillé de la
sorte. Il ne prenait de repos qu'à gravir les collines qui entourent Nazareth, à parcourir les

sentiers agrestes que je puis parcourir à mon tour, et à prier sur les sommets où je viens prier après lui.

Tout ici nous Le rappelle. Nous retrouvons son souvenir dans les fleurs que nous cueillons, dans les oiseaux qui volent, dans la brise qui passe et dans la poussière qui s'attache à nos pieds. Ses yeux se sont reposés longtemps sur ces choses, et nous avons grande joie à penser qu'en rapprochant les siècles, nous devenons pour un instant ses compatriotes.

Chacun se rend à l'église de l'Annonciation. Je n'y arrive pas des premiers, et c'est à peine si une demi-heure de la matinée reste libre pour me permettre de célébrer dans la sainte chapelle.

J'attendrai patiemment mon tour, tenant à offrir le saint sacrifice au lieu même où habitèrent Jésus, Marie et Joseph. Ainsi tous mes désirs seront comblés, puisqu'en pèlerinant par l'Italie, j'eus le bonheur, il y a quelques années, de dire la messe dans la *Santa Casa* à Lorette.

Le temps, du reste, me paraîtra court. C'est dimanche, et les habitants de Nazareth sont venus nombreux à l'église. Je m'installe en bonne place et je regarde.

Les hommes sont à droite, les femmes à gauche, et tous assis à terre sur des nattes, les jambes croisées, à la mode orientale.

Les hommes, figures mâles, œil noir et profond, teint bronzé, têtes rasées et barbes courtes, me paraissent fort pieux et tout absorbés par l'attention qu'ils prêtent à l'action du sacri-

fice. Il faut dire qu'à Nazareth la grande majo-
rité de la population est musulmane. Les catholiques sont 900 sur une population totale de
7,000 habitants.

Les femmes, qui toutes se disent cousines de
la Vierge Marie, sont parées avec grâce. Un
grand voile blanc encadre leur tête fine, laissant le visage à découvert, retombe sur les
épaules et se plisse en draperie sur les hanches
pour descendre jusqu'à terre. Elles sont très
coquettes et je les vois chargées de colliers à
grosses perles, d'énormes bracelets, de sequins
en piécettes d'argent ou de cuivre et d'épingles
à têtes multicolores.

A la sortie, je suis assailli par une foule de
gens qui me crient : *Oun Napoléon !* en me montrant des pièces blanches alignées dans le creux
de leur main ; ou bien : *oun franque, oun demi-
franque*, en me montrant du gros billon turc.
Que me veulent ces importuns ? Tout simplement échanger leur monnaie blanche, de tous
pays, souvent fausse, contre un louis à l'effigie
de Napoléon, et leurs gros sous contre une pièce
de cinquante centimes ou d'un franc.

Partout où nous passerons, la même comédie
se représentera, et chose curieuse, nous verrons
ces Arabes refuser un louis d'or frappé à une
effigie autre que celle de Napoléon, par exemple, à l'effigie de la République française. La renommée du grand guerrier dure toujours chez
ces peuples, après un siècle passé. Napoléon, en
Egypte comme en Palestine, est regardé, par

l'Arabe chrétien ou musulman, comme une sorte de demi-dieu.

Après midi, tous les pèlerins se réunirent et une procession fut organisée pour la visite des lieux saints de Nazareth.

Nous atteignons d'abord la chapelle bâtie sur l'emplacement de l'*Atelier de saint Joseph*. Nous prions un instant dans l'humble sanctuaire, et, à la sortie, je cueille une fleur devant la porte : pauvre petite fleur, pieusement conservée, et qui me rappelle la réhabilitation du travail des mains par Jésus, en un temps où les peuples civilisés le réservaient dédaigneusement aux seuls esclaves.

En continuant notre marche, nous arrivons, hors de la ville, à la *Fontaine de Marie*, l'unique fontaine qui soit à Nazareth, depuis les siècles. Elle est fort belle avec sa vieille arcade sous laquelle l'eau coule en un jet frais et limpide qui tombe dans un réservoir où pataugent, attendant leur tour, plusieurs femmes arabes.

L'eau une fois puisée, ces femmes s'en retournent, silencieuses, marchant à pas comptés, les pieds nus, majestueuses dans leurs amples vêtements, le haut du corps légèrement renversé, une main au voile qui ne laisse à découvert qu'un coin du visage, l'œil, noir, profond, curieux ; l'autre, élevée jusqu'à l'amphore gracieusement posée sur la tête : spectacle d'une rare élégance !

Ainsi s'avançait la Vierge Marie, rapportant de cette même fontaine l'eau nécessaire aux

soins du ménage. « A Nazareth, écrit un vieil
auteur, est li leus où la Virge Marie manoit ;
là est la fontaine dont ele aporta l'iaue dont ele
nourissoit Nostre-Seigneur. Au ruissel de cele
fontaine Nostre-Dame lavoit les drapeles de coi
ele envelopet Nostre-Seigneur. »

En quelques minutes nous rentrions en ville
et gravissions les raides et mal pavées ruelles
qui mènent au *Mensa Christi*, Table du Christ.
Ce sanctuaire abrite une énorme pierre sur laquelle la tradition veut que le Sauveur ait
mangé avec ses disciples, après sa résurrection.

Nous redescendons un peu et quittons la rue
pour entrer dans l'église des Maronites, élevée
sur l'emplacement de la *Synagogue* de Nazareth.
Jésus interprétait un jour Isaïe dans cette synagogue et s'appliquait à lui-même les visions du
grand prophète, quand les Nazaréens, jaloux et
méchants, le chassèrent de la ville et le pour-
suivirent jusqu'à un sommet voisin d'où ils se
préparaient à le précipiter. Les temps n'étaient
pas venus, et pas une main ne put se poser sur
la personne du Christ, qui prononça, à cette occasion, la parole tant de fois redite : « Personne n'est prophète en son pays. »

Depuis un quart d'heure, la pluie tombait à
torrents et emplissait la partie profonde des rues,
entre les trottoirs latéraux. Pluie salutaire qui
emporta vers la plaine tous les détritus accu-
mulés sur le seuil des maisons : la voiture de
balayage ne fait pas mieux dans nos villes.

Il me faut traverser ce ruisseau pour rentrer

chez moi. Or il est large de quelques mètres et je n'ose tenter de le franchir d'un bond. Que faire ? J'attends qu'un Arabe vienne et dispose au beau milieu une pierre où je pourrai poser le pied pour atteindre l'autre rive. Le croiriez-vous, on trouve encore, à l'heure qu'il est, des rues pareilles, à Toulon, en France.

Quand le beau temps est revenu, je sors de nouveau et fais la rencontre d'un prêtre nantais qui est curé dans les environs de Nazareth. Je lui demande, sans plus de façon, de m'introduire, si la chose est possible, dans une famille nazaréenne. Par bonheur, il connaît de braves gens chez qui il me conduit fort obligeamment. Le comte de Lapparent et l'ami Dugourd qui se trouvaient là nous accompagnent, pendant que sortaient d'une maison voisine M. et M^me Dubois, pour aller, à l'Annonciation, tenir une belle petite Arabe sur les fonts du baptême : honneur coûteux au pays du bagchich !

Nous arrivons et je vois une maisonnette qui n'a que le rez-de-chaussée partagé en deux parties égales, cuisine et chambre à coucher. La lumière entre par des ouvertures garnies non de fenêtres vitrées, mais de grillages en bois.

Nous sommes reçus par le père et ses deux fils, qui nous baisent respectueusement la main et nous font asseoir sur de petits coussins ronds posés à terre. On nous présente alors sur un plateau des cigarettes turques que nous fumons avec délices. Après les cigarettes vient un excellent café qui nous est servi en de jolies petites tasses, aussitôt remplies que vidées.

Le prêtre nantais cause, dans leur langue, avec nos hôtes, pendant que le comte et moi examinons le sommaire mobilier de la pièce où nous sommes. Ni table, ni chaises, ni armoires, ni lits, ni fourneau ; simplement quatre murs blancs ornés de quelques pieuses images et percés de placards où sont rangés ces vases en terre qui servent de greniers ; dans un coin les coussins empilés et dans un autre de minces matelas, les lits de la famille.

A la cuisine, où je me permets d'entrer, malgré que ce sanctuaire de la femme soit inviolable, même simplicité : un réchaud, deux plats de fer, quelques tasses et quelques gobelets.

La nuit venait. Nous prîmes congé de nos hôtes et rentrâmes au camp pour le souper. La pluie tombait toujours, clapotant dans les chaudrons des vivres disposés en plein air, perçant la tente et inondant les tables. On n'en était pas moins joyeux et de bonne composition.

# IX.

# LE PAYS DES NOCES

Le lendemain, il pleuvait encore, et le départ pour Tibériade était fixé à dix heures. Inquiétude générale ! Le P. Bailly nous fit demander le beau temps avec tant d'ardeur et de confiance, priant lui-même les bras en croix et nous engageant à faire comme lui, qu'à la fin la pluie cessa et que le soleil parut. A l'heure dite, tous les pèlerins étaient à cheval. En route !

Nous gravissons des pentes escarpées où nos bêtes peuvent à peine prendre pied.

En un passage particulièrement dangereux, des chevaux se querellent, se mordent, ruent, et finalement l'abbé Bulteau, de Lille, roule avec sa monture à plusieurs mètres en dessous du chemin, dans les rochers.

On crie, on s'effraie, on se précipite ; un grand malheur est peut-être arrivé.

Vaines frayeurs ! Le cher abbé se relève aussitôt, se tâte et remonte, sans perdre une minute, un peu pâle, sur un autre cheval.

Le prêtre nantais d'hier m'a rejoint et je prends plaisir à le faire causer. Nous marchons vers le village qu'il évangélise, Rénèh. Il m'apprend que les paysans vivent de trois choses : du gibier tué à la chasse, perdrix rouges, lièvres et gazelles ; d'une maigre récolte de blé et d'orge ; des fruits d'un troupeau de petites vaches noires et de la basse-cour.

Les impôts sont fort lourds. Le cadi, à la fois percepteur et magistrat, achète sa charge, parfois à un prix très élevé, et refait ses finances en pressurant le fellah.

Les Arabes vivent cependant, mais à la condition d'être d'une sobriété monacale. Leurs mets les plus ordinaires sont le lait, les carottes blanches, les fèves, les concombres, les pastèques, les dattes, certaines pâtisseries fort peu appétissantes, le pain, l'eau et le café. Jamais de vin ! On sait déjà qu'ils ont, pour tout ustensile de table, un grand plat de fer dans lequel chacun prend à son tour, avec le pouce et l'index, ce qui lui convient. Il ne faut pas s'étonner, après cela, que l'usage du lavement des mains, avant et après les repas, soit si répandu en Orient, et que la sainte Ecriture en fasse si souvent mention.

Le pain se mange sous forme de galette ou de gâteau sec. Il est préparé chaque matin de la manière suivante. La mère de famille prend quelques grains d'orge ou de blé, les écrase entre deux pierres superposées, le moulin du pays, par le mouvement de la meule supérieure

sur la meule inférieure qui reste immobile. La
farine ainsi obtenue est pétrie, puis étendue
sur un plateau rond, en terre, chauffé au préalable ; une plaque en fer, chargée elle-même de
cendres chaudes, recouvre le tout.

En certains villages, on utilise de petits
fours construits en alignement, hors des maisons, avec de la terre séchée au soleil, et res-
semblant assez à des ruches d'abeilles qui auraient deux mètres de haut.

Il y a des mendiants en Syrie. Mais nombre
de ceux qui nous crient avec un accent lamentable et des larmes plein les yeux : *Bagchich,
moum Père ! Signor, Ravadia, bagchich !* sont
de véritables exploiteurs. Si nous donnons, on
rit en dessous de notre crédule pitié. Les touristes anglais ne donnent jamais un sou.

Les mœurs, parmi les populations chrétiennes, sont généralement pures. La jeunesse, sur-
veillée étroitement, ne donne jamais le scandale.
Les mariages sont du reste très précoces : douze
ans pour les filles, et quatorze pour les garçons.

Le contrat matrimonial est un véritable marché, et le père dispose de sa fille comme il lui
plait, sans la consulter. Une femme est payée,
dans les campagnes, de 600 à 800 fr., auxquels
il faut ajouter les cadeaux à la fiancée et à ses
parents. Dans les villes, les usages sont moins
primitifs, et se rapprochent davantage des coutumes européennes.

La polygamie existe chez les musulmans, et

le nombre des femmes qu'ils peuvent avoir est en rapport avec la fortune dont ils disposent. Le fellah, ou paysan, n'a qu'une femme, car il aurait peine à en nourrir deux.

Pauvres femmes musulmanes, en quel horrible esclavage elles sont tenues, et qu'elles doivent envier le sort des chrétiennes ! A elles tous les travaux de l'intérieur, et les corvées les plus dures du dehors.

Le musulman, monté sur un âne, s'en revient des champs, suivi de sa femme qui marche à pied, tient un enfant dans ses bras et porte une lourde charge sur sa tête. On voit une femme bâtir un mur pendant que son mari, assis à l'ombre d'un caroubier, fume silencieusement son *chibouk*.

En devisant, nous atteignons Cana, qui m'apparaît, avec son abondante fontaine et ses buissons de grenadiers, d'oliviers, de figuiers et de gigantesques cactus, comme une charmante oasis au milieu d'un désert. On met pied à terre dans la cour des Franciscains ou sur la place qui précède l'église russe. Les franciscains nous offrent, en leur monastère, du vin de Cana, et les popes, d'une tenue et d'une saleté repoussantes, nous tendent misérablement la main, en nous montrant deux cuves de pierre qui sont, d'après eux, les urnes du miracle. A ce spectacle, on n'a pas la moindre envie de crier : Vive la Russie !

On trouve du reste partout des urnes de Cana. Visitant un jour une île du Rhin, la fa-

meuse île de Reichenau, près de Constance,
un chapelain me fit voir une urne de forme
très élégante, qui paraissait fort ancienne et
qu'il m'assura avoir contenu l'eau que le Sauveur changea en vin, à Cana.

Après une demi-heure de repos, on se remet
en selle et on continue la marche. La pluie et
la nuit viendront bientôt nous surprendre.
Après avoir salué à droite le mont Thabor, nous
traversons la plaine d'Hattine, au pied du
mont des Béatitudes, sans trop songer aux
grands souvenirs qu'éveillent de pareils noms.
Dans un temps de galop, je perds mon chapeau et mon parapluie.

La nuit est noire. Nous descendons les pentes
rapides qui mènent à Tibériade, par un chemin d'interminables lacets. Les chevaux, comme
effrayés, se serrent les uns contre les autres,
précipitent le pas, et nous avons la crainte perpétuelle de rouler en quelque fondrière. Le
hurlement lamentable des chacals trouble seul
le silence. Nous marchons comme pour surprendre un ennemi.

Tout à coup des lumières paraissent dans les
profondeurs, devant nous. Elles approchent,
les voici : ce sont des torches tenues par des
Arabes envoyés à notre rencontre. Eclairée, de
distance en distance, à ce flamboiement, la caravane présente un aspect fantastique. Nous
paraissons comme un défilé de sombres et mystérieux cavaliers : les preux des croisades,
morts non loin, au champ d'Hattine, et qui se

seraient relevés pour chevaucher dans la nuit, autour du lac argenté de Tibériade.

Vers sept heures, ce 18 décembre, nous arrivons à la ville, et les moukres, au milieu des plus épaisses ténèbres, nous dirigent vers un terrain vague où les tentes sont dressées.

Les torches étaient éteintes, et des lanternes pâles essayaient d'éclairer le camp.

On descend de cheval, avec du froid sur la poitrine et un peu partout. On ne voit ni les monceaux de pierres répandus çà et là, ni les cordes tendues qui fixent les tentes, et c'est la cause de chutes nombreuses, heureusement sans gravité.

Nous découvrons enfin un alignement de tasses en fer-blanc et une grande chaudière où bout la camomille. Nous allons faire connaissance avec la fameuse sœur Joséphine, dite *sœur Camomille*, qui accompagne chaque année les pèlerins. Je remarque son énergique figure et son bon sourire. Elle nous verse la précieuse liqueur dont elle a le secret.

En une minute, nous sommes tous guéris, et nous précipitons joyeux vers la grande tente pour le dîner.

Terrible histoire ! Un drogman nous raconte qu'un touriste italien, voyageant seul, vient de faire son entrée à Tibériade, nu comme ver. Il a été arrêté par les Bédouins campés dans la plaine d'Hattine, et dépouillé de fond en comble. On lui a volé jusqu'à sa chemise.

Cette nouvelle met tout le monde en gaieté.

Nous ne prenons pas garde que la pluie tombe dru et ferme sur la tente, qui s'égoutte simplement dans nos assiettes et nos verres. Dans l'enthousiasme, je tire ma gourde de gentiane et l'offre aux voisins. Les Arabes qui nous servent, humant cette odeur effroyable, se sauvent à toutes jambes.

Le repas terminé, le P. Bailly monte sur sa chaise et commence :

— « Tous les pèlerins ne pourront pas loger en ville ; qui veut coucher sous la tente ? »

Nous sommes soixante à lever la main. C'est juste le nombre d'hommes que peuvent abriter les tentes. J'en suis, et tout fier.

« — Bénissez la pluie, reprend notre général, de sa voix traînante, et les yeux fermés. — Oh ! oh ! fait-on de toutes parts. — Oui, insiste-t-il, bénissez la pluie. Quand il fait chaud dans ce pays, c'est terrible. Des Anglais y sont venus de nuit, ont dû se cacher tout le jour suivant et sont repartis de nuit, sans avoir vu Tibériade.

« Si vous plongez le thermomètre dans l'eau, il monte à 35°, et c'est une eau pareille qu'on boit pour se rafraîchir.

« Dans les maisons, les moustiques dévorent les habitants. Si vous en tuez un, deux mille viennent le venger. Quant aux puces, elles ont élu domicile, par milliards, dans la ville. »

— Et voulez-vous savoir comment on détruit ces vilaines bêtes ? interrompt le F. Liévin. Voici la recette : Mettez-vous dans la bouche

une mèche de coton, et jetez-vous à l'eau. Les
puces sauteront au coton, et quand elles y seront toutes, vous les noierez en plongeant rapidement la ficelle dans le lac. »

Et de rire !

Quelques mois après, je lisais le *Voyage en
Espagne* de Théophile Gautier, et j'y trouvais
cet épisode.

Le célèbre écrivain raconte « qu'entré blanc
dans le palais de la Galiana, à Tolède, il en sortit noir de puces et courut se précipiter dans le
Tage. Toutes furent noyées. Ainsi, paraît-il,
font les renards tourmentés par ce terrible in-
secte. Un fragment d'écorce au bout du mu-
seau, ils se jettent à la rivière, et y plongent le
nez dès qu'ils voient l'écorce chargée d'un
équipage suffisant. »

Le P. Bailly continue.

« Les braves gens qui coucheront sous la tente,
par ce temps de pluie, n'auront à craindre ni
puces ni moustiques.

« Ils pourront tout au plus se laisser voler par
les Arabes, qui, du dehors, passent la main
sous la tente, et tirent à eux tous les objets déposés trop près du bord, à l'intérieur. Un indigène qui se livrait, certaine nuit, à ce malhon-
nête exercice saisit, par hasard, la barbe d'un
capucin et la tira vivement, croyant tenir la
houppe soyeuse d'un manteau de prix.

« Prendre garde aussi d'imiter le vieux capitaine qui, par habitude, mit ses bottes à la
porte de la tente, pour le nettoyage. Il va sans

dire qu'il se trouva, le matin, *nettoyé* lui-même....
de ses malheureuses bottes. »

Là-dessus, le P. Bailly descend de sa chaire,
et nous allons nous coucher, brisés de fatigue.
Je partage la tente des amis de Lapparent,
Dondal et Dugourd. Le brave comte essaie de
nous dire la prière, celle du soldat « courte et
bonne. » Il a trop présumé de ses forces ; il
bredouille et ne peut aller jusqu'au bout. Dugourd, sans respect, rit de tout son cœur.

On se dévêt. Mais, ô terreur, nous remarquons
tout à coup que nous sommes neuf pour huit
misérables lits, larges comme la main.

Chacun regarde le dernier entré, qui ne fait
pas mine de vouloir comprendre.

On le prie poliment de s'en aller.

Il déclare qu'il n'en fera rien.

Sans plus discuter, l'excellent comte de Lapparent reprend son veston, remet son chapeau,
et, pour la paix, va chercher un gîte ailleurs.

Nous apprendrons le lendemain qu'il dut
errer deux heures, en ville, avant de découvrir
un logement très peu sûr, où il se reposa, le
revolver à la main.

Les chacals nous sonnèrent le réveil de très
bon matin. En sortant, j'en vis un qui rôdait
non loin des tentes.

Cette jolie bête à la couleur du loup, la taille
du chien ordinaire et la queue touffue du re-
nard. Il approche, paraît-il, volontiers des habi-
tations, y entre même, en certains pays, et devient animal domestique. On le rencontre en

Palestine par troupes nombreuses. C'est, à n'en pas douter, des chacals que Samson avait saisis, liés deux à deux, et lâchés avec des flambeaux allumés dans les moissons des Philistins.

Ce fait, qui nous paraît extraordinaire, l'était moins autrefois. Le poète latin Ovide, dans ses *Fastes*, v. 707-711, fait allusion à l'usage de dévaster les champs des ennemis, en y lâchant des renards avec des tisons enflammés.

Ma première pensée fut pour mon parapluie et mon chapeau, toujours perdus.

Je m'informai : personne n'avait rien vu !

L'idée me vint alors d'offrir un bagchich à qui de nos moukres me rapporterait ces deux objets, qui ne sont pas article courant en Orient.

Bagchich ! mot magique.

Cinq minutes après, mon parapluie était retrouvé, et j'avais mon vieux chapeau sur la tête.

Je me rendis aussitôt à l'église des Franciscains, où je devais célébrer la messe.

Les rues de Tibériade sont étroites et sales. Nous y coudoyons, dès les premiers pas, le juif, le vrai juif : face crasseuse, nez en bec d'aigle, barbe immonde, chevelure grasse tombant en plaques lourdes sur la nuque et en tire-bouchons sur les tempes, œil méchant, démarche lente, alourdie, penchée, comme sous le poids d'un remords éternel.

C'est à Tibériade qu'après la conquête romaine et la ruine de Jérusalem, les Juifs se réfugièrent. Le sanhédrin s'y transporta ; l'École rabbinique y recueillit les traditions anciennes et le Talmud tout entier y fut composé.

Mais ce ne sont pas les souvenirs seulement qui, de nos jours, réunissent tant d'Israélites dans les murs ruinés de l'humble bourgade. C'est aussi une espérance.

Ils ont en Palestine quatre cités saintes : Hébron, où repose Abraham ; Jérusalem, la ville de David ; puis en Galilée, Tibériade et Saphed. Or ces deux dernières sont les villes du futur Messie. Suivant une légende hébraïque assez curieuse, il doit sortir des eaux du lac de Génésareth, prendre terre à Tibériade et établir ensuite son trône à Saphed.

# X.

# UN LAC CÉLÈBRE

~~~~~~

Après ma messe dans l'église des Franciscains, j'eus l'idée, pour mieux jouir du spectacle,
de monter sur le toit en terrasse du couvent.
Mon premier regard fut pour d'autres terrasses, situées plus bas, où je voyais des céréales
sécher et des poules becqueter. J'y remarquai
encore de petites tonnelles semblables à celles
de nos jardins. C'est le refuge, en été, des gens
de Tibériade, qui couchent ainsi sur le toit,
quand la chaleur des nuits serait intolérable
dans l'intérieur des maisons.

Puis me tournant du côté du lac, je sentis un
frisson de bonheur et d'enthousiasme me saisir
tout entier.

Le voilà donc ce beau lac, avec sa ceinture de
douces collines, de plaines verdoyantes, de bosquets embaumés et d'éternels souvenirs. J'ai vu
les lacs bleus de la Suisse. Je trouve plus beau
le lac de Galilée, ses flots plus harmonieux, ses
soulèvements plus puissants et ses contours plus
gracieux.

Je sais qu'il s'étend du nord au sud dans une
longueur de vingt et un kilomètres ; sa plus
grande largeur est de douze ; en sorte que sa
forme affecte celle d'un ovale très régulier. C'est
une merveille.

Pendant que j'admire, un pèlerin me rejoint
sur mon belvédère, le *Guide* à la main. Il me
lit les impressions de Victor Guérin, en face du
spectacle que nous avons sous les yeux.

« Les eaux du lac, claires et limpides, sont,
dit-il, extrêmement poissonneuses et semblent
inviter les pêcheurs à y jeter leurs filets. Lorsque
leur belle nappe bleue reflète l'azur du ciel et
étincelle sous les rayons du soleil, on dirait un
miroir éclatant dont les yeux sont éblouis et
charmés tout à la fois. Le soir, elles se tei-
gnent d'admirables couleurs empourprées, plus
violacées à mesure que l'astre du jour incline
davantage à l'horizon. La nuit, quand la voûte
du firmament se constelle d'étoiles, elles en
réfléchissent tous les feux doux et scintillants.
C'est alors, qu'enveloppée d'une sorte de voile
mystérieux et diaphane, la mer de Galilée
apparaît dans sa plus grande majesté, et
qu'une religieuse mélancolie s'empare invinciblement de celui qui la contemple. Alors,
en effet, dans le silence de l'esprit et du cœur,
dans le silence aussi de la nature, on voit sur-
gir de la tombe le passé avec ses impérissables
souvenirs. »

Après avoir entendu cette lecture, je con-
templai longtemps encore le lac évangélique,

puis descendis de mon toit, pour m'approcher
plus près du bord.

Une barque était amarrée que deux hommes
réparaient. Je songeai à la barque de Pierre,
qui devait être semblable à celle-ci, lourde et
massive, un peu large pour sa longueur, avec,
au milieu, un mât d'où pend une voile de toile
grossière.

Et précisément à cette minute, comme pour
doubler encore l'intensité de mes souvenirs, un
groupe de pèlerins bretons vint non loin de
l'endroit où j'étais, et entonna la suave mélopée
de Brizeux : *les Pêcheurs bretons.*

## I.

Ah ! quel bonheur d'aller en mer
Par un ciel chaud, par un ciel clair !
   La mer vaut la campagne.
Si le ciel bleu devient tout noir,
Dans nos cœurs brille encor l'espoir :
   Car Dieu nous accompagne.

### REFRAIN

Le bon Jésus marchait sur l'eau ;
Va sans peur, mon petit bateau.

## II.

Sur ton bateau, Pierre-Simon,
Que Jésus fit un beau sermon
   A la foule pieuse !
Puis dans tes filets tout cassés,
Combien de poissons amassés :
   Pêche miraculeuse !

### III.

Dans ta barque il dormait un jour,
Te souvient-il comme alentour
   S'élevait la tempête ?
Lui, réveillé par ton effroi,
Dit à la vague : « Apaise-toi ! »
   Elle baissa la tête.

### IV.

O Jésus, des pêcheurs l'ami,
Avec nous venez aujourd'hui
   Dans cette humble nacelle.
Allons ! prenez le gouvernail,
Et bénissez notre travail :
   La pêche sera belle !

La direction avait fixé le dîner à dix heures.
J'avais encore quelques minutes, j'en profitai
pour parcourir le *bazar* de Tibériade. C'est une
longue, étroite et vilaine rue, bordée de magasins de toutes espèces, puante aussi des odeurs
les plus variées, et tendue sur toute sa longueur
de bâches en toiles salies, en paille nattée ou
en écorces tissées : cela vous rappelle, mais de
très loin, les *Passages* somptueux et les brillantes *Galeries* de nos grandes villes.

On prit lestement le repas, et deux groupes
se formèrent aussitôt : celui des gens fatigués
qui devaient se contenter d'une promenade aux
bains d'Hammat, et celui des intrépides, prêts
à faire à cheval la pénible excursion de Capharnaüm.

L'abbé Ricard et Dugourd furent des premiers ;
l'abbé Dondal et moi nous joignîmes aux se-
conds.

En selle ! clame M. de Piellat.

Je me mets en devoir de chercher mon cheval, que je n'ai pas revu depuis la veille. Plus de
cheval !

Je cours anxieux de tous côtés, je m'informe
auprès des amis, j'appelle Ibrahim, mon moukre.
— Rien ! Point d'Ibrahim et point de monture !

L'idée me vient d'inspecter le défilé des cavaliers qui passaient, en file indienne, devant moi,
fiers et contents.

Que vois-je ? Un brave abbé tranquillement
assis sur ma bête.

Je l'arrête, et le prie poliment de descendre.

— Monsieur, je ne descendrai pas.

— Monsieur, c'est mon cheval, vous descen-
drez.

— Pour les excursions les chevaux sont à tout
le monde.

— Jamais ! Vous voyez bien que chacun a repris sa bête.

— Peu m'importe, après tout ! Laissez-moi
donc passer.

— Ah ! par exemple ! Je vous tirerais plutôt
à bas.

— Essayez !

— Parfaitement.

Et je saisis la jambe de mon voleur, prêt à le
descendre malgré lui. Il comprend alors que je
ne céderai pas, et se décide à mettre pied à

terre, non sans grommeler que je devais lui
rendre le bagchich offert par lui à Ibrahim.

J'eus la naïveté d'obéir à cette injonction.
Ibrahim s'était laissé corrompre et avait trafiqué
de ma monture pour cinquante centimes. Enfin, me voici à cheval. Au galop, je rejoins la
petite troupe et m'engage à sa suite dans d'affreux sentiers. Gare les chutes !

Heureusement ma bête a le pied très sûr. Je
lui lâche la bride et contemple à mon aise le
lac qui s'étend à nos pieds.

Oh ! la douce rêverie ! Il fait gros temps sur
la mer de Galilée. Le bruit de ses flots battant
le rivage arrive jusqu'à nous. Pas un marinier
n'ose mettre à la voile, et défense a été faite
par l'autorité locale de transporter où que ce
soit les pèlerins. Ainsi nous n'aurons pas la
joie de faire le voyage à la manière accoutu-
mée : le cheval des moukres pour aller à
Capharnaüm, l'embarcation des mariniers pour
en revenir. Je m'en console en plongeant délicieusement mon âme dans les souvenirs évangéliques que tant de choses réveillent ici.

Je songe qu'un soir le Sauveur, pour s'éloigner de la foule qui le poursuivait, en l'endroit même où je me trouve, dit à ses disciples : « Passons à l'autre bord. » Ils montèrent
tous dans une barque, et voguèrent; au milieu
du calme d'une belle nuit, vers les solitudes de
la Pérée. Jésus, assis à la poupe, reposait sa
tête sur l'oreiller du pilote; bientôt il s'endor-
mit, épuisé des labeurs du jour.

Tout à coup, comme il arrive souvent sur le lac de Tibériade, un vent violent se leva et les flots se déchaînèrent en tempête. L'épouvante saisit les disciples. Leur barque, jouet des vagues, va sombrer.

Par bonheur, elle porte le Roi de la nature. Jésus, tiré de son sommeil par les appels réitérés de ses apôtres, se lève et commande à la mer de reprendre son frein. A sa parole, docilement le vent cesse, docilement les flots s'apaisent.

Le lecteur ne comprendra jamais le charme et la puissance des émotions qui nous envahissaient, quand nous étions là, et que nous pouvions nous dire : je les vois, ces flots terribles qui voulaient engloutir la barque de Jésus, qui entendirent la voix du Fils de Dieu, sur lesquels il étendit sa main toute-puissante et qui se calmèrent aussitôt.

Mon regard plonge dans les profondeurs de ces eaux célèbres et j'y vois s'ébattre les mêmes poissons qui se précipitaient autrefois dans le filet de Pierre, pour la pêche miraculeuse.

On en pêchera pour nous, et notre régal, le soir au retour, sera d'en manger d'excellents, frits à point.

Halte! De misérables huttes de roseaux ou de pierres noires à demi enfouies dans la terre — des paysans en haillons, sales et laids, paresseux et méchants, tel nous apparaît Medjel : l'ancienne Magdala !

Ce n'est plus le site enchanteur d'autrefois,

rendez-vous des grandes mondaines et centre
de fêtes dissolues. La déchéance est venue, la
déchéance qui atteint toutes choses : qui sait si
pareil sort n'est pas réservé à nos villes d'eaux
modernes?

La pécheresse Madeleine s'y était fixée. Elle
y vit Jésus, entendit raconter les miracles de sa
puissance et de sa miséricorde, et en fut profondément touchée. Comme le Sauveur dînait
un jour chez le pharisien Simon, elle se pré-
cipita à ses pieds et lui demanda son pardon,
qu'elle obtint. J'ai vu, à la Sainte-Baume, près
de Marseille, la grotte où l'illustre pénitente
passa les trente dernières années de sa vie, dans
la pratique des plus effrayantes mortifications;
et je suis heureux aujourd'hui de pouvoir con-
fondre en un même souvenir le lieu où se com-
mirent les fautes et celui où se fit la réparation.
Sainte Madeleine n'est-elle pas, en même temps
que le plus célèbre témoignage de la miséricorde de Jésus, une des plus attachantes figures
de l'histoire humaine ?

Nous voici à l'entrée de la fameuse plaine de
Génésareth, autrefois un vrai jardin, une sorte
de paradis terrestre.

Nous y trouvons à cette heure des broussailles
épineuses et des chardons gigantesques. Çà et
là cependant, des coins délicieux : nous chevauchons à travers de vastes bosquets de lau-
riers-roses, et je n'ai pas de peine à cueillir les
fleurs de cet arbuste, sans quitter ma bête.
De limpides ruisseaux coulent à l'ombre des

fourrés, et nos chevaux haletants les traversent
lentement, en clapotant des pieds, les narines
dans l'eau, comme désireux de s'y arrêter plus
longtemps.

L'Allemagne a construit sur les rives du lac,
en cet endroit, une confortable maison, avec
parc délicieusement ombré et jardin en plein
rapport. J'y remarquai, à cette fin de décembre,
des légumes très verts et de belle venue, haricots, choux et raves. La vaste ferme sert encore
d'hôtellerie pour les pèlerins allemands.

La fertilité exubérante de toute cette région
me fait songer aux paraboles de la semence et
du grain de sénevé. Lors même que l'Evangile
ne le dirait pas, nous devinerions aisément
qu'elles ont été prononcées ici. Nulle part ailleurs la semence ne pourrait rendre cent pour
un, et le grain de moutarde n'atteindrait la
hauteur d'un arbre.

Il est, au reste, bien digne de remarque que
Jésus savait approprier ses paraboles aux habi-
tudes des gens qui l'écoutaient et aux produc-
tions des contrées où il se trouvait. On recon-
naît au premier coup d'œil celles qu'il prononça à Jérusalem et celles qu'il fit en Galilée. La
vie du berger et celle du vigneron, voilà le domaine auquel les premières sont le plus souvent empruntées. En revanche, quand Jésus
parle des champs de blé, des moissons, des
greniers, des filets et des pêcheurs, nous en
pouvons conclure qu'il est sur les bords du lac
de Génésareth.

Nous voici en face du promontoire qui termine
la plaine et la protège. Sur le flanc des roches,
dans la pierre vive, a été pratiqué un petit sentier fort dangereux. Le F. Liévin nous conseille
de mettre pied à terre, mais il reste lui-même
à cheval avec quelques autres. J'y reste comme
eux, et m'avance lentement, tenant ferme la
bride à ma bête et observant soigneusement les
distances. Une glissade : et je roulerais dans les
buissons d'épines en entraînant dans ma chute
les cavaliers qui me suivent.

La glissade ne se produit pas, et nous arrivons
tous sains et saufs dans le pays où fut Bethsaïde,
la patrie des cinq apôtres : Pierre, André, Jac-
ques, Jean et Philippe.

C'est donc ici que Jésus dit à de pauvres
Juifs qui gagnaient péniblement leur vie en pê-
chant des poissons : « Venez, suivez-moi. » Et
ils quittèrent barques et filets pour le suivre.

On le voit, la parole du Christ est puissante
comme la parole qui créa les mondes. Elle a
cette force divine qui arrache à la mort sa
proie, et au sol natal des paysans, pour en faire
des apôtres : deux semblables prodiges !

Nous apercevons une tente de Bédouins et une
maison basse, au milieu d'un enchevêtrement
de colonnes brisées et de murailles renversées :
c'est le champ où fut Capharnaüm. Nous quittons avec bonheur nos montures et nous nous
rendons à la petite maison qu'habitent un franciscain et son serviteur. Le pauvre moine est
malade ; nous ne le verrons pas. La fièvre qui

le tourmente est causée par le mauvais air qu'on respire en cet endroit.

— « Moi aussi, me dit le jeune Arabe, je serai bientôt malade. Nous étions en arrivant, il y a six mois, gros comme des chameaux, et maintenant, voyez ! » Ce disant, il me découvre ses bras, qui ne sont plus que deux minces paquets d'os et de nerfs.

Je m'approche des Bédouins. Leur campement ressemble assez au campement des bohémiens qui parcourent l'Europe. J'y remarque une façon curieuse de bercer et d'endormir les enfants. Dans un hamac de vieille toile dont les extrémités sont fixées aux piquets de la tente, deux bébés presque nus sont déposés au bout l'un de l'autre. La mère imprime au hamac un léger balancement, et le sommeil ne tarde pas à clore les paupières des petits moricauds.

Etait-ce fatigue, était-ce crainte vague de recevoir l'averse qui me semblait se préparer, le fait est que je ne tins pas à prolonger l'arrêt à Capharnaüm.

Nous nous trouvions cependant au lieu même que Jésus avait choisi pour habituelle retraite durant les trois années de sa vie publique, à cette Capharnaüm que les récits évangéliques appellent *sa ville*, et où il aimait à venir se reposer des fatigues de son apostolat. C'est ici qu'il payait l'impôt, qu'il enseignait les Juifs dans leur propre synagogue et promettait solennellement l'Eucharistie, en disant : « Le pain que je donnerai, c'est ma chair, et si vous ne mangez ma chair, vous n'aurez point la vie en vous. »

C'est ici qu'il guérit d'une fièvre violente la belle-mère de Pierre, rendit à Jaïre, vivante et souriante, sa chère enfant que la mort avait touchée, sauva le serviteur d'un officier romain en garnison à Capharnaüm, fit entendre et parler un malheureux sourd-muet, ouvrit les yeux d'un aveugle et délia les jambes d'un paralytique. On dut monter ce malheureux sur la terrasse du toit et, par une ouverture, le descendre aux pieds du Sauveur, tant la foule était nombreuse et pressée devant les portes de la maison.

Tous ces souvenirs ne me firent pas oublier la malédiction dont Jésus frappa l'ingrate Capharnaüm, et j'enfourchai ma bête pour repartir.

Un Chilien du pèlerinage monta en selle, à mon exemple, et nous partîmes, sans attendre l'ordre du commandant. Seul, je n'eusse pas osé prendre ainsi les devants, car ces parages sont fort dangereux. Il y a quelques années, une jeune fille qui s'était aventurée à l'écart, dans sa promenade, ne reparut plus. Ce ne fut qu'après le départ des pèlerins qu'on retrouva son cadavre mutilé sur la plage.

Il faut dire que le Chilien avait encore plus peur que moi. Je le vis à plusieurs reprises examiner si son revolver était prêt à fonctionner. Ces Américains !

Nous devancions d'une lieue le gros de la ca-

ravane, et, en certains endroits, nous hésitions
à reconnaître notre chemin. Un jeune maronite
nous rejoignit, qui nous tira d'embarras. Il avait
quinze ans, parlait convenablement le français
et possédait la plus jolie figure d'Arabe, intelligente, mâle, bronzée, que j'aie vue dans tout
le voyage.

Il marchait près de moi, nu-pieds, et me
contait les misères de son enfance. Volontiers il
se faisait guide des touristes; mais les Anglais
lui inspiraient une violente horreur. Un de ces
bizarres insulaires, riche à millions, qu'il avait
accompagné un jour entier, sans boire ni manger, ne lui avait-il pas offert un pourboire de
cinq centimes !

— Je pris le sou, me dit-il, et, furieux, je le
lui lançai au visage, au risque de lui crever un
œil.

Son rêve est le voyage à Paris, à ce Paris dont
la renommée pénètre jusque sous la tente du
Bédouin nomade et encore à demi sauvage !

De gros nuages noirs s'amoncellent et semblent sortir des cimes environnantes, comme
d'immenses cratères. La pluie nous menace de
plus en plus. Pour l'éviter, nous offrons un
honnête bagchich à notre guide d'occasion et
piquons des deux, non sans avoir les oreilles
réjouies d'un retentissant : Vive la France !
poussé par le jeune Arabe.

Nous revoyons au passage les eaux bondis-
santes qui tombent, en étroites cascades, des
montagnes de Saphed et font tourner les roues

du moulin de Kân-Minieh. Le paysage est, en cet endroit, ravissant. A partir de Magdala, nous prenons le chemin de la grève, plus long, mais plus agréable. Sur le sable fin nos chevaux galopent à plaisir, cependant que l'orage menace d'éclater, terrible.

Nous voici sous les murs de Tibériade. De larges gouttes commencent à tomber. Ibrahim, qui m'attend à la porte principale de la ville, reprend sa bête, et je me dirige à l'instant vers l'église, en me félicitant d'avoir violé la consigne. Les pèlerins que nous avons devancés seront mouillés jusqu'aux os.

A l'église, qui est bâtie au lieu même où Pierre fut créé pape, un salut va être donné. Les chants sont exécutés par ceux des pèlerins que la fatigue avait retenus à Tibériade, et par un chœur de fillettes, sous la direction de leur maîtresse de classe, une Française.

Ces pauvres enfants chantent des cantiques en *langue française*, et les larmes nous viennent aux yeux à ce souvenir de la patrie subitement éveillé.

Une exécution enthousiaste de l'*Hymne au pape* termine la cérémonie :

> Gloire au pontife universel,
> L'honneur et l'amour de la terre !
> Gloire au saint vieillard d'Israël :
> A lui nos cœurs, c'est notre père !

Quand tout fut fini, je restai quelques instants encore devant le saint Pierre que les pèle-

rins de 1883 ont placé dans l'église de Tibériade, et qui est une reproduction de la statue
vénérée à la basilique vaticane. Une pensée
m'obsédait, celle-ci.

Il y a cinq ans, je visitais l'Italie et je m'age-
nouillais devant le tombeau du prince des apôtres, qu'abrite cette merveille d'art, de richesse et de majestueuse étendue, Saint-Pierre
de Rome, le plus beau temple qui soit au monde.
Je venais de visiter, ce jour même, le pays où
vécut le pêcheur Simon, le lac où il prenait
des poissons, le marché où il vendait les fruits
son travail.

Et je me disais :

Comment se fait-il que ce misérable paysan,
qui n'avait ni science, ni fortune, ni puissance,
qui, à quarante ans, était le dernier des incon-
nus, qui devait vivre et mourir dans l'obscurité
où vivent et meurent les artisans de tous les
pays — comment, dis-je, se fait-il que ce va-
nu-pieds voie, après dix-huit siècles, son tombeau glorifié, son nom célébré et sa dépouille
mortelle vénérée par tous les peuples de la
terre, en l'ancienne capitale du monde, Rome ?

Il faut un aveuglement triple et une mauvaise foi insigne pour ne pas reconnaître, en ce
fait, l'action toute-puissante de Dieu.

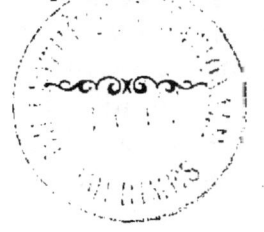

# XI

# AFFREUSE DÉBACLE

~~~~~~~~

La pluie ne cessa de tomber durant tout le repas du soir. Les pèlerins de Capharnaüm, sauf le Chilien et moi, n'y prenaient pas garde, ruisselants qu'ils étaient de la tête aux pieds. Ceux d'entre nous qui s'étaient contentés d'une facile excursion aux bains d'Hammat paraissaient s'en féliciter et vantaient cet établissement thermal, construit, disaient-ils, par Salomon lui-même.

Quelles eaux! Un âne qui les a seulement respirées demeure ivre une heure ou deux. Et c'est non loin de là qu'on voit le Jourdain sortir du lac de Tibériade en un fleuve limpide sur les bords duquel de grands flamants se postent, comme à l'affût, et happent au passage les poissons sans défiance.

Le lendemain, vers neuf heures, nous étions tous en selle pour le retour à Nazareth. Arrivés au sommet de la colline que nous avions descendue l'avant-veille, au milieu des plus épaisses ténèbres, nous nous arrêtons et jetons tristement un dernier regard sur le lac apaisé. Plus haut, nous saluons la Montagne des Béatitudes, les *Cornes d'Hattine*, où le Sauveur prononça des paroles inouïes jusqu'à Lui, et qui retentiront dans les siècles des siècles, pour consoler éternellement les souffrants, les pauvres, les justes et les opprimés.

« Heureux les pauvres en esprit.... Heureux ceux qui pleurent.... Heureux ceux qui souffrent persécution pour la justice.... Heureux ceux qui ont faim et soif de sainteté. .. »

Nous voici dans la plaine d'Hattine, toute parsemée de fragments basaltiques. Ici se tenait un jour une foule énorme qui, captivée par la parole du Sauveur, en oubliait de manger, et que le bon Jésus rassasia de quelques pains divinement multipliés.

C'est encore dans cette plaine que Guy de Lusignan, roi de Jérusalem, engagea la désastreuse bataille du 4 juillet 1187. Saladin, sultan d'Egypte et de Syrie, infligea aux Croisés une épouvantable défaite, en tua cinquante mille, s'empara de la vraie Croix, que l'armée chrétienne portait avec elle, et mit fin au royaume chrétien de Jérusalem.

On a beaucoup discuté sur les causes de l'échec final des croisades. Parmi tant d'appréciations, j'aime celle d'un musulman, que rapporte ainsi un chroniqueur du temps. « Un vieil homme moult ancien, assis sur les étaux de Damas, dit à Jean l'Ermin, artilleur du roi : J'ai vu une fois que le roi Baudoin de Jérusalem, avec trois cents hommes d'armes déconfit Saladin qui en avait mille. Maintenant vous êtes tellement *menés par vos péchés* que nous vous prenons au bas des champs, comme des bêtes. »

La pluie recommence à tomber dru et ferme, mais toujours tiède et inoffensive. Chacun se garantit selon ses moyens. Un vieux parapluie tient à l'abri ma tête et mes épaules, tandis qu'une épaisse couverture protège mes genoux et mes jambes. Que n'avais-je emporté un manteau imperméable et de plus confortables guêtres?

Nous rejoignons les pèlerins qui, par peur du cheval ou pour cause de santé, font la route en voiture. Les chemins détrempés sont horriblement boueux. Les roues des pataches enfoncent jusqu'à l'essieu et les chevaux ne veulent plus avancer. Spectacle assez amusant pour les cavaliers, cependant que des cris de détresse partent de toutes les voitures et que des têtes effarées se montrent aux portières. Un coup de fouet plus vigoureux, et l'attelage se décide à sortir de l'ornière, pour s'arrêter de nouveau un peu plus loin, au beau milieu d'une mare profonde, repartir encore et recommencer vingt fois cet affreux manège, tant et si bien que des équipages arrivèrent à Nazareth, vers minuit, six heures après les cavaliers.

En un chemin étroit, tout près de Cana, nous rencontrons un troupeau de bœufs. Mon cheval effrayé se retourne brusquement, et le

vent, s'engouffrant dans mon parapluie, sépare sans pitié le manche de la toile. Il pleut à
torrents.

Un arrêt de quelques minutes à Cana nous
permet d'avaler une tasse de chaude et bien-
faisante camomille. D'aucuns y ajoutent un
verre de vin de ce pays des Noces, et nous partons en désordre, sous les regards apitoyés des
habitants. La caravane s'éparpille sur une longueur d'au moins trois kilomètres. A six heures
du soir, nous étions à Nazareth, chacun chez
nous, et les Nazaréens ébaubis pouvaient nous
voir, debout autour de braseros allumés, assez
semblables au réchaud des blanchisseuses, sé-
chant philosophiquement nos souliers à nos
pieds, nos bas à nos jambes, nos chemises et
nos vêtements sur nos épaules.

Il plut encore toute la nuit. Mais le lendemain le beau temps sembla revenu quand nous
partîmes pour Caïffa. Du voyage en Samarie,
qu'au nombre d'une vingtaine nous avions projeté et pour lequel les sommes nécessaires
avaient été versées, il n'était plus question,
après les pluies des deux derniers jours. M. de
Piellat lui-même, l'intrépide M. de Piellat,
nous en détourna de toutes ses forces. L'année
précédente, à pareille époque, une quarantaine de Russes, enlisés dans les boues d'un
ravin inondé, n'y avaient-ils pas péri de faim,
comme périssent de froid dans les neiges les
montagnards imprudents !

Nous chevauchons gaiement. Les gens en voiture sont toujours les plus à plaindre. Dans un coin de la plaine d'Esdrelon, où il nous faut franchir nombre de ruisselets débordés, je vois deux coquins de chevaux se passer la criminelle fantaisie d'un arrêt brusque et obstiné, au moment précis où la voiture était dans l'eau jusqu'aux banquettes.

Mais c'étaient petites misères en face de la débâcle qui nous attendait au Cison. Le célèbre ruisseau, débordé de toutes parts, roulait des flots jaunes qui atteignaient la tête des énormes roseaux et des saules poussés sur ses bords. Il était quatre heures du soir, ce vendredi 21 décembre, et quinze kilomètres nous séparaient encore de Caïffa.

Que faire?

Les voitures, les ânes, les mulets, tout l'attirail du campement et les bagages furent dirigés vers un pont en construction, où travaillaient des maçons italiens, sous les ordres d'un ingénieur allemand.

Les cavaliers, conduits par le F. Liévin, remontèrent à travers champs le cours du ruisseau, pour reconnaître un passage qu'on présumait guéable. Arrivés à cet endroit, nous priâmes un Arabe très courageux et très bon nageur de se lancer à cheval vers l'autre rive. Pour obéir, il tente l'aventure, mais, en une seconde, le courant torrentiel sépare l'homme de sa bête et précipite cheval et cavalier au beau milieu d'un buisson de saules, où les pauvres naufragés s'accrochent, pour leur salut.

Le F. Liévin, visiblement ennuyé, commande demi-tour et nous rejoignons le groupe principal. Le bon Franciscain, qui depuis trente années dirige les caravanes, déclare ne s'être jamais trouvé en si fâcheuse situation.

Une seule ressource nous restait : le passage de ce maudit Cison sur les planches qui servaient d'échafaudage aux ouvriers du pont. Ces bandits, profitant de notre détresse, exigèrent la forte somme de *400 fr.* Il fallut en passer par là et faire le poing dans sa poche : mais ce qu'il plut de malédictions sur la Triplice !

Au bout d'un quart d'heure, nous étions tous de l'autre côté du torrent, contemplant d'un regard attristé les montures, les voitures et les bagages que nous étions contraints d'abandonner.

La nuit, par ce temps pluvieux, menaçait de tomber rapidement, et quinze longs kilomètres nous séparaient encore de Kaïffa. Comment les franchir avec des pèlerins qui passaient la soixantaine, avec des femmes délicates qui n'avaient jamais foulé que l'asphalte des villes, avec des cavaliers de circonstance que la selle avait horriblement fatigués, endoloris, brisés ? Et quels chemins allions-nous trouver ?

En un instant, toute gaieté disparut, et un vent d'effroi passa sur la caravane. Le P. Bailly eut au front un pli qu'on n'y avait jamais vu, et sa façon de froisser sa longue barbe grise donna froid à tous. Ce fut d'une voix émue et pleine de présages sinistres qu'il prononça: Eh bien ! chers pèlerins, partons !

Et nous partîmes, lui nous regardant passer
et se mettant en route le dernier, entouré de
l'arrière-garde, les dix gaillards les plus forts
et les plus courageux de la troupe. Nous marchions dans un silence morne, à pas rapides, la
fièvre aux tempes. La pluie, qui avait cessé, reprit de plus belle, et la nuit vint bientôt sous
un ciel bas et pesant.

Le chemin, passable d'abord, à mesure que
nous avancions, se changeait en un cloaque
affreux où nous pataugions jusqu'aux genoux. Il fallait des efforts inouïs et une attention prodigieuse pour retirer ses jambes des
mares boueuses, sans y tomber lamentable-
ment. Les pèlerins affligés de corpulence ou
trop fatigués n'arrivaient pas à éviter les chutes.
Quand un pied, s'obstinant dans la vase
gluante, rompait leur équilibre, ils s'étendaient
lourdement sur un lit de boue, et il fallait s'y
mettre à deux, voire faire la chaîne, pour
les relever. Plus de cinquante malheureux se
crépirent ainsi pantalon, veston, gilet, jusqu'à
la cravate. Ajoutez que deux fossés pleins d'eau
bordaient le chemin et brillaient vaguement,
dans la nuit, comme le sol battu de sentiers fré-
quentés. D'aucuns se précipitèrent vers ces talus sauveurs, et plongèrent dans l'eau jusqu'à
mi-corps : bain nocturne absolument désagréable.

Et pas un rire, presque pas une parole, dans
ce silence d'une nuit épaisse : rien que la marche fiévreuse, précipitée, dès que la route deve-

nait meilleure, la soif qui nous brûlait les
lèvres, la sueur qui ruisselait sur les visages, les
regards constamment fixés en avant, au loin,
pour découvrir la clarté du phare ou les feux
du bateau, une tristesse poignante qui saisissait
les cœurs, l'épouvantable pensée qu'il faudrait
peut-être se traîner jusqu'au matin, dans ce
chemin d'horreur. Nous étions comme une armée en déroute, après une bataille perdue,
quand les survivants démoralisés se couchent
au bord des chemins, essayant de mourir. Un
souffle de mort passait sur nous, dans cette boue
qui nous prenait les pieds, comme pour les im-
mobiliser à jamais.

Je marchais comme un fou, et j'en vins à me
trouver seul, loin des groupes, une heure environ. Sans armes, ne sachant même plus si j'é-
tais en bon chemin, et me rappelant le traitement que les Bédouins infligent volontiers aux
voyageurs sans défense, j'eus peur.

Enfin je rejoignis une bande. Cette fois, c'é-
tait plutôt gai. Une dame infirme, qu'on avait
placée sur un âne rencontré par hasard, se la-
mentait devant la pauvre bête que le poids de
son amazone avait fait enfoncer dans la boue
jusqu'aux oreilles. Notre seule et unique Anglaise fit peur à tout le monde, en s'évanouissant
au beau milieu d'une mare. Je vis aussi un certain nombre de pèlerins qui marchaient nu-
pieds, pour avoir perdu dans la vase leurs chaussures, dont les cordons s'étaient brisés. Pareille
aventure advint à tous ceux qui ne s'étaient pas

munis de guêtres protectrices ou de solides brodequins.

Insensiblement je prenais les devants et finis
par me trouver encore une fois seul. Je marchais hardiment, encouragé par l'étoile du
phare que je distinguais maintenant, quand tout
à coup se dressa devant moi, sombre, immobile dans le chemin, la silhouette d'un Arabe.
Le frisson de la peur glaça mon sang dans mes
veines, et je me crus perdu. J'avançai pourtant
vers l'*assassin* qui, de sa voix la plus douce,
me dit : Prenez à droite et suivez la voie de fer
en construction ; par ici vous auriez de la boue
jusque sous les bras. C'était le P. Germer, courageusement déguisé en poteau indicateur pour
les pauvres pèlerins.

Une heure après, j'étais, avec vingt autres,
chez les Frères des écoles chrétiennes, à Kaïffa,
où la plus franche hospitalité nous fut donnée.
Nous couchâmes dans les classes, tout vêtus et
brisés de fatigue.

Le lendemain, nous apprenions, avec grande
joie, que l'arrière-garde arrivée vers minuit
n'avait laissé personne en détresse. Les derniers groupes, faute de place, durent, hélas !
passer la nuit à l'église. Mes bons amis de Dijon,
M. et M<sup>me</sup> Dubois, couchèrent dans un confes-
sionnal, chacun de son côté !

Et quand le lendemain, toujours couverts de
l'horrible boue qui avait failli nous ensevelir
vivants, nous nous retrouvâmes sur le bateau,
riant et nous moquant les uns des autres, le

P. Bailly joyeusement cria : Qu'il se lève, celui qui a seulement pris le rhume cette nuit. Personne ne bougea !

Il ne devait rester de l'aventure qu'un souvenir : la cellule hospitalière payée par tous à Jérusalem, quinze jours plus tard, et qui s'appellera éternellement : *Notre-Dame du Cison.*

# XII.

# DANS LE TRAIN

~~~~~~

La journée se passa gaiement. On ne voyait
que des gens occupés à brosser, à nettoyer et
même à laver leurs habits. On brossait si bien,
on nettoyait avec tant d'énergie et on lavait de
si bon cœur que la trame des vêtements ne ré-
sistait guère. La couche de boue, solidement
plaquée, ne s'en allait qu'en emportant l'étoffe
et en laissant des trous.

Et nos bagages ?

Une première embarcation parut vers deux
heures après midi, puis une seconde et une
troisième, chargées de valises, couvertures, sa-
coches et autres objets. Chacun de se précipiter
pour reconnaître son bien. Hélas ! que de colis
manquaient à l'appel ! *La propriété, c'est le
vol*, a dit notre Proudhon. Les Arabes sont de
cet avis et volent comme des diables.

Adieu donc les chaudes couvertures de
voyage, les élégants couteaux de poche, les
armes brillantes, les provisions secrètes de cho-
colat, de conserves ou d'eau-de-vie, les solides

chaussures et les bonnes jumelles d'Europe !
Nos moukres, pensant que c'était assez de
chance à nous de n'être pas morts au Cison,
sous l'honnête prétexte de garder nos bagages
pendant la nuit, nous ont volés sans vergogne :
histoire sans doute de conserver quelque précieux et amical souvenir des braves pèlerins de
France.

A cinq heures du soir, nous quittons Kaïffa,
le port de Galilée, et nous cinglons vers Jaffa, le
port de Judée. Ce fut l'affaire d'une nuit. Dès le
lendemain matin, nous étions en rade de Jaffa,
et le débarquement s'opérait dans les condi-
tions les plus favorables.

Il faut dire qu'il n'en va pas toujours de même.
Des récifs noirâtres, aigus et rangés en demi-
cercle à quelques cents mètres du rivage, montent devant la ville une garde formidable. Si la
mer est houleuse, impossible de passer sans risques entre ces sentinelles de pierre ; et force est
bien aux navires d'attendre le beau temps pour
débarquer leurs passagers.

Nous n'eûmes pas à subir pareille quarantaine.
Les mariniers qui nous déposèrent à quai me
parurent, du reste, fort expérimentés. Sortis de
leurs mains vigoureuses, nous tombons dans
celles des douaniers turcs, qui, à leur tour,
nous livrent aux portefaix. Un quart d'heure
après, nous étions en gare de Jaffa, ce samedi
22 décembre, vers midi. Il faisait une chaleur
accablante, et j'avais peine à trouver un coin
ombreux pour lire mon bréviaire. Par bonheur,

nous pouvions rafraîchir nos lèvres desséchées au moyen de succulentes oranges qui venaient d'être détachées de l'arbre et qu'on nous donnait à des prix dérisoires : pour un sou, trois ou quatre, et même cinq au moment du départ.

Un aigre coup de sifflet retentit. Nous prenons nos places et la locomotive s'ébranle, au chant du *Magnificat*, dans les transports d'une joie débordante. Encore quelques heures et nous saluerons la Ville Sainte.

Après avoir serpenté quelque temps à travers ces délicieux bosquets d'orangers et de citronniers qui font des environs de Jaffa un jardin incomparable, le rail débouche tout à coup dans la plaine de Saron, le pays le plus fertile et le plus désolé qu'on puisse voir. A droite s'étend la contrée habitée autrefois par les Philistins.

Dans la claire atmosphère d'Orient, cette immense étendue sans arbres, avec les incertaines et bleuâtres lignes des monts de Judée, donne la sensation d'un infini qui, par des ondulations échelonnées, se continue dans les cieux.

La plaine est très riche et pourtant produit peu. Il est difficile de ne point voir la main de Dieu dans cette désolation humainement inexplicable.

Des haies de cactus annoncent la première station, *Lydda*, qui possède le tombeau du grand martyr saint Georges, et le lieu où s'élevait la maison du paralytique guéri par saint Pierre.

A travers des champs semés d'anémones, de cyclamens, d'orchidées, de tulipes et une interminable forêt d'oliviers, le train file sur *Ramleh*, dont on aperçoit le blanc minaret qui pointe au milieu d'un fouillis de verdure, et que les chrétiens nomment la tour des Quarante-Martyrs. Un curé trop remuant perd son chapeau, qui s'en va rouler aux pieds d'un grand diable de chameau, attelé seul à une charrue. On rit du malheureux qui n'aura, le reste du voyage, d'autre coiffure qu'une méchante calotte.

*Sejed !* C'est la troisième station. Le P. Bailly parcourt le train et demande à chacun son impression. Il veut savoir ce que nous pensons de cette voie ferrée, prosaïque, vulgaire, fin-de-siècle, qui nous mène à Jérusalem comme on va à Pontoise, et semble dépouiller le voyage de l'héroïque poésie des anciens jours.

Un pèlerin est seul à se plaindre, mais avec quelle éloquence ! Nous l'entendons s'écrier « que l'esprit se révolte à la seule pensée du sifflet rauque d'une locomotive troublant le silence funèbre de la vallée de Josaphat. » — « Bah, bah ! riposte le P. Bailly, quand on a déjà, dans les membres, la fatigue d'une longue traversée sur une mer houleuse, et d'une excursion pénible à Tibériade en passant par Nazareth, il est bien permis de préférer trois heures de chemin de fer à douze heures de cheval ou de voiture. » Et tous d'applaudir à

cette expression du plus solide bon sens. Le
F. Liévin nous montre le pays de Samson et
l'établissement protestant construit sur une
colline, à gauche de la voie.

*Deïr-Aban !* A partir de cette station, nous
entrons dans les montagnes. La voie ne quitte
plus le ravin sinueux, au fond duquel coule un
torrent et que surplombent d'arides rochers,
aux formes bizarres. Ces gorges sauvages, où
lentement, en s'époumonant, notre machine
s'aventure, sont toutes pleines de souvenirs bibliques et furent le théâtre incessant des luttes
d'Israël contre les peuplades ennemies.

Nous côtoyons le *Térébinthe*, et ce torrent
nous remet en mémoire la vaillance de David
qui, d'une pierre, tua près d'ici le géant Go-
liath. Nous admirons les grandes masses de granit qui se dressent devant nos yeux et, jusque
dans les profondeurs de leurs innombrables ca-
vernes, retentissent encore de la gloire des Ma-
chabées.

Pour égayer l'horreur de la nature et la mo-
notonie d'une marche languissante, de charmants spectacles se découvrent çà et là, des
deux côtés du chemin.

Un hameau est assis sur la pente adoucie,
au milieu d'oliviers argentés et de figuiers verdoyants. Des champs de blé s'étagent en terrasses superposées, soutenus de murs énormes,
traversés de raides sentiers pour les hommes et
les bêtes, et ombrés de caroubiers vastes
comme nos vieux chênes. Sur des plateaux

herbeux, pendus à mi-côte et fécondés par les
suintements des roches, paissent des chèvres
noires et des brebis blanches, en troupeaux séparés, sous la conduite d'un seul berger. Les
chèvres, insouciantes comme chez nous, promènent au bord des précipices leur vagabonde
humeur, pendant que les brebis, fort belles et
douées d'une queue large qui pèse jusqu'à
quinze livres, entourent le pasteur. Disons en
passant que l'appendice caudal en question,
très incommode pour les pauvres bêtes, fait les
délices des gourmets orientaux.

*El-Welejch !* C'est la cinquième station. Nous
ne cessons de contourner des mamelons rocail-
leux, pensant à chaque instant voir enfin le
dernier. Illusion ! D'autres mamelons plus petits se cachaient qui nous apparaissent tout à
coup et ferment de nouveau l'horizon. Le train
monte avec une désespérante lenteur.

Non loin de la voie, près du puits où notre
machine s'arrête pour prendre de l'eau, des
troupeaux paissent silencieusement. Je puis
voir une brebis, entraînée par je ne sais quelle
fantaisie, s'éloigner de la bergerie, et, à travers
des buissons d'arbres nains, s'enfuir vers le
sommet de la montagne. Le berger, « laissant
là les quatre-vingt-dix-neuf autres, » se met à
la poursuite de la brebis indocile, qu'il retrouve,
charge sur ses épaules et rapporte au bercail.
Scène gracieuse qui me fait songer à la parabole
évangélique, tout en observant que le berger
moderne, en Orient, a une mine bien sombre,

8

une voix bien rude et un aspect peu rassurant,
sous son burnous noir et la peau de chèvre qui
couvre ses membres basanés. Un long fusil pend
à son épaule et il tient dans ses mains un solide bâton. C'est qu'en Palestine, la garde des
troupeaux ne se fait pas sans danger; le berger doit être prêt à se défendre contre les bri-
gands et les bêtes sauvages. Son devoir n'est pas
seulement de conduire ses brebis dans les gras
pâturages, mais encore de les défendre quand
l'ennemi les attaque et, s'il en était besoin, « de
donner sa vie pour elles. » C'est ainsi que la
Bible et Homère donnent le nom de « Pasteurs
des peuples » à des rois qui furent d'infatigables batailleurs.

*Bittir!* La dernière station avant Jérusalem.
Je m'extasie devant le jardinet du chef, tout
vert d'oignons, de salades et de carottes, à ce
moment de l'hiver, et tout enguirlandé de lise-
rons à fleurs roses.

C'est la plaine; le train file parmi les vignes
et les jardins, et soudain, sans que nous ayons
de la Ville sainte vu autre chose qu'un coin de
muraille, nous dépose à la gare de Jérusalem.

Je mentirais si je disais qu'alors des émotions inconnues ont remué nos âmes, et que des
larmes de joie ont coulé de nos yeux.

La vérité est que chacun, saisissant ses bagages, franchit rapidement la barrière et se choi-
sit une place sur les voitures arrêtées devant la
gare. Je partageai avec trois compagnons un

méchant fiacre, et nous partimes au milieu d'un effroyable vacarme.

Les cochers arabes mettent un sot orgueil à tenir la tête en pareille cohue et dévalent, sur les pentes, dans un galop vertigineux. Des chevaux s'abattent, des roues se disloquent, des essieux se brisent, des colis sont projetés au loin. Ces accidents, loin de ralentir la course furieuse des équipages plus résistants, font rire les conducteurs, qui poussent d'affreux hourras et fouettent de plus belle.

# XIII.

# LE SAINT-SÉPULCRE

~~~~~~

Ce samedi 22 décembre, vers trois heures après midi, nous nous trouvions tous réunis dans l'immense réfectoire de *Notre-Dame de France*. Pour la première fois, depuis le départ, nous mangions sous le toit d'une maison, paisiblement, à de vraies tables, assis sur de vraies chaises, comme « chez nous. »

J'en eus la très vive sensation : je me crus rentré au foyer. Toutes mes fatigues et toutes mes impatiences se dissipèrent dans ce doux enveloppement d'un « chez soi » retrouvé. Et ma joie s'exhalait naïvement, spontanément, entre chaque bouchée, par des exclamations béates : Ah ! qu'on est bien ! Ah ! qu'il fait bon ! le bon potage ! le bon bœuf ! les bonnes carottes ! le bon poulet ! la bonne salade ! le bon vin ! la bonne eau ! les bonnes gens !

A la fin du repas, le P. Bailly se lève et nous dit que, pour la première fois depuis l'inauguration du Pèlerinage de pénitence, personne ne prend le chemin de l'hôpital à l'arrivée à Jé-

rusalem. A ce mot, un immense cri de : vive le
Cison ! ébranle Notre-Dame de France. — « Et
pour réjouir encore plus vos cœurs, ajoute le
P. Bailly, nous allons vous offrir, chers pèlerins, du vin de Pathmos, l'île où fut écrite l'Apo-
calypse. » — On apporte, en effet, ce vin d'un
suave bouquet, d'une générosité incomparable
et qui coule, en flots d'or, dans les coupes. Je
dis, après avoir goûté, à mes voisins, qu'avec
un peu.... trop de ce nectar-là, nous serions
bientôt tous capables d'écrire, nous aussi, des
Apocalypses.

On rit et, à ce moment même, le consul général de France à Jérusalem fait son entrée
« chez nous. » Des applaudissements frénétiques
saluent M. Ledoulx, ce bon Français et ce bon
chrétien, qui sait parler et qui sait agir pour le
maintien de notre influence séculaire en ce pays
d'Orient, où *chrétien* veut dire *Français*. Très
ému, M. le consul général exprime son bonheur
de revoir la patrie en nos personnes, nous félicite
de notre heureuse arrivée dans la Ville sainte,
porte la santé des Dames françaises du pèlerinage, et embrasse « son vieil ami, » le P. Bailly.

Nous quittons la table absolument enthou-
siasmés et gagnons nos chambres. Je partage
une jolie cellule avec le camarade Dondal et
l'ami Dugourd. On ne s'ennuiera pas en pareille
compagnie. Ce coquin de Dugourd ne va-t-il
pas s'aviser, aussitôt nos valises ouvertes, de
mettre la main sur le suif du « grand, » soigneusement dissimulé dans un étui !

C'était vexant. Oh! ce suif, ce baume des
jeunes cavaliers, ce cataplasme des chairs mor-
dues par la selle impitoyable! Nous ne pûmes
rire à notre aise. La cloche du couvent se mit à
sonner, nous appelant à la procession. Dès ce
premier soir, en effet, nous devions nous rendre en cortège au Saint-Sépulcre.

Nous pénétrons dans la ville par la porte de
Jaffa, et, au milieu d'une double haie d'indigènes, à travers des rues étroites, humides,
glissantes, en forme de gradins, nous avançons
lentement vers le Tombeau du Sauveur. Une
émotion encore inconnue jusqu'ici s'empare
de moi. Je songe qu'enfin je vais coller mes lèvres à ce béni rocher; je songe aux pèlerins
de tous les siècles qui vinrent des régions les
plus lointaines, au péril de leur vie, vénérer
cette glorieuse sépulture; je songe aux Français
des croisades qui bataillèrent si courageusement
pour l'arracher aux mains des infidèles; je
songe à mes péchés et combien je suis indigne
du bonheur qui va m'être donné : des larmes
chaudes me montent aux yeux. Me rappelant
l'escalier de Pilate, la *Scala Santa* que j'ai
gravi à genoux, quand je visitais la Ville éter-
nelle, je voudrais, dans un désir violent et spon-
tané, me jeter à terre, et rendre au sépulcre de
mon Dieu cet hommage de me traîner vers lui
sur mes genoux ensanglantés. Je marche devant moi, sans regarder, comme dans un rêve
d'enthousiasme, et c'est une vulgaire glissade
qui me rappelle à la réalité. Nous étions arri-

vés au dernier coude de la ruelle qui débouche sur le parvis sacré ; quelques pas encore, et je voyais la façade grise, lourde, monumentale du Saint-Sépulcre.

Nous franchissons les portes massives et voyons, à gauche, avec stupéfaction, les soldats turcs qui montent à l'entrée une garde sacrilège, vautrés sur un divan, buvant le café à l'orientale et fumant comme à la caserne. Devant nous, au pied d'une grande muraille et incrustée dans le pavé du temple, la *Pierre de l'onction*, celle-là même où fut déposé le corps du Christ, à la descente de croix ; nous l'honorons en passant. Tournant à gauche, nous arrivons devant le monument qui abrite le Tombeau du Sauveur, et, deux par deux, en nous courbant profondément, nous pénétrons dans l'étroit espace, éclairé de lueurs faibles, tristes, funèbres, où Jésus dormit trois jours du sommeil de la mort. Nous baisons le Saint-Sépulcre, non pas avidement, comme il semble, mais avec une émotion religieuse, douce et respectueuse à la fois, lentement, comme en respirant le parfum de vie qui s'échappe toujours, après dix-neuf siècles, de ce tombeau vide. Quand tous ont passé, comme l'heure de fermer les portes est venue, nous retournons, par groupes, à Notre-Dame de France, bénissant Dieu d'avoir enfin touché au terme de notre saint voyage.

Je tenais à présenter, ce soir même, mes hommages au chanoine Legrand, économe du Patriarcat, prêtre du diocèse de Besançon, et

enfant de Champlitte, à qui j'étais particulièrement recommandé. Je le trouvai non sans peine,
la nuit commençant à tomber, et il me fit le
plus affectueux accueil. Le chapitre des nouvelles épuisé, je ne pus m'empêcher de lui dire
combien j'étais surpris de voir le gouvernement
turc se montrer plus libéral que nos adminis-
trations républicaines, en permettant aux catholiques étrangers d'organiser des cortèges religieux très longs et très compacts, au milieu des
rues, déjà si étroites, de Jérusalem. M. le chanoine secoua la tête et me confia qu'il y avait
de fortes réserves à faire sur la tolérance musulmane. La *Croix* n'était-elle pas interdite pour
avoir parlé des tremblements de terre à Constantinople? Défense à quiconque de dire ou d'é-
crire publiquement que le président Carnot a
été assassiné : si Caserio allait faire école en
Turquie! Tout livre, ne fût-ce qu'une gram-
maire, si on y trouve un mot désobligeant pour
Mahomet et sa religion, est immédiatement
saisi.

Tout imprimé, à son entrée à Jaffa, paie
d'abord comme marchandise, suivant la valeur
d'estimation faite par la douane ; puis il est
expédié à Jérusalem, où fonctionne un bureau
de censure qui garde l'envoi jusqu'à réclamation
du destinataire, et souvent même se refuse à le
rendre. « Je souris de pitié, conclut le bon chanoine, quand j'entends des catholiques français
réclamer la liberté comme en Turquie. »

Après avoir pris congé de mon aimable compatriote, je rentrai à Notre-Dame de France pour le souper. A la fin du repas, une belle surprise nous attendait : la grande croix placée au fond du réfectoire, un peu dans l'ombre, incendiée tout à coup de ses quatre cent cinquante bougies électriques, nous inonda de lumière, et nous nous levâmes tous, comme d'un seul bond, pour chanter, par trois fois, la suppliante invocation :

*O crux, ave, spes unica !*

Je dormis bien et me rendis, le lendemain, dès le grand matin, au Saint-Sépulcre. J'eus la joie de célébrer à l'autel de Sainte-Madeleine, élevé à l'endroit même où l'illustre pénitente fut favorisée de l'apparition du Sauveur, après la résurrection. Un franciscain de race nègre me servit la messe; c'était un vieillard, et sa barbe grise sur fond noir produisait un effet tout particulier. Il fut assez aimable pour me montrer le trésor chrétien du Saint-Sépulcre. J'y trouvai la vaillante épée de Godefroy de Bouillon et ses éperons dorés. Cette épée, autrefois si redoutable, ne sert plus que pour la réception des pacifiques *Chevaliers du Saint-Sépulcre*, milice dont la noble mission est de contribuer de tout son pouvoir à la défense des sanctuaires catholiques de Terre sainte.

Le bon Père consentit encore à me conduire aux saintes chapelles renfermées dans l'église.

La première est la chapelle de la Flagellation, où se trouve la colonne à laquelle le Christ

fut attaché, lorsque Pilate, pour satisfaire à la
rage des Juifs, le fit battre de verges. La seconde est celle de la prison ; la troisième a été
édifiée sur l'emplacement où les soldats tirèrent
au sort les vêtements de Jésus. La quatrième est
à l'endroit où sainte Hélène se tenait en prière,
pendant qu'on cherchait le bois de la vraie
Croix.

On monte de là au Calvaire par un escalier
de dix-neuf marches taillées dans le roc vif. Cette
éminence est à cent dix pieds du Saint Sépulcre ;
son sommet, aplani, présente une plate-forme
régulière sur laquelle s'élèvent deux chapelles
séparées par une arcade : dans la première est
une table en marbre, percée de telle sorte qu'on
peut voir à travers son ouverture les trous où les
trois croix furent plantées et la fente du rocher ;
la seconde indique la place où le Sauveur fut
cloué à la croix.

Je me suis prosterné avec une profonde émotion, en ce lieu du Calvaire, où le Rédempteur,
de ses deux bras ensanglantés, embrassa le
monde pour le sauver. La fin de l'effroyable
drame se représenta à mon esprit.

« Et vers la neuvième heure, Jésus jeta un
grand cri, disant : *Eli, Eli, lamma sabacthani ?*
C'est-à-dire : Mon Dieu, mon Dieu, pourquoi
m'avez-vous abandonné ? Ce qu'entendant, quelques-uns de ceux qui étaient là disaient : il appelle Élie.

« Et aussitôt l'un d'eux courut prendre une
éponge qu'il remplit de vinaigre et, la mettant

au bout d'un roseau, il lui présenta à boire. Les autres disaient : Attendez, voyons si Elie viendra le délivrer.

«Mais Jésus, de nouveau, jetant un grand cri, expira. Et voilà que le voile du temple fut déchiré en deux du haut jusqu'en bas, la terre trembla et les pierres se brisèrent. »

Ce miracle du rocher brisé frappa tellement, il y a quelques années, un géologue protestant, qu'après un examen minutieux de la pierre fendue du Golgotha, il se convertit au catholicisme.

Mes dévotions terminées, je m'apprêtais à regagner Notre-Dame de France, quand des chants éclatèrent de divers côtés dans la vaste église. Ce fut bientôt une horrible cacophonie. Nous sommes au dimanche, et catholiques, grecs, cophtes, abyssins célébraient en même temps leurs offices, dans les chapelles qui leur sont spécialement réservées.

Les Grecs, en chantant, font entendre un miaulement pleurard ; les Cophtes vous lancent des hurlements furieux ; et je voyais de petits Abyssins fermer les yeux pour aiguiser un piaillement à déchirer les oreilles d'un sourd : cependant que les Franciscains, d'une voix grave et uniforme, psalmodiaient leur bréviaire, sans se distraire, au milieu de ce vacarme d'enfer.

Ainsi tous les cultes se réunissent au tombeau du Christ, et nous avons cette douleur, nous, catholiques, de voir le schisme y occuper la première place. Je m'en allai écœuré, poursuivi jusqu'à la rue d'aboiements liturgiques et de rugissements sacrés.

J'échappais à ces assassins de chantres cophtes pour tomber entre les mains de gens encore plus cruels, si c'est possible, les marchands d'objets de piété : chapelets, croix, images, statuettes, portraits du tzar et cierges historiés pour les Russes, objets de nacre et de bois d'olivier, vieilles armes, cuivreries et tous ces mille riens qui abondent dans les bazars d'Orient.

Oh ! les vilains sires que ces exploiteurs du pèlerin ! Ils s'attachent à vous comme la glu. A chaque coin de rue quelque racoleur vous arrête, vous prend les mains qu'il baise, se traîne à vos pieds, s'accroche à vos habits pour vous faire entrer dans sa boutique. Il n'y a pas d'êtres plus « *crampons* » que ces industriels pleurards, juifs ou turcs, qui tondent le chrétien et l'étranger sans vergogne, tout en se gaussant, à part eux, de sa naïveté.

Je devais revenir chaque jour, comme attiré invinciblement par le glorieux Tombeau, saluer les reliques suprêmes de la Passion. Et j'en avais grande joie en pensant aux obstacles effrayants qu'il fallait vaincre autrefois pour pénétrer jusqu'au Saint-Sépulcre. Les Arabes n'allaient-ils pas quelquefois, comme ils le firent à Foulques-Nerra, comte d'Anjou, jusqu'à exiger des chrétiens qu'ils répandissent des ordures sur le saint rocher, pour avoir le droit de le toucher et de le baiser, ensuite.

Mais une satisfaction plus grande, une faveur

plus précieuse devait m'être accordée, celle de
célébrer le saint sacrifice sur la pierre même
qui recouvre le Tombeau du Christ. Deux prêtres à peine pouvaient, chaque matin, jouir de
cet émouvant privilège. Il fallait, comme je le
fis, se rendre au Saint-Sépulcre dès la veille pour
y passer la nuit. Les Franciscains chargés, à
tour de rôle, de veiller sur la portion du temple
réservée aux catholiques, n'en sortent pas, y
couchent eux aussi, en d'affreuses casemates
noires et humides, et accueillent les prêtres
désignés pour la célébration d'une messe au
saint Tombeau.

Je partageai le frugal repas des bons religieux :
un potage aux pâtes d'Italie, épais et maigre,
du fromage tourné et des raisins secs.

Le dortoir des étrangers est perché, je crois
bien, dans les combles de la Basilique. Des lits
atroces, et si vous avez certaine promenade
nocturne à faire, il faut parcourir d'interminables couloirs, froids, obscurs, lugubres, tels
qu'aux anciennes prisons d'État. Je songeais
aux souterrains du Mont-Saint-Michel et aux
oubliettes du château de Brest.

Vers une heure après minuit, je fus réveillé
par des chants qui me semblaient venir d'en
bas, de très bas, comme d'un gouffre. J'allu-
mai ma chandelle, très intrigué et me demandant quelles voix pouvaient ainsi se faire entendre en pleine nuit. Un rapide coup d'œil
dans la pièce me fit découvrir une ouverture
carrée, sorte de soupirail par où montait la

nocturne psalmodie. Je m'approchai et vis
avec stupeur que cette lucarne était pratiquée
dans la partie la plus élevée de la muraille du
Saint-Sépulcre et que les voix entendues étaient
celles des franciscains chantant matines.

Je ne pouvais plus songer à dormir. Je me
levai et descendis à l'église, dans laquelle de
gros cierges répandaient une clarté pâle, funèbre : c'était bien la nuit du tombeau. Après
avoir prié devant le Saint-Sépulcre, en songeant
que j'étais là comme y furent les disciples
et les soldats qui montaient la garde, je me
mis à parcourir à tâtons tout l'édifice. A chaque pas, dans les parties demeurées obscures,
je me heurtais aux jambes de quelque pèlerin
russe, qui, assis par terre, s'était endormi en
priant. L'escalier qui monte au calvaire était
complètement envahi par ces lourdes masses
d'où se dégageait une odeur que la religion et
le patriotisme arrivaient à peine à me rendre
supportable.

C'est à trois heures du matin que je pus pénétrer dans le Saint-Sépulcre pour y célébrer la
messe. Je n'essaierai pas de dire ce que je ressen-
tis à ce solennel moment. Le lecteur comprendra de lui-même tout ce qu'il peut y avoir d'é-
mouvant, de suavement terrible et de glorieux
pour un prêtre, à célébrer les saints mystères
sur le tombeau de Jésus-Christ. Je rappellerai
seulement que la joie, loin de me rendre égoïste,
me fit penser alors à tous mes parents, à tous
mes amis, à ceux à qui je devais un spécial sou-

venir, en cette grande circonstance. Quand j'eus
terminé, je m'assis sur un banc de pierre, non
loin du saint Tombeau, et j'attendis le jour en
priant.

Les portes s'ouvrirent vers six heures et je
pus regagner à ce moment Notre-Dame de
France. Les pèlerins devaient, ce jour-là, entendre la messe à Sainte-Anne, notre église
nationale à Jérusalem. Chacun sait que cette
basilique, très ancienne et très belle, fut donnée
à la France par la Turquie, après la guerre de
Crimée. Napoléon III la remit lui-même entre
les mains du cardinal Lavigerie et de ses Pères
Blancs. Un séminaire y est établi pour la for-
mation d'un clergé oriental. Ce séminaire
compte cent dix élèves tous indigènes, échelon-
nés sur les divers degrés du sanctuaire, depuis
les premières années des études classiques jusqu'à la théologie. Déjà plusieurs prêtres grecs-
catholiques sont sortis de cette pépinière, due à
la volonté expresse de Léon XIII.

Le consul général de France à Jérusalem,
comme de coutume, assista avec tout le personnel du consulat à la messe chantée par le
pèlerinage. On respirait quelque peu l'air de
la patrie dans cette église que surmonte, flot-
tant au vent, le drapeau français. Mais ce fut
bien autre chose à la sortie. Dans la vaste cour
s'était rangée en demi-cercle la fanfare du séminaire, sous la conduite du brave P. Couturier. Quand le consul sortit de la basilique,
après tous les pèlerins, la *Marseillaise* éclata

pour saluer le représentant de la France et les Français venus à Jérusalem. Nous écoutions, silencieux, frémissants; jamais nous n'avions eu si grande joie à entendre l'hymne national et nous nous prenions à penser qu'un jour dans Jérusalem avilie sous le cimeterre, les descendants des Croisés, après le chant de guerre, feraient retentir le *Te Deum* de la délivrance.

La dernière note de la *Marseillaise* n'était pas donnée qu'un cri unanime s'éleva, demandant une nouvelle audition. Le P. Couturier ne se fit pas prier et les jeunes Arabes, électrisés à leur tour, enlevèrent, dans un souffle tout français, le chant de nos armées. Je vis des pèlerins qui avaient les yeux mouillés et la poitrine haletante, au spectacle de ces étrangers glorifiant la patrie française et paraissant heureux de nous rendre, pour un instant, le pays.

Quand ce fut fini, des applaudissements enthousiastes remercièrent les jeunes musiciens, et ces cris retentirent mille fois répétés : Vive la France ! Vive le Consul ! Vivent les Pères Blancs ! Je ne m'en allai pas sans avoir visité la crypte qui s'étend sous l'église. Elle est le lieu même où furent déposés après leur mort saint Joachim et sainte Anne. Jusqu'en 1889, les vieux textes, certains détails du monument, des traditions très précises ne laissaient aucun doute sur ce point. Mais il manquait une chose, la découverte même du Tombeau.

Les Pères Blancs se mirent à fouiller : « Nous avions, écrit le P. Cré, dirigé nos fouilles sous l'emplacement de notre autel latin. Mais dans les basiliques, l'autel était placé, non pas au fond de l'abside, mais bien au milieu du chœur, sous le centre de la coupole. Nous creusâmes longtemps et péniblement vers ce point. Enfin, un beau jour, le 18 mars 1889, des indices d'une nouvelle crypte se révélèrent et, à travers une roche friable, notre barre de fer s'enfonça tout à coup, aussi loin qu'on put la porter. Une bougie, collée à l'extrémité de la barre, éclaira les parois droites d'une vaste chambre : c'était le Tombeau. Vous décrire notre joie, notre enthousiasme, serait inutile. »

J'eus le bonheur de célébrer la sainte messe sur le tombeau de sainte Anne, et d'y prier pour toutes les mères de France.

# XIV.

## JÉRUSALEM

~~~~~~~~

Depuis le jour où je vis, du haut de *Santa Maria in Carignano*, Gênes la superbe, étendue à mes pieds avec ses dômes, ses palais, son port, sa ceinture de flots bleus et de vertes collines, ma résolution fut prise : je commencerais toujours la visite d'une grande ville par l'ascension de son point culminant, flèche de cathédrale, tour de vieux manoir, cime de montagne avoisinante.

C'est bien ainsi qu'il faut voir Jérusalem. Je me rendis donc, le troisième jour de notre arrivée dans la Ville sainte, au couvent des *Dames de Sion*, dont la maison, très élevée, est couronnée d'une large terrasse. De ce belvédère bien connu des pèlerins, le regard embrasse facilement Jérusalem et tous ses environs.

Mais quelle Jérusalem vois-je en ce moment? Ce n'est pas la ville de David, de Salomon et des rois de Juda, rasée par un satrape de Babylone, il y a vingt-cinq siècles. Est-ce l'enceinte de Néhémie et de Zorobabel? Pas davan-

tage. Les conquérants syriens l'ont, à plusieurs
reprises, assiégée, conquise et démolie. Est-ce la
Jérusalem d'Hérode, avec ses palais immenses,
ses tours massives et ses puissantes murailles ?
Hélas ! cette Jérusalem, qui vit mourir le Juste,
tomba bientôt aux mains des légions romaines,
qui n'en laissèrent pas « pierre sur pierre. »

Qu'est-ce donc ? C'est un peu de la Jérusalem
de Constantin, l'empereur catholique, et d'O-
mar, le calife musulman ; c'est quelque chose
de la Jérusalem des Rois latins ; mais c'est surtout une ville des derniers siècles, avec des
maisons sans caractère, à l'intérieur des murs,
et hors, de lourdes bâtisses qui ont à peine quelques années.

Jérusalem s'étage sur un plateau incliné,
haut de huit cents mètres au-dessus du niveau
de la mer, que terminent de trois côtés des ravins profonds et que dominent, plus en arrière,
des montagnes pierreuses. Au premier regard,
elle apparaît comme un vaste champ de coupoles minuscules, tout ainsi qu'une ville d'Europe ne montre d'abord qu'une forêt de cheminées. Puis je distingue les hauts minarets
des mosquées, les flèches des églises, les couvents, les casernes, les palais et les murailles
qui enferment la ville d'une ceinture épaisse de
créneaux, de tours et de portes fortifiées. Ces
portes sont au nombre de huit, dont les principales se nomment la *porte de Jaffa*, la *porte de
Damas*, la *porte Sitti-Mariam* et la *porte de
David*.

Un bon et large chemin fait, à l'extérieur, le
tour des murs d'enceinte, et contribue, avec les
remparts, à séparer la vieille cité des constructions européennes qui se multiplient prodigieu-
sement, depuis vingt ans, dans les environs.
*Notre-Dame de France*, à la fois couvent des as-
somptionistes et hôtellerie des pèlerins, fait
partie de ce faubourg tout moderne.

Il faut remarquer que l'emplacement actuel
n'est plus exactement celui qu'occupait la Jérusalem des temps évangéliques. La ville de David s'est un peu retirée de la montagne de Sion
pour s'étendre vers le mont Bézétha : la maison
de la dernière Pâque, le Cénacle, situé en pleine
ville avant les exploits de Titus, en est aujour-
d'hui à quelques centaines de mètres, et le Calvaire, qui était hors de l'enceinte quand Jésus
y fut crucifié, s'y trouve aujourd'hui enfermé.

Le très aimable aumônier des Dames de Sion,
l'abbé de Chaumontel, avant de me laisser redescendre, m'apprend encore que la ville est
divisée en quatre quartiers qu'il me montre du
doigt : au sud, sur la pente de Sion, le quartier des Arméniens, et plus près, dans la même
direction, le ghetto, ou quartier des Juifs ; au
nord, l'église Saint-Sauveur, le palais du patriarche et l'école des Frères marquent la place
du quartier chrétien, au-dessous duquel, jusqu'à la mosquée d'Omar, s'étend le quartier musulman. La population de ces divers quartiers
et de la banlieue, considérablement accrue sous
l'afflux de l'immigration juive, depuis quelques

années, atteint aujourd'hui 60,000 habitants, parmi lesquels les catholiques ne figurent que pour 2,500.

Je quitte mon observatoire et me retrouve bientôt dans la rue. Il est neuf heures du matin. L'ami Dugourd est venu me rejoindre, et nous commençons ensemble une promenade à l'aventure, en attendant le déjeuner.

Notre première rencontre est celle d'un âne qui semble revenir de l'abattoir, chargé qu'il est de viande découpée et empilée en un sac à deux compartiments qui pendent, l'un à droite et l'autre à gauche. Les parts n'étant pas d'égal poids, ce singulier bât roule à terre, au milieu d'ordures accumulées; le baudet, soulagé, s'apprête à déguerpir au plus vite. Mal lui en prend. Son maître, furieux, gesticulant, hurlant, l'arrête violemment, remet dans le sac en hâte sa viande où les mouches se précipitent, noires, affamées, et, à l'aide de pierres ramassées sans façon dans un angle de rue, rétablit l'équilibre de la double charge sur le dos du bourriquet.

La pauvre bête reprend sa marche, pensive, résignée, sous l'aiguillon de fer dont son maître l'assassine, tout en la poussant des deux mains devant lui, brutalement, et en l'excitant de cette invitation monotone, mille fois répétée, bien connue de tous les pèlerins et inimitable : *hran, hran !* Ce cri m'a toujours paru autrement efficace, en Orient, que le fameux *hue, Cocotte,* au pays de France.

Les ânes, les mulets et les chameaux sont,

du reste, seuls à transporter les fardeaux dans
l'intérieur de Jérusalem. Les rues, généralement très étroites, recouvertes de balcons qui
surplombent, souvent voûtées et présentant à
chaque pas de durs escaliers ou un dallage naturel très glissant, ne livrent passage à aucun
véhicule : jamais voiture n'a roulé sur le pavé
de la Ville Sainte. Nombre de villes, en Espagne, présentent le même caractère ; vous ne
pouvez, par exemple, visiter Tolède et Grenade
qu'à pied, ce qui a bien son charme, pour les
gens curieux et peu pressés.

A un détour, nous surprenons des femmes
non voilées. Elles sont horriblement laides, ce
qui ne les empêche pas, dès qu'elles nous
aperçoivent, de se couvrir rapidement le visage, comme pour soustraire leurs charmes à
nos regards indiscrets. Un nègre facétieux
passe, à ce moment, et les couvre de ridicule
en jetant, avec une précipitation comique, un
pli de son manteau sur sa noire et luisante
figure.

Plus loin deux enfants se présentent à nous,
qui demandent, du même ton, l'un à me servir la messe, et l'autre à cirer les bottes de
Dugourd. Nous ferons mille fois pareille rencontre, tant la mendicité est un vice de race,
chez ces misérables. Nous venions à peine de
les repousser, quand passa un porteur d'eau,
d'allure peu ordinaire. Il était chargé d'une
outre énorme, ruisselante et tendue à en éclater. Je m'arrêtai pour regarder et je vis que

c'était la peau entière d'un bouc, avec son poil
et toutes ses extrémités. Les quatre pattes re-
cousues et raides, le cou allongé, recousu de
même, ainsi que.... donnaient à cette dépouille rebondie une apparence de vie qui
m'impressionna désagréablement. J'aurai d'autres dégoûts.

Dans le quartier juif, le ghetto, nous respi-
rons, sous les tentes épaisses, malpropres et
obscures qui couvrent les rues humides, un air
infecté de miasmes écœurants. Nous buttons du
pied des carcasses de chiens morts et nous
voyons des chiens vivants fourrager du mu-
seau dans les entrailles de chats ou d'agneaux
crevés.

Nous glissons, en maints endroits, sur des
peaux de bêtes diverses étalées devant les portes, pour une première opération de tannerie
économique, faite par le soulier des passants.

Ici, comme en toute la ville, du reste, les
boutiques des marchands se succèdent sans ordre ; ce ne sont plus les bazars orientaux, où
chaque marchandise a sa ruelle.

Je vois les énormes balances qu'utilise le
marchand de bois pour peser ses margotins et
ses racines d'olivier. A côté on vend du lait
caillé, tout noir de mouches hideuses ; et plus
loin, un savetier confectionne de grossières ba-
bouches en peau de truie et à pointe recourbée.
En face, un boucher ensanglante de sa viande
salie la devanture d'un marchand de dattes,
pétries en un peu ragoûtant nougat ; son voi-

sin vend des têtes de moutons frites et des tripes
faisandées, à deux pas d'un pâtissier-confiseur
et d'un marchand de parfums. Voici la loge
d'un écrivain public : assis sur ses talons,
d'énormes lunettes sur le nez, il burine grave-
ment ce que lui dicte un petit juif à face pâlie
et à l'œil méchant. Tout près, un marchand
d'étoffes brillantes attend, avec une patience
hébétée, la clientèle qui ne vient pas, tandis
qu'accroupi sur une vieille natte, un hébreu à
la barbe de prophète et aux cheveux en tire-
bouchons sous la lourde casquette à poils héris-
sés, surveille son petit magasin de vieilles monnaies, vieilles armes et vieilles médailles. Ni
devantures, ni portes à ces échoppes.

Et tout ce petit commerce se fait sans un
cri, comme par chuchotements. Point d'étrangers que les pèlerins et les touristes. Jérusalem est ainsi : ni grandes affaires, ni vastes
magasins, ni usines bruyantes ; pas de plaisirs
non plus, pas de fêtes mondaines, pas de théâ-
tres, pas de places publiques, pas même ce
mouvement banal des foules errantes et des
promeneurs désœuvrés. En cette cité, qui
porte le poids de la malédiction divine, les
hommes passent comme des ombres ; les maisons, avec leurs murailles épaisses sans fenêtres
vitrées, ressemblent à des tombeaux ; les rues
sans noms, sans numéros, sans éclairage, sans
police, nous apparaissent comme des allées de
cimetière. Sur le soir les passants rasent les
murs, dans le silence et l'obscurité : une pro-

menade d'ombres. J'en avais le frisson dans toute ma chair.

Nous avions quitté le ghetto et, dans un enveloppement de chaude atmosphère, nous nous sentions renaître. Une minute après, je ne sais pourquoi, la fraîcheur humide du quartier juif nous reprenait, pour nous quitter de nouveau, à deux pas plus loin. Vous passez ainsi, en quelques instants, par les températures les plus diverses. Un poète syrien, étendant cette observation aux montagnes d'Asie Mineure, dit, avec grâce, qu'elles ont en même temps « l'hiver sur la tête, le printemps sur les épaules, l'automne dans la poitrine, tandis que l'été dort nonchalamment à leurs pieds. »

Notons en passant que cette nonchalance de « l'été endormi au pied des montagnes » est plus qu'une fiction de poète ; c'est l'expression symbolique de la vie comme la conçoivent les Orientaux, qui répètent volontiers le proverbe arabe : « On est mieux assis que debout, mieux couché qu'assis, mieux endormi que couché, mieux enfin mort qu'endormi. »

Nous approchons de la porte de Jaffa. Sur une petite place, en plein air, un barbier coupe les cheveux de ses clients avec un grand rasoir : les ciseaux et la tondeuse des Figaros européens n'ont pas encore pénétré en Orient. Pauvres gens !

Toutefois si les têtes sont soigneusement rasées, les figures demeurent éternellement vierges de l'acier. Ici la barbe est chose sacrée, signe de force, d'honneur et d'autorité. La question a été soulevée de savoir jusqu'à quel point les catholiques se soumettraient à un pape rasé, et on a songé un instant à décorer d'une barbe tout « opportuniste » les portraits de Léon XIII, exposés à la vue des fidèles. On sut gré au cardinal Langénieux, archevêque de Reims et légat du saint-père, d'avoir fait son entrée dans la ville sainte avec sa barbe, lors du fameux congrès eucharistique de 1893. Au temps des croisades, dit Guillaume d'Edesse, le prêteur n'était jamais plus tranquille sur son argent que quand il avait obtenu de ses débiteurs ce serment : « Je jure, sur ma barbe, de vous payer entière ma dette. » Les Druses faits prisonniers par nos soldats dans le Liban, en 1860, suppliaient qu'on leur coupât la tête plutôt que la barbe. Chacun sait le soin que mettaient les anciens Juifs à parfumer leur visage et l'éloge que fait l'Ecriture de la barbe d'Aaron.

Il est vrai de dire que les Romains, les Grecs et les Egyptiens n'attachèrent jamais cette importance à la barbe ; ils se rasaient soigneusement, comme on en peut juger par leurs statues et leurs momies : c'étaient cependant des hommes que Ramsès II, Jules César et Périclès !

Mon perruquier laissait la barbe aux gens, sans faire toutes ces réflexions, et je voyais au même endroit, devant un café, des musulmans qui ne réfléchissaient guère non plus, plongés qu'ils étaient dans la fumée ensommeillante du narghilé, assis presque à terre et les mains béatement croisées sur le ventre.

Nous franchissons la porte de Jaffa et soudain
nous sommes assaillis par une bande de mendiants qui, pour nous toucher, poussent des cris
lamentables et font les plus horribles grimaces :

*Ravádia, signor, madame, bonnejòr, bonnesoir,
mesquiî, la carita !*

C'est à vous fendre l'âme. Les aveugles surtout, très nombreux sous le brûlant soleil
d'Orient, comme au temps de Jésus, mettent
dans leurs supplications un acccent de déchi-
rante angoisse. Chacun dépose son obole dans le
vase de fer-blanc placé devant eux, traditionnel réceptacle des aumônes en argent et en nature.

Que la plupart de ces mendiants soient des
exploiteurs de la charité publique, il n'en faut
pas douter. Et, certes, les loqueteux d'Orient,
au point de vue de l'art d'émouvoir le passant,
ne le cèdent en rien aux professionnels les plus
habiles de nos capitales. L'homme qui vous
hurle son « mesquiî, » avec des larmes dans la
voix, s'il vous voit insensible, ira jusqu'à contre-
faire l'agonisant, pour forcer votre pitié.

Pour comprendre la possibilité de pareilles
manœuvres, il ne faut pas oublier que la mendicité est absolument interdite à l'intérieur des
murs de Jérusalem. Les miséreux prennent leurs
ébats hors de la cité. Ils n'y rentrent que la
besace pleine, cette besace qu'on ne porte pas
sur l'épaule, mais qui n'est autre que les larges
plis du vêtement sur la poitrine : l'Arabe cache
tout dans son sein.

Ajoutez que les mendiants de Jérusalem, loin de vivre isolés, forment une vaste corporation, qui a ses lois et sa « cour des miracles, » absolument comme la corporation des « mendigots » de Paris.

Il est midi. Allons reposer nos membres sous l'ombre rafraîchissante de Notre-Dame de France, et refaire nos forces devant une cuisine bien française, faite de bonnes choses par de bonnes gens.

## XV.

# LOIS ET USAGES

~~~~~~~~~

Notre exploration du matin m'avait fatigué. Il me parut utile et agréable de passer le reste de la journée dans ma cellule, à lire diverses relations de voyage en Terre-Sainte. Le récit du colonel Prévôt, qui a été deux fois pèlerin, me plut particulièrement. J'y trouvai divers renseignements qu'on ne lira pas sans intérêt.

Redisons d'abord que la Palestine tomba, dès le VII<sup>e</sup> siècle, aux mains des Musulmans, qui en respectèrent le caractère sacré. Les profanations des Saints-Lieux et les violences contre les pèlerins datent du XI<sup>e</sup> siècle, époque où les Turcs se rendirent maîtres de la Syrie. Les Croisades furent la révolte de l'Europe devant ces horreurs. On sait qu'elles n'aboutirent pas, et que durant cinq siècles, pas un soldat européen ne foula plus le sol qu'avaient rougi de leur sang les grands héros du moyen âge.

En 1799, les Français, déjà maîtres de l'Egypte, tentèrent, avec des intentions purement politiques, la conquête de la Palestine.

Bonaparte, malgré de brillantes victoires, dut renoncer à ses desseins, et baisser pavillon devant cette Angleterre qui lui ménageait d'autres résistances et plus cruelles. Le 3 novembre 1840, en exécution du traité de Londres, que consentit la France mal conseillée par M. Thiers, Jérusalem et toute la Syrie furent dévolues au sultan de Constantinople.

Ce pays se divise administrativement en deux *willayets* ou provinces : le willayet de Damas et celui de Beyrouth. Chaque willayet se subdivise en un certain nombre de *pachaliks*, ou préfectures. La Terre-Sainte appartient au willayet de Beyrouth et comprend les trois pachaliks de *Saint-Jean-d'Acre*, d'où dépendent Caïffa, Nazareth, Tibériade, de *Naplouse* et de *Jérusalem*.

Le préfet s'appelle *moutassaref;* il est généralement revêtu du titre purement honorifique de *pacha*. A la tête de chaque sous-préfecture est un *kaïmakam;* de chaque canton, un *moudir;* de chaque village, un *mouktar*. Jérusalem a un moutassaref; Nazareth, un kaïmakam; Bethléem, un moudir; Cana, un mouktar. Le *cadi*, qui est un juge de rang élevé, et le *moufti*, qui est un chef religieux nommé à vie, agissent sous l'autorité du moutassaref.

Tous ces fonctionnaires et leurs subalternes appartiennent généralement à la race turque, viennent des environs de Constantinople et sont le plus souvent des parents des hauts officiers de la couronne.

La législation turque est équitable, sage et

conforme en grande partie aux lois européennes : il ne lui manque que d'être honnêtement
appliquée par ses représentants.

Hélas ! plus encore que chez nous, la procé-
dure judiciaire est compliquée, et les juges en-
clins dans leurs verdicts aux influences pécu-
niaires. Le traitement des magistrats est faible
et les charges s'achètent : au client de mettre
du beurre dans les épinards du malheureux
cadi.

Les peines consistent en amendes et en em-
prisonnements ; rarement une condamnation
à mort est prononcée.

Jusqu'à ces dernières années, l'état civil
n'existait pas : un Syrien de trente à quarante
ans qui habite la campagne est dans l'impos-
sibilité de dire son âge. Il va de soi que ces
braves gens ne connaissent pas les gaietés du
recensement : quel malheur ! Aujourd'hui, le
progrès de la bureaucratie, qui envahit tout, a
pénétré jusqu'en Turquie : et le mouktar ou
maire de chaque village enregistre les nais-
sances, les mariages, les décès, d'après les indications du chef spirituel qui a consacré ces divers actes de la vie sociale.

Les Syriens, comme je l'ai dit dans un chapitre précédent, se marient très jeunes : on voit
dans certains villages des jeunes mariés de
treize à quatorze ans, qui continuent de fré-
quenter les écoles et y viennent, leurs petits sur
les bras. Les familles sont généralement nombreuses et des mères ont été présentées au co-

lonel Prévôt qui avaient vingt-sept enfants. La
loi turque interdit le mariage entre ottoman et
chrétien, mais permet la honte de la polygamie
et favorise cette plaie des familles qu'est le di-
vorce.

Les vieillards sont respectés, mais la moyenne
de la vie en Orient est loin d'être aussi élevée
qu'en Europe. A trente ans, une femme présente
au visage des rides profondes ; à cinquante, elle
est complètement vieille, brisée, défigurée. Les
enfants sont développés de très bonne heure ; ils
ont de l'aptitude pour la copie et l'imitation des
œuvres d'art, et pour l'étude des langues ; ils
peuvent être habiles sculpteurs ou dessinateurs ;
mais le Syrien n'invente rien, ne crée rien.
Fier, il dédaigne le travail manuel, qu'il laisse
aux fellahs et aux Arabes de condition inférieure.
Avoir une armée d'esclaves qu'il ferait travailler
à coups de fouet serait pour lui le bonheur suprême.

Les femmes sont fort coquettes. Elles aiment
à se couvrir de bijoux et à se vêtir de robes de
soie aux couleurs éclatantes ; les antiques ba-
bouches en cuir rouge sont abandonnées et rem-
placées par des bottines vernies. L'ordre et l'é-
conomie ne sont pas leur affaire : le produit du
travail est vite dépensé, maigre produit d'un
maigre travail, il faut le dire.

Il n'y a pas de bourgeoisie en Palestine ; les
fortunes élevées et même les situations aisées ne
s'y rencontrent guère. Beaucoup de familles se
distinguent par leurs bonnes mœurs, leur édu-

cation, l'entente qui règne parmi elles et l'usage
d'un certain bien-être ; mais la généralité des
habitants vit au jour le jour.

L'avenir, du reste, pour chaque homme est
bien limité, puisque tous les fonctionnaires sont
envoyés par la Turquie. On ne peut devenir
qu'ouvrier, marchand ou petit industriel. Encore tous ont-ils à lutter contre la rapacité, la
persévérance et l'âpre économie des Juifs.

Les Syriens qui ont acquis une certaine instruction chez les religieux des divers ordres,
venus d'Europe, se font *drogmans* ou conducteurs de caravanes. Un drogman en chef, à la
tête d'un pèlerinage comme le nôtre, est un
personnage ; il doit connaître plusieurs langues,
notamment le français, l'allemand, l'anglais et
l'italien. La langue du pays est l'arabe ; mais les
actes officiels et administratifs sont rédigés en
langue turque, et fort embrouillés.

Dans tout l'empire ottoman, sévit la loi de fer
des peuples européens, le service militaire obli-
gatoire et personnel, à partir de vingt et un ans.
Le tirage au sort a lieu, comme chez nous, et
détermine deux choses : la durée du service,
qui n'est pas la même pour toutes les portions
du contingent — la proportion des soldats qui
auront le privilège, si c'en est un, d'accomplir
leur temps de service dans la ville où ils sont
nés. La durée du service actif est de cinq ans ;
on peut s'en racheter, moyennant 1,200 fr. et
cinq mois de présence sous les drapeaux.

La tenue du soldat m'a paru déplorable. L'u-

niforme est sans éclat, sans élégance, sans variété. On le porte jusqu'à démolition complète;
j'ai vu, aux jambes de soldats qui montaient la
garde près des portes de la ville, des pantalons
dont la moitié descendait jusque sur la chaussure, tandis que l'autre moitié s'arrêtait un peu
plus bas que le genou. Des fonds de culottes
s'étalaient, grossièrement restaurés, ou même,
ce qui était plus grave, encore à la veille de
l'être. Rappelez-vous l'histoire de *Billou* et de
son *Boulon !*

Les mailles du conseil de revision sont, du
reste, très larges et tout le monde y passe. J'ai
vu, devant la caserne de la Tour de David, des
soldats qui étaient bossus ; j'en ai vu qui étaient
borgnes et je ne voudrais pas jurer qu'aucun
boiteux ne se trouve dans les armées du Grand
Turc.

Vous voudriez bien savoir si les gens de Palestine ont l'heureuse chance de ne pas payer
d'impôts? Eh bien ! ils ne l'ont pas. Tous contri-
buables, comme vous et moi.

L'Etat leur inflige d'abord l'impôt foncier,
basé sur le prix d'achat de la propriété, puis la
dîme, prélevée sur les récoltes et les fruits. Pour
cette dernière taxe, une commission dans chaque
village estime la récolte des particuliers. Le re-
couvrement est opéré par des « fermiers de la
dîme; » les gendarmes, les garnisaires, les soldats le surveillent et le protègent !

Ces soudards pressurent les cultivateurs et se
font nourrir par eux, ainsi que leurs chevaux,

jusqu'à ce que le paiement soit effectué. Cela rappelle l'action des pompiers de Constantinople, qui, dans les incendies, commencent par éloigner les aides volontaires, afin de pouvoir piller à leur aise et installer leurs femmes dans les meilleurs endroits, pour faire comme eux.

Voici un exposé des exactions du fisc, tel qu'un habitant de Jérusalem l'a présenté au colonel Prévôt.

« J'ai un terrain dont les arbres fruitiers ont été imposés d'environ 50 fr. Un fellah soigne ces arbres pour mon compte, et garde devers lui les deux tiers de la récolte. Le troisième tiers m'a rapporté, cette année, 40 fr., somme pour laquelle j'ai payé 50 fr. de dîme, sans parler de l'impôt foncier, que j'ai payé aussi, et qui est fort exagéré. — D'autre part, je suis locataire d'un jardin dont le revenu net, l'année dernière, a été de 1 fr. 50; je perdrai 40 fr. environ, parce que l'individu qui me l'avait loué est en prison pour dettes envers l'État. »

Au résumé, l'administration financière est déplorable; les provinces sont traitées en pays conquis, par les fonctionnaires; et, chose admirable, le peuple supporte sans se plaindre les violences du fisc, tant il a perdu tout sentiment de dignité humaine, tant la loi de Mahomet inspire d'abrutissante résignation.

Il faut ajouter qu'en principe, toute la terre appartient au sultan; les détenteurs du sol n'en sont qu'usufruitiers. On ne peut bâtir une maison sans y être autorisé par le pré-

fet. Quant aux églises, couvents, écoles, hôpitaux, vous n'en posez la première pierre
qu'après avoir obtenu un *firman* signé de la
propre main du sultan. Les réparations à faire
à ces mêmes édifices nécessitent de longues dé-
marches, et les travaux restent souvent inter-
rompus.

Quand le gouvernement fait une route, il
impose à chaque village une partie du travail, et,
la route une fois construite, il ne s'en occupe
plus. Aussi les chemins à voitures sont-ils rares et
fort peu commodes. La chose, en somme, paraît moins extraordinaire, si l'on songe que
tous les transports se font à dos de chameaux,
d'ânes ou de mulets, animaux qui se plaisent
dans les sentiers rocheux et escarpés.

Les Français résidant en Palestine sont régis
par l'édit conclu en 1740, faisant suite aux ca-
pitulations successives obtenues sous les règnes
de François Ier, Henri IV et Louis XIV. L'état
civil est tenu au consulat, mais le consul ne
marie pas : le mariage religieux suffit. Il entend les causes comme juge de paix, mais avec
des privilèges plus étendus ; il peut aussi former
un tribunal avec deux membres français.

Dans leurs procès avec les Turcs, les Européens sont justiciables des tribunaux ottomans,
en matière civile et matière criminelle. La sentence est communiquée à leurs consuls respectifs, auprès de qui ils peuvent en appeler, s'ils
ont encouru une condamnation.

Le consul général de France à Jérusalem est,

depuis Louis XIV, le président du corps consu-
laire de Palestine et le chef du protectorat
latin. Il assiste officiellement, en costume, aux
fêtes et aux offices latins.

Il ne me paraît pas utile de donner de plus
amples renseignements sur les lois et les mœurs
de la Palestine. Peut-être m'arrêté-je trop tard,
et dois-je à l'instant passer à de plus intéres-
sants souvenirs.

Je vous dirai donc que l'abbé Ricard vient
de rentrer avec une superbe valise à la main. Il
la tient, pas gratuitement, d'un juif, qui l'a poursuivi de ses offres durant une heure au moins.
Pauvre abbé ! dès qu'il voudra se servir de sa
belle valise, la déconvenue sera complète. Les
cuirs, les courroies, qui paraissaient d'une so-
lidité à toute épreuve, se déchireront comme une
feuille de papier; les brillantes ferrures se bri-
seront et les charnières en fer-blanc achèveront la
ruine de l'objet, en s'échappant au premier effort.

C'était à prévoir : bizarre idée d'un homme
qui achète une valise pour s'en servir ! Cela me
rappelle le mot d'un cordonnier. Il avait livré
des chaussures qui, à la première sortie, se dé-
collèrent horriblement. Là-dessus, visite de
l'acheteur, furieux d'avoir été joué sans vergogne. Et le savetier de lui répondre avec un
flegme imperturbable : Vos souliers prennent
l'eau et perdent leurs talons; je vois bien ce qui
est arrivé, vous les aurez mis à vos pieds et vous
aurez marché avec.

La valise du juif était ainsi faite que, pour

durer, il fallait qu'elle reposât paisiblement dans quelque armoire. Oh ! ces bons Israélites !

Je riais encore de la mésaventure de notre ami, quand le « Père » Dubois m'accoste et me dit à brûle-pourpoint : « Vous en êtes ?

— De quoi ?

— Eh bien, du groupe !

— Quel groupe ?

— Mais le groupe des braves gens qui vont se rendre à la cour de Notre-Dame de France.

— Pourquoi faire ?

— Pour poser devant le photographe.

— Monsieur Dubois, on ne peut rien vous refuser. Une minute : je monte à ma chambre, je me coiffe de mon turban et je suis à vous. »

Ce fut bientôt fait. Trois jours après, je recevais un exemplaire des photographies obtenues, et j'avais peine à me reconnaître dans le fameux groupe.

Le courrier est arrivé sur ces entrefaites; je me précipite. O joie, ô bonheur, ô délire, voici trois lettres ! Voici le timbre du pays, voici le papier de France, voici l'encre de France, voici le pieux souvenir et les vœux des amis. On dévore ces quelques pages et un immense contentement vous envahit tout entier. Par-dessus les montagnes de Juda et la mer, on retourne un grand merci qui dit clairement : encore, les enfants, encore !

Comme le temps menaçait de se mettre à la pluie, je songeai que mon parapluie, brisé à Cana, pouvait encore supporter une réfection

et je le fis porter chez un « magnin » du pays.
Ledit magnin refusa de le recevoir, alléguant
que la réparation, très difficile, coûterait plus
cher qu'un parapluie neuf, et qu'il me fallait
faire mon deuil du glorieux vétéran. C'était
l'arrêt de mort.

Je n'appris pas cette nouvelle sans un serre-
ment de cœur. Il allait donc périr, loin du pays
natal, ce compagnon des jours pluvieux, ce pro-
tecteur toujours bienveillant et d'humeur toujours égale ! Que de chapeaux ne m'a-t-il pas
conservés, que d'habits n'a-t-il pas abrités
sur mes épaules ! Quand la pluie cessait,
volontiers il s'érigeait en canne à marcher, ou
même consentait à me servir de parasol. Et le
voilà vieux, déchiré, triste, objet de mépris ; on
le précipitera derrière quelque meuble, et c'est
là, dans un coin obscur, au milieu des arai-
gnées, qu'il tombera à l'état de squelette, pour,
peut-être, ressusciter un jour et recommencer
une existence semblable, sous une carapace
nouvelle.

Adieu donc, mon vieil ami ! Dors tranquille
ton dernier sommeil ; je ne te remplacerai pas
sur la terre étrangère, et n'oublierai jamais les
services que tu m'as rendus, dans mes pèlerinages vers tous les grands sanctuaires !

Il me restait quelques minutes. J'en profitai
pour aller demander aux Franciscains le certificat de pèlerinage traditionnel. Il me fut aussitôt remis. Cette pièce, rédigée en latin, at-
teste que celui qui la possède a bien réellement

visité les Lieux Saints. L'origine en est curieuse; la voici.

Au moyen âge, il arrivait que pour des
crimes qui avaient scandali-é des peuples en-
tiers, l'Eglise imposât aux coupables la rude
pénitence de prendre le bâton de pèlerin et de
s'en aller chercher le pardon au tombeau du
Christ. Le criminel se mettait donc en marche,
et parfois la longueur du chemin l'effrayait au
point de l'arrêter en quelque lieu caché où il
passait le temps que durait d'ordinaire le voyage
en Terre Sainte. Fraude, en somme très facile,
et qu'il était non moins facile d'empêcher. Les
pénitents durent donc rapporter de Jérusalem
un certificat authentique délivré par les gardiens du Saint-Sépulcre, les Franciscains Et
voilà pourquoi, aujourd'hui encore, les pèlerins qui ne son' allés à Jérusalem que par dévotion, en peuvent rapporter une attestation incontestable de leur saint voyage.

J'ai ce souvenir avec nombre d'autres, que je
n'ai pas demandés aux maisons religieuses,
mais que j'ai mieux aimé réunir moi-même et
qui me sont infiniment précieux : une fleur
cueillie en un lieu sacré, une petite pierre,
quelque fruit, des épis de blé, une feuille d'arbre. Tout cela est desséché et tout cela, pour
moi, exhale le plus suave des parfums

## XVI.

# LA VOIE DOULOUREUSE

~~~~~~

Dès mon arrivée à Jérusalem, ma résolution fut prise de refaire, après Notre-Seigneur, le chemin de la croix, de suivre les pas bénis du Sauveur et de revivre, sur place, la Passion.

Accompagné du brave Dugourd, dès le grand matin nous commençâmes par la visite du Cénacle.

Chacun sait que le jeudi, veille de sa mort, au soir, Jésus fit la Pâque avec ses apôtres dans une salle vaste et convenablement ornée. Ce fut là, sur le mont Sion, qu'à la fin du repas, il institua le sacrement d'Eucharistie, donnant à l'humanité cette marque incomparable d'amour : nourrir nos âmes de sa chair et de son sang, comme le pain et le vin nourrissent nos corps.

Aussi bien cette merveilleuse institution était son testament. Ses ennemis le guettaient, prêts à le saisir et à s'en débarrasser : il se trouva, dans sa famille spirituelle, un homme qui n'hésita pas à leur faciliter la besogne. Cet

homme porte un nom qui est le plus exécré de
tous les noms, cet homme est l'incarnation
même de la traîtrise lâche et honteuse : c'est
Judas. Le monstre sortit et s'en alla trouver les
Princes des prêtres, pendant que Jésus se rendait à Gethsémani pour prier.

Que reste-t-il du Cénacle ? On y arrive en
suivant un chemin raide qui longe les remparts
à l'extérieur, à partir de la porte de Jaffa et de
la caserne élevée dans l'ancienne *Tour de David.*

Grandeur et décadence ! En cette tour où le
Roi-Prophète exhala ses psaumes, chants sublimes que rediront les générations jusqu'à la
fin des siècles, des soldats grossiers fredonnent
des refrains grivois.

Après quinze minutes de marche pénible,
nous atteignons le groupe de maisons qui représente aujourd'hui le Cénacle. Un minaret le
domine et l'ensemble, avec sa large façade,
produit un assez bel effet. On entre par un passage voûté, et on se trouve en présence de musulmans à l'air dédaigneux, méchant, personnages qui affichent devant le chrétien une morgue insultante.

Une porte à gauche donne accès dans un ha-
rem; le lieu où Jésus lava les pieds de ses apôtres, avant la Cène, est souillé par la présence
de femmes livrées au vice infâme, et leurs
maîtres, fervents sectateurs de Mahomet, se font
une gloire de perpétuer ce honteux état de
choses. A diverses reprises, de généreux Euro-

péens ont tenté de faire l'acquisition de cette
maison, mais leurs. tentatives ont constamment
échoué, et rien n'annonce que le Cénacle doive
bientôt retomber entre les mains des chrétiens.

Il va de soi que l'entrée dans cette première
salle nous est interdite.

L'étage supérieur, où l'on nous permet de
pénétrer, correspond à la grande salle décorée
dont parle saint Luc.

Elle fut, dès l'origine, convertie en église.
Mais sa construction, probablement insuffi-
sante ou déjà fort ancienne au temps de Jésus,
ne résista pas à l'action des siècles, et sainte
Hélène dut la reconstruire. Mieux inspirée
qu'en d'autres circonstances, l'illustre impératrice respecta les dispositions primitives de la
sainte maison, notamment le double étage, et
lui conserva son caractère quasi sacré.

Les croisés, qui vinrent après sainte Hélène,
s'inspirant du même tact tout religieux, ne
changèrent rien à la construction ancienne, et
les Turcs consentent à laisser les choses en
l'état. Ils sont là, depuis le xvie siècle, fiers d'a-
voir expulsé les Franci-cains d'une maison que
Robert d'Anjou avait obtenue pour eux du sultan, moyennant dix-sept millions de pièces d'or.

Ce que nous visitons ici, ce n'est donc qu'un
souvenir. Ces murailles, ces colonnes n'ont pas
été témoins de la dernière Pâque du Sauveur.
Elles sont, et notre piété se contente de cette
assurance, elles sont où furent les murailles et
les colonnes qui virent l'institution de la

sainte Eucharistie et qui, minées par le temps, reposent enfouies dans le sol, sous nos pas.

Nous nous mîmes à genoux, et une prière, à la fois pleine de tristesse et de reconnaissance, s'échappa de nos lèvres.

Tristes? Comment ne le serait-on pas, à la pensée que ce lieu trois fois saint, où les apôtres et la Vierge prièrent, où Jésus ressuscité leur apparut deux fois, où ils étaient encore quand l'Esprit-Saint les enflamma de science et de force, est devenu un repaire du vice et une mosquée musulmane?

A la suite du Sauveur, nous quittons le Cénacle et marchons vers Gethsémani. Mais que de souvenirs vont interrompre notre pieux pèlerinage et retarder notre arrivée au jardin de l'Agonie !

Nous visitons d'abord une grotte profonde que les Pères de l'Assomption ont convertie en sépulture des pèlerins. Le froid de la mort me saisit devant ces tombeaux où dorment déjà du dernier sommeil des gens de France venus, comme nous, pour voir et prier, et qui jamais plus ne reverront les rivages de la patrie.

Par un sentier difficile où les pierres roulent sous nos pieds mal assurés, au milieu de jardins où croissent des pastèques, de grands choux rouges et des ronces rachitiques, nous descendons dans la vallée de la Géhenne. Sur notre droite, nous voyons le fameux champ du potier, *Haceldama*, qui fut acheté avec les trente deniers de Judas pour la sépulture des étrangers.

De toutes parts des grottes s'ouvrent qui ont été des nécropoles avant de servir d'abri aux anachorètes, et c'est comme accablés de l'horreur de ces lieux que nous atteignons le fond de la vallée d'Enfer.

Une fontaine, *Bir Ayoub*, qui se dresse en l'air sous forme de bâtisse quadrangulaire délabrée et qui se creuse en terre à cent pieds de profondeur, anime quelque peu le paysage. Devant nous, sur le rocher, s'étagent les maisons blanches de Siloë, et de ce village, entièrement peuplé de musulmans farouches, descendent, en une procession incessante, les femmes, nu-pieds, la peau de bouc sur l'épaule, pour puiser de l'eau au Bir Ayoub. Une jeune fille qui emplissait son outre quand nous arrivâmes à la fontaine, surprise, mais heureuse d'être vue, du bout des doigts, rapidement refit sa toilette, n'abattit nullement son voile sur son visage, et nous adressa son plus joli sourire.

Un cri rauque, plainte et râlement, nous fit tourner la tête : un lépreux ! Nous reculâmes d'horreur devant ce tableau de la plus effroyable des maladies.

« Or, dit un jour un chevalier à Joinville, je vous demande lequel vous aimeriez mieux d'être lépreux, ou d'avoir fait un péché mortel ? — Moi, répondit le bon sénéchal, oncques ne sus mentir, et vous dis que j'aimerais mieux en avoir fait trente que d'être lépreux. »

Un saint eût autrement parlé. Mais la naïve réponse de Joinville me paraît vraisemblable,

de la part d'un bon vivant comme il était. Le
lecteur en jugera par lui-même.

Non loin du Bir Ayoub, dans cette vallée
d'Enfer, a été construite une léproserie. Nous
nous y rendîmes et fûmes reçus par deux sœurs
de charité, de jeunes Parisiennes, qui se consacrent à l'affreuse besogne de soigner les lépreux.
Jamais le dévouement pour le prochain et
l'abnégation de soi-même ne me parurent
plus admirables qu'en ces deux femmes. Jamais
non plus je ne compris mieux de quoi un chrétien est capable avec la grâce de son Dieu, et
quel héroïsme verse en une âme la vocation
religieuse.

Le sourire aux lèvres, les deux saintes gar-
diennes de ces misérables nous introduisirent
dans l'hôpital : une masure basse, voûtée, sans
étage, sans larges fenêtres, divisée en deux par
un sentier et faiblement éclairée par deux portes. Pas de plancher, la terre battue ; pas de
lits, des paillasses étroites ; et chaque malade
séparé de son voisin par des blocs marneux,
creux à l'intérieur pour recevoir les provisions.

Ces armoires d'un nouveau genre se remplissent chaque fois que le Pèlerinage de pénitence se rend à Jérusalem. Les pèlerins s'entendent pour offrir aux lépreux, qui du linge,
qui du tabac, qui des chaussures, qui des
friandises, qui de l'argent.

Les plus malades étaient dans la léproserie,
les autres se tenaient aux environs, au bord des
chemins pour demander l'aumône, comme au

temps de Jésus. Nous étions saisis à la vue de
ces masses de chairs en décomposition : yeux
éteints, nez et oreilles rongées, pieds et mains
qui tombent, bouches qui s'ouvrent comme un
abcès et laissent échapper un râlement sourd.

Le linge que nous leur donnons leur pourrira
sur le dos, puis sera enfoui pour éviter toute
contamination possible. La lèpre est conta-
gieuse, mais surtout par le toucher. Aussi les
sœurs nous avertissent-elles de garder soigneusement nos mains dans nos poches. Cette épouvantable maladie se transmet généralement par
voie d'hérédité, toutefois en sautant une géné-
ration : le grand-père réserve ce triste héritage
à son petit-fils. La mauvaise conduite, les excès
de toute nature sont fréquemment châtiés par
la naissance de l'horrible mal, dont rien au
monde ne peut guérir.

Ecœurés, tristes, nous remontons la vallée,
laissant à gauche la source intermittente de
*Madame Marie*, la fontaine d'Isaïe et le tombeau de Zacharie. Siloë nous domine à droite,
et nous atteignons, du même côté, l'original
édicule qu'on nomme le *Tombeau d'Absalon*.
Nous voici en pleine vallée de Josaphat ; au
fond coule le torrent du Cédron, et sur les pentes
s'étagent les tombeaux.

Que de milliers d'hommes ont déjà leur place
ici, attendant le jugement ! La tradition séculaire qui donne ces champs escarpés et ce trou
sauvage comme le lieu des Grandes Assises, à
la fin du monde, nous revient en pensée. Nous

n'y croyons guère, et cependant nous sommes saisis de terreur, en ouvrant, par l'imagination, tous les sépulcres de la vallée et en précipitant les morts de ce cimetière et de tous les cimetières du monde aux pieds du Juge :

*Tuba mirum spargens sonum*
*Per sepulchra regionum,*
*Coget omnes ante thronum.*

Nous avons retrouvé les traces de Jésus, nous avons franchi le Cédron à sa suite ; encore quelques minutes et nous sommes à Gethsémani, au jardin des Oliviers.

Ce jardin, qui appartient aux Pères de Terre Sainte, est clos d'un mur. Il garde huit oliviers de la plus haute antiquité, que les Turcs mêmes entourent d'un pieux respect. Ces oliviers, les plus vénérables des arbres après celui de la Croix, ont entendu la prière du Christ, et c'est dans leurs branches chargées d'années que Jésus fut baisé, trahi et livré par Judas, saisi et garrotté par la bande de l'Infâme.

Le doute, sur ce point, n'est guère possible.

Le maréchal Marmont n'hésite pas à écrire : « Deux des huit oliviers que j'ai vus ont vingt-cinq pieds de tour. On sait comme l'olivier vit longtemps, combien il est lent à croître et à prendre son développement. C'est donc sous l'ombrage de ces mêmes arbres que Jésus-Christ s'est reposé, qu'il a conversé avec ses disciples et a été arrêté. »

Chateaubriand écrit de son côté : « Tout le

monde respecte ces saintes reliques, ces arbres
vénérables comme les témoins de Dieu et les
contemporains de Jésus. »

Lamartine n'est pas d'un autre sentiment.

Le Frère Franciscain qui a la garde du Jardin nous remet des parcelles de branches tombées, et nous sommes heureux d'emporter ces
souvenirs. Il me plaît beaucoup, ce bon capucin, avec son chapeau de paille, en plein mois
de décembre, sa démarche courbée et le large
sourire qui s'épanouit dans sa barbe grise. Il
sait mieux l'italien que le français, étant originaire des environs de Florence ; mais notre mimique et la sienne finissant par se comprendre, il nous indique ce que nous voulons savoir :
le lieu de la trahison de Judas, l'endroit où
s'endormirent les Apôtres pendant que Jésus
priait, et surtout la grotte de l'Agonie.

Cette grotte nous impressionne vivement.
J'y vois trois autels, et de suite ma résolution
est prise d'y venir célébrer le lendemain. Je
vins en effet. A ce jour, bien des émotions, depuis l'arrivée en Terre Sainte, avaient agité
mon âme. Et cependant j'en éprouvai de nouvelles, en cette caverne sainte où l'Homme-Dieu, pour le salut des hommes, pour la rémission de mes péchés, souffrit tout vivant les
douleurs de la plus effroyable agonie. Ce sol
avait été détrempé de la sueur de tout son corps,
du sang de tout son cœur. Baisons-le, avant
d'en retirer nos pas, et de suivre dans la nuit
l'odieux cortège qui précipite Jésus vers les pa-

lais d'Anne et de Caïphe. Nous suivons, en
sens inverse, le même chemin qu'après la
Cène, la demeure du grand prêtre se trouvant
très rapprochée du Cénacle.

En quinze minutes, nous sommes au sommet
du mont Sion, où s'élevait le palais du grand
prêtre Anne. Sur le même emplacement s'élève
aujourd'hui la cathédrale des Arméniens, dé-
diée à Saint-Jacques le Majeur, dont les ossements reposent à Compostelle, en Espagne.

Cette église nous frappe par la profusion des
tableaux médiocres qui la décorent, la richesse
des tapis qui s'étalent sous nos pieds, l'éclat des
lustres qui pendent au plafond, et l'air salon
mondain de l'ensemble.

Autour de la basilique règne un immense
cloître, et près de la porte pendent d'énormes
plateaux en bronze et en bois, qui tiennent
lieu.... devinez? De cloches. On les frappe à
l'aide d'un marteau, et, à cette voix assez désagréable, les moines se rendent à l'office.

Jésus fut conduit d'Anne chez Caïphe, son
gendre. Nous l'y suivons. C'est à trois cents
mètres environ ; mais il faut de nouveau passer
sous la porte de Sion, sortir de ville, et entrer dans un autre couvent arménien. C'est
en cet endroit que la tradition place le lieu du
jugement de Jésus et de la trahison de saint
Pierre.

Nous vénérons divers souvenirs et nous
prions. Et durant notre prière, la scène diabo-
lique se retrace dans toute son ignominie.

Le patriarche du sanhédrin, le Nasi, siège sur son estrade et préside aux délibérations ; autour de lui, sur des coussins posés à terre, sont assis les autres juges, en demi-cercle. Aux extrémités se tiennent deux secrétaires, occupés à recueillir les témoignages des accusateurs. Des officiers subalternes entourent l'accusé, armés de cordes et de lanières, pour le lier ou le frapper, au premier ordre. Aucun avocat pour le défendre, aucun témoin pour déposer en sa faveur. Le jugement est sommaire. Après un semblant de délibération, la sentence retentit.

« Que vous en semble ? a dit Caïphe. — Il est digne de mort, » ont répondu ses complices.

Et aussitôt commence une scène d'outrages sans nom. Jésus est brutalement saisi ; les soufflets et les crachats pleuvent sur son visage ; après les soufflets, les coups de bâton et les injures : pendant que, lâchement, Pierre renie son maître et semble pactiser avec ses bourreaux.

Le lecteur ne peut se représenter la puissance d'émotion que nous éprouvons, en revivant la Passion, aux lieux mêmes où Jésus dut la subir. Le cœur se fond en une tendresse douloureuse et les larmes viennent aux yeux. Il faudrait, pour demeurer froid, l'orgueil stupide du lettré ou la rage dédaigneuse de l'apostat. Dugourd et moi sommes des simples et des croyants ; et c'est en causant des souffrances du divin Maître pour le salut des hommes que nous regagnons Notre-Dame de France.

Il est midi sonné quand nous arrivons à
notre bonne hôtellerie. Un camarade de table
et de cabine, l'excellent abbé Bois, qui avait
dû passer quelques jours à l'hôpital, en est
enfin sorti, et nous le retrouvons à sa place.
Qu'avait-il? Peu de chose en apparence. Sa
jambe droite, blessée, je ne sais comment, par
la courroie de l'étrier dans les marches à cheval, s'était mise à refuser le service ; une menace de gangrène se manifesta bientôt, et le
mal eût pu avoir une issue terrible, si des soins
immédiats ne fussent venus l'enrayer.

Ce qui prouve, cavaliers improvisés, que les
conseils du F. Liévin ont du bon et qu'on se
trouve bien de les suivre ! Mais j'avoue qu'ils
ne perdraient rien de leur mérite pratique,
s'ils étaient donnés en meilleur français. On
entend parler de « la tibia qui s'écornifle, » on
rit et on n'écoute plus.

Le repas terminé, l'ordre du jour est donné
par le P. Bailly : les pèlerins feront le grand
chemin de croix. Je suis heureux de cette détermination ; je pourrai ainsi, en la même
journée, parcourir toutes les étapes de la voie
douloureuse.

Nous porterons sur nos épaules, du Prétoire
de Pilate au Calvaire, les deux lourdes croix de
chêne, venues de France avec nous. Un P. Franciscain nous exhortera, et le peuple de Jérusalem nous fera cortège. Suivrons-nous exactement le chemin qu'a suivi le Sauveur ? Oui,
d'après les plus anciennes et les plus respecta-

bles traditions. Mais le sol où nous marcherons
ne sera pas le sol même qu'a foulé Jésus marchant au supplice. Le niveau actuel des rues
n'est plus celui d'il y a dix-neuf siècles. Les
démolitions et les reconstructions successives
de Jérusalem, les ruines accumulées, ont
exhaussé considérablement le terrain. Pour retrouver les dalles vénérables où Jésus a posé
ses pieds, et qui ont senti le choc de son corps
tombant sous la douleur, il faudrait faire à Jérusalem les fouilles qu'on a pratiquées dans la
cité païenne de Pompéi.

Me trouvant un jour à visiter cette morte qui
sort de son tombeau après dix-huit siècles, j'é-
prouvais une vaniteuse satisfaction à savoir que
je me promenais sur un trottoir où avait naguère flâné Cicéron.

Que j'aimerais mieux pouvoir aujourd'hui
retrouver les pierres mêmes du premier chemin de la Croix, les baiser à mon aise, y chercher encore les traces du sang de mon Dieu, et
les user de mes genoux ! Du moins, on me
montre le *Lithostrotos*, récemment mis à jour
par le P. Ratisbonne, dans le sous-sol du couvent des Dames de Sion. C'est le pavé de la
cour qui précédait le Prétoire de Pilate ; les
dalles en sont piquées au ciseau, pour empêcher les chevaux de glisser sur la pierre. On me
fait remarquer sur l'une d'elles des lignes sy-
métriques qui servaient aux soldats romains
pour le jeu d'osselets. Les enfants pratiquent
encore ce jeu de nos jours, en traçant les lignes

à la craie, et en manœuvrant, selon les règles, de petits cailloux.

Les dalles que je vois s'étendent sur une longueur de vingt mètres environ, et je sais qu'elles sont du temps de Jésus. Mon Sauveur a marché à cet endroit; le tribunal de Pilate était à quelques pas; peut-être suis-je au lieu même de la flagellation et du couronnement d'épines.

Après avoir vénéré le Lithostrotos, je me suis mêlé à la foule des pèlerins, tous venus à l'appel du P. Bailly. Nous montons, pour la *première station*, dans la cour d'une caserne turque. Cette caserne est aussi une prison, et j'y vois des soldats les fers aux pieds. Les prières d'usage récitées et l'exhortation entendue, nous chargeons les croix sur nos épaules. Je suis du nombre des Cyrénéens. Nous longeons des rues tortueuses, des ruelles glissantes, de longs passages obscurs, voûtés selon la coutume orientale.

Au bas d'une grande muraille, quelques restes d'architecture indiquent l'emplacement de l'*Escalier saint :* c'est ici que Jésus fut chargé de sa croix, et que nous nous arrêtons pour la *seconde station*.

Nous gravissons une rue étroite, que nous quittons bientôt pour prendre, à gauche, la rue qui vient de la porte de Damas. A la jonction de ces deux rues, une colonne brisée et couchée à terre : c'est la *troisième station*, le lieu où Jésus, épuisé par la perte de son sang, tomba pour la première fois.

La foule nous entoure plus nombreuse; une

poussée se produit et des cris éclatent; mon
voisin se retirant, la croix de chêne que nous
portons m'entre dans les épaules, et nous arrivons ainsi à la *quatrième station*, un angle de
ruelle où la Mère des Douleurs vint saluer d'un
dernier regard son Fils qui marchait à la mort.

Nous quittons une seconde fois notre chemin,
pour prendre la rue à pente raide qui mène
au Calvaire. Une excavation pratiquée dans la
première maison à gauche indique la *cinquième station*, l'endroit même où Simon de
Cyréne s'approcha de Jésus et l'aida à porter
sa croix. A quelques pas plus haut, nous nous
arrêtons pour la *sixième fois*, en souvenir de la
pieuse femme qui essuya, vers cet endroit, sur
le visage du Sauveur, la boue, les crachats, la
sueur et le sang.

Au sommet de la rue, se dresse une maison
qui couvre la voie d'une voûte basse et sombre,
cloaque infect pendant la saison pluvieuse.
Nous voici parvenus à l'ancienne *Porte judiciaire*, où les pèlerins s'arrêtent pour honorer
la seconde chute de Notre-Seigneur Jésus-Christ.
C'est la *septième station*.

Hors de la Porte judiciaire, nous sommes
toujours dans l'enceinte de la ville. Il n'en était
pas ainsi au temps de la Passion; la cité sainte,
de ce côté, ne s'étendait pas plus loin, et le chemin de la Croix dut s'achever, pour la divine
Victime, dans la campagne environnant Jérusalem. Nous obliquons un peu à gauche, et vénérons, en *huitième station*, le lieu où Jésus

s'arrêta pour consoler les femmes qui le suivaient et pleuraient.

Cent mètres sous des voûtes ténébreuses,
puis un escalier difficile et une longue impasse;
nous nous arrêtons pour la *neuvième fois*, en
pensant qu'ici, Jésus, dont les forces étaient
épuisées, fit une troisième chute. On comprend
mieux les défaillances du Sauveur, quand on
porte soi-même une croix comme nous faisons; certaines secousses du bois sur mon
épaule me causent une vraie douleur et me font
trébucher presque à chaque pas.

Nous approchons du Calvaire; la façade du
saint Sépulcre qui l'abrite est devant nous. Un
Russe s'approche de notre groupe et demande,
comme faveur insigne, de porter avec nous la
lourde croix de chêne. Nous franchissons ainsi
la porte de l'auguste temple, et, après avoir
accompli les *cinq dernières stations*, nous faisons trois fois le tour du Tombeau de Notre-
Seigneur Jésus-Christ en portant la croix, non
plus comme un instrument de supplice, mais
comme un étendard triomphal, le drapeau du
salut, de la vérité et de la liberté.

Des scènes pareilles sont inoubliables et j'ai, à
les raconter, un immense regret : celui de ne
pouvoir donner à l'âme du lecteur l'émotion
qui exaltait la mienne, et me secouait jusque
dans les profondeurs de mon être.

# XVII

# LA JÉRUSALEM RELIGIEUSE

~~~~~~

Les pèlerins franc-comtois n'avaient garde d'oublier la présence de leur compatriote, l'excellent chanoine Legrand, au Patriarcat. Nous voulions vénérer certains souvenirs et obtenir divers renseignements ; le plus simple nous parut d'arracher M. le chanoine à ses occupations et de le prier d'être, une journée entière, notre guide à travers la Ville Sainte. Les choses allèrent si bien, que le lendemain, dès neuf heures, nous commencions notre voyage, tout yeux à ce que nous allions voir, tout oreilles à ce que nous allions entendre. Je raconterai, un peu au hasard de mes souvenirs, sans ordre régulier, comment se passa la journée.

Nous allâmes d'abord rendre visite aux Dominicains établis non loin de la porte de Damas. Ils ne perdent pas leur temps, les braves moines ! Grâce à eux, la discussion ancienne sur le lieu du martyre de saint Etienne, le premier chrétien qui ait versé son sang pour Jésus-Christ, est désormais tranchée. C'est bien à la porte de Damas que le saint diacre fut tué à coups de pierres : voici que, sous la pioche du P. Lecomte, la magnifique basilique élevée par l'impératrice Eudoxie, à la gloire de saint Etienne, sort de terre pour en témoigner.

Disons encore que les Dominicains sont à Jérusalem pour autre chose que pour faire des fouilles. Ils ont fondé des cours spéciaux d'études bibliques, une sorte d'école d'application pour l'Ecriture sainte avec voyages et excursions, qui est appelée à rendre de réels services à l'exégèse catholique.

Après une visite rapide de la maison, où, pour le dire en passant, un pèlerin de notre voyage est resté, nous allons, non loin de là, aux tombeaux des Rois. C'est une vaste enceinte carrée, à ciel ouvert, dont trois parois sont creusées de chambres sépulcrales. Plusieurs de ces caveaux, en parfait état de conservation, permettent de se rendre un compte exact de la façon dont les Juifs construisaient leurs tombeaux. Il faut les avoir vus, pour bien comprendre le mot des saintes Femmes se rendant au tombeau de Jésus : « Qui nous roulera la pierre ? »

La pierre à rouler est là, debout contre l'ouverture, et engagée à la base dans une sorte de large rainure. Un homme peut la mouvoir dans tel ou tel sens, selon qu'il veut ouvrir [ou fermer le tombeau.

Nous continuons notre promenade à travers champs, et chemin faisant, je demande à notre

vénérable *cicerone* le nom de tous les ordres
religieux catholiques représentés à Jérusalem.

Je l'entends alors nous faire une nomenclature fort longue et fort intéressante que je ne
puis, hélas ! que brièvement rapporter. Numé-
rotons, pour plus de clarté. Il se trouve donc à
Jérusalem et en divers endroits de la Terre Sainte :

1° *Les sœurs de la Charité* : servantes des enfants trouvés, des malades incurables, des vieillards abandonnés et des aveugles, servantes des
lépreux.

2° *Les sœurs de Saint-Joseph de l'Apparition*,
qui se dévouent dans les hôpitaux, dans les
orphelinats et dans les pèlerinages. *Sœur Camomille* est de cet ordre.

3° *Les Carmélites* du mont des Oliviers : hos-
ties vivantes, victimes de réparation, exem-
plaires de piété.

4° *Les Dames de Sion* : filles du P. Ratisbonne,
un juif converti, éducatrices de la jeunesse, asile
des orphelins, apôtres de Jésus Sauveur auprès
des juives.

5° *Les Clarisses* : pauvres religieuses qui vivent dans l'obscurité la plus complète, prient
et souffrent, connues à peine de la foule indiffé-
rente.

6° *Les sœurs du Rosaire* : elles sont du pays
et consacrent leurs efforts à instruire les enfants des fellahs ou paysans ; créées depuis
peu, leur action aura les plus merveilleux résul-
tats.

7° *Les sœurs de Marie réparatrice* : elles ont

M. le chanoine Legrand pour aumônier, et pratiquent spécialement le culte de la sainte Eucharistie dans l'adoration perpétuelle.

Voilà pour les ordres de femmes. Les hommes ne sont pas moins bien représentés dans la vie religieuse, à Jérusalem. Nommons :

1° *Les Frères des écoles chrétiennes* : ces ignorantins dédaignés ont, en Terre Sainte, plus d'un millier d'élèves de toutes religions, parlant notre langue et chérissant notre pays de France. Ils n'ont pas leurs pareils pour propager la civilisation chrétienne et française ; grâce à eux, notre prestige n'est pas près de péricliter en Orient : « *Frère Evagre*, dit le colonel Prévôt, vaut à lui seul une armée. » Tous les employés du gouvernement turc, à Jérusalem, sortent des Ecoles des Frères et savent s'en souvenir à l'occasion.

2° *Les Augustins de l'Assomption* : saluez ces braves, en passant. Ils ont été admirables d'héroïsme et d'intelligence en fondant « la Croix, » les pèlerinages de Lourdes et de Terre Sainte, la maison de la Bonne Presse, à Paris, et Notre-Dame de France, à Jérusalem. O vous tous, que la religion mène au Tombeau du Christ, allez frapper à la porte de Notre-Dame de France : vous y trouverez, comme moi, bon visage, bonne table et bon gîte. Maison magnifique, que cette hôtellerie où cinq cents pèlerins logeront à l'aise, quand les dernières cellules seront achevées ! Ah ! il faut les remercier, ces bons Pères, d'avoir entrepris et mené à bonne fin une œu-

vre française de première importance ! En 1882,
point de maison pour la première et si nombreuse caravane : les pèlerins couchèrent dans
des couloirs et ne purent, treize jours durant,
se déshabiller une seule fois. En 1883, des im-
prévoyants dont la bourse s'était trop vite trou-
vée à sec eurent faim, et le Père Custode des
Franciscains dit « au Moine, » le Pierre l'Ermite des nouveaux Croisés : « Bâtissez une maison ou supprimez vos pèlerinages. » On a bâti
grandiosement, et chaque pèlerinage apporte
sa pierre pour l'achèvement de l'édifice. Le
Moine demande avec tant d'éloquence ! « Je
sais que vous êtes pauvres, nous disait-il, ruinés, *pannés*. Qu'importe? Faites comme certains députés français qui, sans le sou, votent
d'énormes budgets. » On rit, et le P. Bailly le
premier, dans sa belle barbe, mais on donne et
l'œuvre grandit.

3° *Les Franciscains :* ces vénérables religieux
sont les gardiens de la Terre Sainte, depuis des
siècles et de par l'autorité des Papes. Ils ont
loyalement et courageusement rempli leur
mission. Plusieurs sont morts pour la défense
des droits des catholiques dans la possession des
sanctuaires. Si les Grecs n'avaient trouvé devant
eux les Franciscains, nous serions à la porte de
partout, du Saint-Sépulcre même. Il y a deux
ans à peine qu'un Frère franciscain, qui rem-
plissait à Bethléem les fonctions de sacristain,
a été assassiné par un séide du schisme. Cet
homme voulait franchir une limite fixée par les

siècles, et fouler aux pieds les droits des catholiques : le brave sacristain se dressa devant lui et l'arrêta. « Retire-toi, dit le soudard, ou je frappe. »

Le sacristain ne bougea pas.

Une épée sortit brusquement de son fourreau, et le menaça de mort.

L'homme de Dieu ne trembla pas.

L'épée fit son horrible besogne et, en plein ventre, frappa le vieux Capucin, dont le corps s'abattit sur les dalles du sanctuaire.

Un semblant d'instruction se fit contre l'assassin; un semblant de condamnation lui fut infligé : quelques mois après son crime, il se promenait libre en Europe. Mais la leçon avait porté, et les schismatiques avaient compris que les Gardiens de la Terre Sainte jamais ne céderaient ni un pavé de chapelle ni un pouce de quelque lieu sacré.

4° Nous avons nommé ailleurs les *Pères Blancs* établis au sanctuaire de Sainte-Anne et les *Dominicains*.

Tous ces Religieux luttent d'influence contre les schismatiques russes et les missions protestantes. Le gouvernement français ne leur prête qu'un appui insuffisant, et ce n'est pas sans peine qu'ils arriveront à maintenir le prestige séculaire de notre pays en Orient.

La Russie, en particulier, favorise ouvertement ses nationaux aux Lieux Saints. Le transport des pèlerins russes se fait aux frais de l'Etat; ils sont logés en arrivant, dans des maisons construites par l'Etat, et c'est l'Etat qui les rapatrie, s'ils ne se fixent pas à Jérusalem. Rentrés chez eux, le peuple les entoure d'honneurs extraordinaires; on leur baise les mains et les pieds, et c'est une bénédiction, pour un village russe, de posséder un pèlerin de Terre Sainte. Nous sommes loin de pareilles mœurs.

Chemin faisant, nous avions franchi la porte de Sion et nous arrivions en plein Ghetto. C'était samedi et l'heure de la prière. Une synagogue était ouverte, nous y entrâmes: plus heureux que le bon M. Adrien, qui fut implacablement repoussé par le suisse hébreu, uniquement parce qu'il tenait à la main une croix de dimensions un peu considérables. Je n'oublierai jamais le spectacle que j'eus alors sous les yeux. C'était tellement étrange, bizarre, drôle et, je dirai le mot, comique, que le lecteur aura peine à en croire mon récit.

Le monument, de dimensions moyennes, a la forme circulaire. Les murs en sont nus et sales. Ce qui frappe l'œil, dès la porte d'entrée, c'est une sorte de tribune en bois, un *ambon*, au sommet duquel un officiant est assis. Derrière la tribune, au fond du temple, un grand rideau est tendu, qui cache le vrai sanctuaire.

L'espace libre est occupé par des bancs et des pupitres : ces bancs sont boiteux et ces pupitres vermoulus. C'est l'heure de l'office. Tous les âges sont représentés dans la synagogue : des enfants aux traits pâles, des hommes à char-

pente anguleuse et courbée, des vieillards à
grosses lunettes et cheveux blancs. Les nez sont
très longs et les mains très crochues ; les vêtements sont sordides et les figures malpropres.
Sur les têtes des enfants, de hauts bonnets à poil
crasseux et râpés ; les autres ont en général pour
couvre-chef de vieux tuyaux de poêle que les
gros juifs de Paris ou de Berlin expédient à Jérusalem quand ils sont hors d'usage.

Tous, grands et petits, sont debout et chan-
tonnent sur de gros livres, en se balançant d'a-
vant en arrière et d'arrière en avant. Ces voix
nasillardes, ces nez extraordinaires, ces chapeaux
invraisemblables, en mouvement perpétuel durant des heures, présentent le spectacle le plus
drôle qu'il soit possible d'imaginer. L'officiant,
juché sur la tribune, se balance avec plus de
rapidité, de régularité et de dévotion que tous
les autres. Il ne prend pas même le temps de
mettre la main à la poche pour tirer son mouchoir : il se mouche, sans plus de façon, avec
ses doigts, en pleine cérémonie, et sans interrompre son interminable complainte.

Nous circulons partout, nos chapeaux sur nos
têtes, comme ces bons youtres, mais respec-
tueux, silencieux et vivement intéressés. On
nous regarde presque avec sympathie, sauf de
vieilles barbes frisées qui paraissent trouver que
nous en prenons trop à notre aise.

L'air misérable des juifs de Jérusalem nous
les ferait quasi prendre en pitié, si nous ne sa-
vions que leurs frères d'Europe leur sont une pro-

vidence inépuisable. Les Rothschild donnent à chaque juif pauvre deux piastres par jour, presque cinquante centimes ; vous ne pouvez faire un pas, dans la banlieue de la Ville Sainte, sans remarquer de beaux établissements qui portent ces mots en grosses lettres, au-dessus du fronton d'entrée : *Ecole Rothschild, Orphelinat Rothschild, Asile Rothschild, Hôpital Rothschild*, etc., etc....

J'avoue que ce touchant exemple de fraternelle charité me paraîtrait encore plus admirable, s'il n'avait pour point de départ l'exploitation financière des travailleurs français : ne me parlez pas de Vincents de Paul qui organisent des coups de Bourse !

Quoi qu'il en soit, on sent que la malédiction divine continue à peser sur cette race maudite ; ces gens-là auront toujours sur les mains le sang de Jésus-Christ, au front, le stigmate de Judas, et dans le cœur, la haine du chrétien. On m'a fort bien dit qu'il n'était pas prudent à un pèlerin d'Europe de s'attarder, le soir, dans certaines ruelles du ghetto, et j'en étais tellement persuadé, qu'en plein midi j'avais comme froid et peur dans ce louche quartier.

C'est le moment de rendre une scène dont je, fus témoin, non dans notre promenade avec M. Legrand, mais le vendredi du grand *Chemin de croix*, après la pieuse cérémonie terminée au Saint-Sépulcre. Sous la conduite du F. Liévin, nous nous rendîmes au *Mur des Pleurs*.

C'est un pan de muraille, débris de l'en-

ceïnte extérieure du Temple de Jérusalem.
L'appareil est salomonien à la base ; les assises
supérieures accusent une date beaucoup plus
récente.

Or chaque vendredi soir, les juifs pieux se
rendent au pied de ce mur, le regardent, ap-
puient leur tête contre la pierre et poussent de
longs soupirs, à la pensée de l'antique gloire
d'Israël. Quelques-uns versent de véritables
larmes sur cette vénérée muraille, et appellent
en d'ardentes supplications le jour du relève-
ment. Dans l'intervalle des blocs énormes que
disposèrent les ouvriers de Salomon, nombre
de clous sont plantés. Je demande pourquoi, et
il m'est répondu que ces clous représentent les
âmes des trépassés, toujours heureuses d'être
fixées à cette ruine du plus sacré de tous les
lieux de la terre.

— « Et maintenant, dit brusquement notre très
bon et très érudit chanoine, ne pensez-vous pas
que nous pourrions laisser ces pauvres juifs à
leur crasseuse fainéantise, pour parler un peu
des musulmans ? Les fils du Prophète ne sont
pas moins de 8,000 à Jérusalem, si les enfants
d'Israël y dépassent 30,000. Nous voici précisément à quelques pas de la mosquée d'Omar. »

Nous arrivions, en effet, dans la vaste enceinte dont l'entrée était, avant la guerre de
Crimée, absolument interdite à tout chrétien,
de quelque fortune ou dignité qu'il fût.

C'est le *Haram-ech-Chérif*. Il n'a pas moins de
quinze hectares de superficie et représente tout

le sommet du mont Moriah, nivelé pour les be-
soins de la construction. Au premier aspect,
l'œil s'égare sur une multitude de monuments,
de fontaines, de ruines, et sur de grands cyprès
qui donnent à l'ensemble un caractère de
grandiose tristesse. Au milieu est la mosquée,
superbe dans ce merveilleux décor.

C'est là qu'était le Temple de Salomon ; c'est
là que s'étageaient les parvis de marbre et les
escaliers majestueux ; c'est là que les prêtres de
l'ancienne loi immolaient les victimes; c'est là
que se faisait le commerce des agneaux, des
génisses et des colombes du sacrifice ; c'est là que
des comptoirs s'étaient établis pour le change
des monnaies et la *Petite Bourse*, deux mille
ans avant la *Grande Bourse* des temps présents;
c'est là que Jésus vint prêcher et faire sentir
aux marchands impudents, aux changeurs mal-
honnêtes la honte de son fouet et la colère ven-
geresse de sa parole indignée : « Ma maison
est une maison de prière, et vous en avez fait
une caverne de voleurs. »

Qu'est devenu ce Temple glorieux ? Deman-
dez-le aux Prophètes et aux historiens.

L'empereur de Rome assiège la Ville; la
peste et la famine déciment la population; un
obscur légionnaire met le feu au Temple; les
Juifs réfugiés dans les parvis et le sanctuaire
sont massacrés : leurs cadavres s'entassent jusqu'au niveau de l'autel; six mille malheureux
sont brûlés vifs dans une galerie, par les soldats las de tuer.

De la maison de Dieu, il ne resta qu'une assise : on comprend que ces pierres soient le *Mur des Pleurs* et le pèlerinage des juifs désolés.

Or, il arriva, vers le milieu du VII<sup>e</sup> siècle, que des hordes musulmanes envahirent la Syrie et en firent la conquête. Un beau jour, le calife Omar entrait à Jérusalem, en simple accoutrement de Bédouin, monté sur un chameau, s'agenouillait au seuil du Saint-Sépulcre, puis se rendait au Moriah et y vénérait les ruines du Temple.

Son rêve fut de déblayer le terrain pour construire une mosquée et fonder le culte d'Allah, au lieu même où Salomon avait élevé à la gloire de Jéhovah un monument incomparable. L'entreprise réussit, et la mosquée d'Omar devint, après les sanctuaires vénérés de Médine et de La Mecque, la plus célèbre des mosquées musulmanes.

Elle est de forme octogonale, et surmontée d'une coupole gigantesque. On y entre par quatre portes, placées aux quatre points cardinaux. Nous en faisons le tour, à l'extérieur, non sans admirer son magnifique revêtement d'émaux et de pierres peintes, ses riches vitraux et les élégants portiques adossés à ses murailles.

Entrons ; la porte principale vient de s'ouvrir pour la caravane, par permission spéciale du Pacha.

— Halte-là ! On n'entre pas dans une mosquée comme dans une église. Deux gardiens nous arrêtent, nous lancent des regards foudroyants et nous font signe d'enlever nos chaussures.

C'est la loi : on garde son chapeau sur sa tête, mais on quitte ses souliers.

On peut cependant tourner la rubrique.... comme toutes les rubriques. Moyennant bagchich, vous enveloppez vos chaussures de sandales grossières que vous présente un sacristain avisé, et ce chausson bienfaisant vous rend digne de pénétrer dans la maison d'Allah.

Je refuse la sandale, et enlève mes souliers incontinent : heureux de pouvoir, au prix de cette petite humiliation, parcourir à mon aise la célèbre mosquée d'Omar. Ce que je vais voir, ni Chateaubriand, ni le maréchal Marmont, ni Lamartine, ni tant d'autres voyageurs illustres ne l'ont vu. Jusqu'à la guerre de Crimée, le fanatisme musulman a tenu fermées ses mosquées à tout chrétien, quel qu'il fût. Il était même dangereux d'en approcher, et nombre de pèlerins, que le hasard de la promenade amenait vers l'enceinte du *Haram*, avaient tout à coup la désagréable surprise d'une lapidation en règle : si les pierres n'avaient pas suffi, d'autres moyens encore plus énergiques eussent été employés par les farouches gardiens du sanctuaire. C'est au péril de leur vie que de rares voyageurs ont, dans la suite des siècles, forcé la consigne, à la faveur de déguisements habiles et d'une science parfaite de la langue et des coutumes mahométanes.

Mais n'oublions pas que je suis, comme les camarades, sans chaussure, et que la visite est commencée. Le pavé, entièrement recouvert de tapis orientaux, offre d'ailleurs une surface moelleuse et chaude.

Mes yeux rencontrent d'abord la roche naturelle, énorme, qui occupe le milieu de l'édifice et qu'entoure une grille en fer forgé d'un travail merveilleux. Ce bloc de pierre atteint, au-dessus du sol, la hauteur d'un homme dans sa partie la plus basse, et presque le double dans sa partie la plus élevée; elle a, en longueur, soixante pieds et cinquante en largeur.

C'est la *Roche sacrée,* qui passe pour avoir servi d'autel à Melchisédech et à Abraham, qui a reçu l'arche d'alliance, le Saint des saints, et sous laquelle est creusé le *Puits des âmes.* « Ce puits, dit M. de Vogüé, est au moins contemporain de Salomon, peut-être même plus ancien. C'est le point de départ d'une période architecturale de vingt siècles, le seul témoin authentique des premiers âges de l'histoire, et à ce titre, malgré les contes ridicules dont les Arabes en ont fait le centre, il mérite notre vénération et notre respect. »

Au-dessus s'élève la grande coupole soutenue par quatre piliers et douze colonnes de marbre. Une seconde enceinte circulaire est formée par huit piliers et seize colonnes. On ne voit rien autre chose, sinon, pendus à la voûte, des œufs d'autruche par douzaines, et des lampes à profusion. Les murailles sont chargées de riches

mosaïques, de textes variés du Coran en lettres
d'or et de bizarres figures géométriques.

Après une demi-heure passée dans cet étrange
monument, nous sortons, et je n'ai nul désir
de visiter la mosquée voisine, l'*El-Aksa*, qui
est l'ancienne basilique consacrée par Justinien
à la Présentation de Marie au Temple, non
plus que les souterrains creusés par Salomon.

Il suffit à la plupart des pèlerins de savoir
que les fameux souterrains peuvent loger deux
mille chevaux et quinze cents chameaux, et
que dans la mosquée *El-Aksa* se trouvent les
*colonnes du salut*. Ces deux colonnes sont très
rapprochées et, disent les traditions musulmanes,
ceux-là seuls iront au ciel qui peuvent passer
dans l'intervalle qui les sépare. Malheur donc
aux gens gras et ventrus !

Nous parcourions l'espace immense du Haram, dans une flânerie curieuse, quand du haut
d'un minaret tomba sur nous et sur toute cette
partie de Jérusalem, le cri du muezzin : *Là
ilahè illallah vé Mohammed réçoul Allah ! Dieu
est Dieu et Mahomet est son prophète.* C'est
l'invitation à la prière ; le muezzin l'adresse
cinq fois par jour à tous les croyants. De
nuit, cette voix pleurarde et monotone qui
se fait entendre dans l'air, comme une cloche
fêlée en son clocher, produit sur l'étranger une
certaine impression. Mais quand les muezzins
sont nombreux, comme à Jérusalem, les appels,
en se répondant, vous font assez l'effet de la

lamentation nocturne des chiens qui hurlent à la lune, de concert et tristement.

Il est temps de regagner Notre-Dame de France. Nous partons, devisant de l'avenir de l'Islam. D'après M. Legrand, cette religion ne finira que par la ruine matérielle de ses adeptes. Les musulmans sont inconvertissables; mais la misère vient qui les détournera du Prophète. Presque tous vivent dans une extrême pauvreté. Quand l'empire turc ne sera plus qu'une vaste agrégation de mendiants, et ce temps est proche, la dernière heure de l'Islam aura sonné.

# XVIII.

## NOEL A BETHLEEM

~~~~~~

Le pèlerinage, dont j'avais le bonheur de
faire partie, devait célébrer la fête de Noël à
Bethléem : nous allions à la Crèche du Sauveur plutôt qu'à son Sépulcre, et nous éprou-
vions comme une religieuse fierté à la pensée
que bien peu de chrétiens, chaque année, ont
l'insigne faveur d'adorer l'Enfant Jésus au lieu
même de sa nativité.

Donc, le 24 décembre, après le repas de
midi, notre général en chef prit la parole, célébra le grand anniversaire qui allait reparaître,
et nous convia tous à la crèche. Chacun se ren-
drait à Bethléem à l'heure qu'il voudrait et
comme il voudrait, à pied, à cheval, à âne ou
en voiture, de suite, sur le soir ou dans la
nuit.

Nous nous trouvâmes dix pour partir de
compagnie, à la dernière heure. La même idée
nous vint qu'il serait plus touchant et plus
chrétien de faire notre entrée à Bethléem, à
peu près au moment de la soirée où la Vierge

et saint Joseph y arrivèrent. Il faisait une belle nuit ; le froid n'était pas trop vif et nous avions bon chemin. Nous commençâmes par dire en commun le chapelet, non sans reporter notre pensée, dix-neuf siècles en arrière, à cette nuit fameuse qui donnait au monde un Sauveur.

Je regardais de chaque côté du chemin et mon œil n'apercevait que la vague silhouette des figuiers et des oliviers qu'une légère brise agitait. Le silence de la nature et le recueillement de nos âmes n'étaient troublés, à de rares intervalles, que par le passage de vieux carrosses, équipage des pèlerins fatigués ou paresseux.

A'près deux heures de marche, nous franchissions les murs de Bethléem, et, un peu au hasard, en tâtonnant, éclairés seulement par les chandelles des boutiques ouvertes, nous arrivions sur une grande place, qui nous parut très animée. Au fond se dressait une énorme masse noire : c'étaient l'église et le couvent de la Nativité. Des Arabes, à grands pas, drapés dans d'immenses manteaux, comme des ombres silencieuses, glissaient le long des murailles et disparaissaient par une porte basse ; nous les suivîmes.

La première chose que je vis fut un corps de garde ; l'armée turque était là pour veiller au bon ordre, tout en fumant, buvant, se promenant et causant. Après avoir suivi de tortueux couloirs, j'arrive à l'église, où l'office de matines va commencer. Je m'informe aussitôt du chemin qui mène à la crèche.

Mon cœur battait, mes membres tremblaient et je marchais comme dans un rêve. Me voici à l'escalier de pierre ; quelques marches encore et je pourrai m'agenouiller dans le réduit qui fut le berceau de l'Homme-Dieu. Des pèlerins et des Arabes remontent, murmurant des prières ; nous nous heurtons dans l'obscurité, puis tout à coup une lumière indécise éclaire mes pas, des lampes fumeuses m'apparaissent pendues à une voûte noire, je vois des hommes et des femmes agenouillés, immobiles comme des statues, devant un autel étroit, sous lequel brille, incrustée au pavé, une étoile d'argent : c'est la crèche de l'Enfant Jésus.

Je baise l'étoile, puis m'agenouille en la compagnie des adorateurs venus avant moi. Ce que fut notre prière, on le devine : l'âme tout entière se plongeant dans une joie sereine, exhalant une infinie reconnaissance, captivée par le sourire de l'Enfançon, endormie avec Lui dans son berceau de pauvreté et de salut.

Ma prière faite, j'examine de plus près la sainte grotte, et la curiosité de mon esprit se porte sur les particularités du lieu que je visite avec tant de bonheur. Pourquoi faut-il descendre plusieurs marches de pierre pour atteindre la crèche ? Comment ce lieu pouvait-il présenter un refuge pour les hommes et les animaux ?

Il me revient en mémoire ce que répond très savamment à ces questions l'abbé Le Camus.

On trouve encore aujourd'hui, en Orient, à l'entrée de certaines villes et sur le bord de certaines routes, des *khans* ou caravansérails. C'est l'auberge de ces contrées, auberge sans lit et sans cuisine, où le voyageur ne trouve qu'un abri contre les rayons du soleil ou la fraîcheur de la nuit. Quatre murailles enfermant un espace vide; contre l'une de ces murailles, un hangar; contre une autre, une massive construction en pierre, et dans le fond, une grotte naturelle : tel est le khan arabe.

Si tous les voyageurs ne peuvent trouver place dans la maison et tous les animaux sous le hangar, bêtes et gens se logent dans la grotte. Ainsi arriva-t-il, quand Joseph et Marie se présentèrent au khan de Bethléem, adossé alors au flanc d'une colline, encore aujourd'hui percée de nombreuses cavités.

Pour construire l'église, il fallut niveler la pente en exhaussant sa partie inférieure, et pratiquer l'entrée dans la grotte par le sommet.

Il est permis, sans doute, de regretter que sainte Hélène ait transformé, à Bethléem, le lieu de la nativité, comme elle a transformé, à Jérusalem, le lieu de la sépulture du Christ. Mais, outre que nous devons lui tenir compte de sa généreuse intention d'honorer le passage de son Sauveur sur la terre par de splendides monuments, n'oublions pas que les basiliques élevées par son zèle chrétien ont marqué l'emplacement exact des maisons que Jésus daigna

habiter : le temps et les hommes, grands nive-
leurs, ne se fussent-ils pas acharnés pour
faire disparaître jusqu'à la dernière trace de la
vie humaine du Fils de Dieu ? Sainte Hélène
m'a gâté la crèche, gâté le Cénacle, gâté le Calvaire et le Saint-Sépulcre : qu'importe ? Je
respecte son pieux vandalisme qui me permet
de baiser, après dix-neuf siècles, les vestiges divins de mon Maître et Sauveur.

Revenu dans la basilique, j'assiste, assis par
terre, aux matines. Les habitants de Bethléem
sont là, nombreux et recueillis. L'office est pré-
sidé par le coadjuteur du patriarche de Jérusalem, et la maîtrise des Franciscains exécute les
chants. C'est merveilleux ; je n'ai entendu mé-
lodies pareilles et aussi parfaite exécution qu'à
Einsiedeln.

Vers minuit, une agitation se produit dans
l'assemblée. Le coadjuteur de Jérusalem s'est
rendu à la porte de l'église pour offrir l'eau
bénite à un personnage éminent que j'aperçois
tout chamarré d'or, la poitrine chargée de dé-
corations et majestueux dans son riche costume
d'ambassadeur. C'est M. Ledoulx, le consul de
France à Jérusalem. Il est accompagné du personnel de l'ambassade, et des *cavas* étincelants
le précèdent, frappant le pavé de leurs bâtons
d'olivier à pommes d'argent.

Le cortège suit la grande nef, et, dans le
chœur, le représentant de la France prend
place, sur son trône, en face de l'évêque. A ce
spectacle, nous tous, pèlerins français, tressail-

lons de joyeuse fierté. On se souvient des temps
passés, qui ne furent pas sans gloire, alors que
les puissances ecclésiastique et civile vivaient en
paix, s'honoraient mutuellement et se prêtaient
un fraternel concours. Il faut quitter la mère
patrie, pour retrouver florissantes les antiques
traditions, et voir l'Etat marchant avec l'Eglise,
la main dans la main, pour la défense des
mêmes intérêts.

« La France est le soldat de Dieu, » disait-on
naguère.

C'est encore vrai.... dans nos colonies.

Il ne faut pas songer à célébrer la messe à
l'autel de la Crèche. Des prêtres se sont fait ins-
crire plusieurs jours avant Noël, et le dernier
aura son tour vers cinq heures du soir.

Je m'occupe de trouver une chapelle libre
pour dire mes trois messes de Noël. Or, au fond
de la grotte de la Nativité, s'ouvre un souterrain qui conduit à d'autres grottes. Je marche
à tâtons dans la sombre galerie et j'arrive à la
*Chapelle de saint Joseph :* c'est pris. Je poursuis.
Voici la *Chapelle de saint Jérôme*, sombre retraite où ce grand docteur passa vingt-cinq ans
de sa vie, dans l'étude approfondie des saintes
Lettres et dans les austérités de la plus effroyable pénitence : c'est pris. Plus loin, je pénètre
dans la grotte sépulcrale des *saintes Paule et
Eustochie*, nobles Romaines que le programme
crucifiant de saint Jérôme n'effraya point : là
encore des prêtres célèbrent. J'arrive enfin dans
la *Chapelle des saints Innocents*, creusée en mé-

moire des jeunes victimes de la fureur impie
d'Hérode. Ici, après une demi-heure d'attente,
je pourrai célébrer. Je m'agenouille en la compagnie d'hommes et de femmes de Bethléem,
qui prient avec une ferveur indicible, heureux
de voir le berceau du Sauveur honoré par des
chrétiens venus de si loin.

Mes trois messes achevées, je remonte l'escalier des grottes et me retrouve dans l'église supérieure, où précisément s'organise une merveilleuse procession. L'évêque a pris l'Enfant-Jésus
dans ses bras; tout le clergé et les religieux,
sur deux rangs, se mettent en marche vers la
grotte de la Crèche; à la suite de l'évêque, notre
consul, M. Ledoulx, et les attachés du consulat,
s'avancent, un cierge à la main. Les chants de
joie éclatent, les flambeaux étincellent, les en-
censoirs emplissent la basilique de nuages parfu-
més, les assistants pleurent d'émotion : cependant que le cortège, poursuivant sa marche,
descend à la Crèche, où l'évêque dépose son
précieux fardeau.

Il est trois heures. La cérémonie de la nuit
est terminée, et ceux qui étaient là depuis matines, assis sur de pauvres nattes à la manière
arabe, sont heureux de s'en aller faire le réveil-
lon au logis. Nombre de pèlerins, qui ont retenu
des voitures, regagnent Jérusalem, pendant que
d'autres, dont je suis, demandent asile aux Pères
Franciscains.

Nous sommes introduits dans un immense réfectoire où du café noir nous est servi, avec du

pain. Je m'attendais à passer le reste de la nuit dans quelque cellule abandonnée : erreur ! Nous nous étendrons sur les banquettes qui font le tour du réfectoire, et nous dormirons, tout vêtus, comme on dort dans un wagon de troisième classe du P.-L.-M.

A six heures, nous étions à la basilique, et le Frère Liévin organisait un pèlerinage aux Lieux Saints qui avoisinent Bethléem. Mais la grande affaire était de partir. Sur la place qui précède le monastère toute la ville fourmillait, et c'était plaisir à voir. On dirait que le Sauveur, en naissant dans cette humble cité, y a répandu comme une grâce divine qui brille sur tous les visages. Les enfants de Bethléem, fillettes et garçons, sont charmants, avec leurs mines joufflues, rosées, souriantes, leur franc et vif regard, leur voix caressante et tout l'élégant ensemble de leur tenue. Les hommes et les femmes, tous chrétiens, n'ont ni l'œil dur des musulmans ni l'allure sournoise des juifs. Simples et bons, tout leur souci est d'élever religieusement une nombreuse famille, en travaillant la nacre. Faire des chapelets, des croix, des coquilles et mille fantaisies de nacre, est toute l'industrie du pays.

Nous nous frayons passage dans la foule et prenons un chemin étroit qui nous mène successivement à la *Grotte du lait*, à l'*Enclos de Saint-Joseph* et à *Beith-Saour*, le pays des bergers qui vinrent les premiers adorer l'Enfant-Dieu. De là je me retourne pour voir d'un coup d'œil

général Bethléem, qui est bien la plus gracieuse des cités palestiniennes, dans son cadre
verdoyant d'oliviers, de figuiers et de vignes.
Les vignes du pays de Jésus sont les plus belles
que j'aie vues en Terre Sainte, et le vin blanc
de Bethléem est le meilleur que nous ayons bu
dans le voyage.

A Beith-Saour, une école avait sa porte ouverte ; je m'avançai sur le seuil. Quelques tables
et une méchante estrade formaient tout l'appareil scolaire ; pas une carte aux murailles ; ni
livres, ni cahiers entre les mains des écoliers ;
je vois un chat se promener par-dessus le pupitre du maître absent, et j'entends les enfants
faire, à voix basse, sur mon compte, des réflexions que je ne comprends pas, mais que je
juge méchantes. Cette courte inspection m'a-
mène à croire que l'instituteur arabe, dans les
villages musulmans, doit borner ses efforts à loger quelques textes du Coran dans la mémoire
de ses élèves.

Plus loin que Beith-Saour s'étend une immense plaine. Nous y descendons, et le F. Liévin nous montre la place approximative du
*Champ de Booz;* j'ai rapporté des épis de ce
champ historique. Un enclos où nous pénétrons
rappelle le grand souvenir de la première nuit
de Noël ; c'est là, dit la tradition, que se trouvaient les bergers, quand une voix du ciel
éclata, leur annonçant la naissance du Sauveur.
D'une inspiration unanime et spontanée, nous
entonnons la tant vieille cantilène :

*J'entends là-bas dans la plaine*
*Les anges descendus des cieux*
*Chanter à perle d'haleine*
*Ce cantique mélodieux :*
Gloria in excelsis Deo !

Après une courte prière dans la chapelle souterraine du *Champ des Bergers*, nous retournons à Bethléem. Le temps de faire nos menues emplettes de pieux souvenirs, et nous regagnons Jérusalem, non sans saluer au passage le *Tombeau de Rachel*, également vénéré des juifs, des musulmans et des chrétiens. Je ne laisse pas non plus d'admirer le chemin où nous marchons, le mieux tracé et le plus soigneusement entretenu que nous ayons déjà foulé en Orient : si les Turcs font des géographies, la route de Jérusalem à Bethléem y doit être citée comme extraordinairement remarquable.

## XIX.

# PIEUSES EXCURSIONS

~~~~~~~~

Le lendemain de Noël, je me reposai dans la visite des lieux saints qui avoisinent Jérusalem.

Nous sortîmes de la ville par la porte *Sitti Mariam*, que garde un poste militaire. Je vis là cette chose incroyable : un soldat en uniforme occupé à tricoter des bas. Un fantassin de notre brave armée française se promenant dans les rues de Besançon avec un parapluie ne m'eût pas paru plus drôle.

Des mendiants, accroupis, d'une main nous tendaient leur sébile de fer-blanc, et de l'autre égrenaient le chapelet des perfections d'Allah. Les moins hideux des pensionnaires de la léproserie étaient là aussi, montrant leurs bras à moitié rongés, leurs yeux ensanglantés et râlant un appel à notre pitié. Des deux côtés du chemin s'étageaient des tombeaux, et nous descendions ainsi vers le Cédron, où ne chantait pas l'eau à perles d'argent des ruisselets de nos montagnes.

Une façade lourde, basse, sombre, au milieu

de laquelle s'ouvre un trou noir : c'est le *Tombeau de la Vierge*. Il appartient aux Grecs, qui ne permettent pas aux catholiques d'y célébrer la messe. On y descend par un escalier de cinquante marches, à la lumière pâle des lampes qui pendent à la voûte. Il est impossible de décrire ce sanctuaire souterrain, où l'on voit à peine clair pour se guider, où des grottes sépulcrales s'ouvrent de tous côtés, qu'encombrent du matin au soir les pèlerins russes, que parfument des bougies de suif allumées partout et les bottes ruisselantes des moujicks. Le tombeau même de la sainte Vierge se trouve derrière l'autel principal : il est vide comme celui du Sauveur, vide du corps immaculé de Marie, vide même des lis que la légende y fit pousser après l'Assomption glorieuse de la Mère de Dieu.

Laissant à gauche la *Grotte de l'Agonie*, à droite le *Jardin de Gethsémani*, nous commençons l'ascension de la *Montagne des Oliviers*. Le chemin est rude ; les pierres séchées par l'ardent soleil d'Orient roulent sous nos pieds ; nous arrêtons fréquemment notre marche pour regarder derrière nous Jérusalem, qui se montre tout entière, avec ses maisons blanches, ses toits en coupoles, son aspect morne et la désolation assise autour de ses murailles, en des vallées infertiles.

Sur la montagne même que nous gravissons, des murs s'élèvent de toutes parts qui enferment de chétifs jardins et protègent des oliviers de maigre venue. Ce qui croît sur ces pentes

dénudées, au milieu des cailloux brûlants, n'a
besoin pour mûrir que de l'humide fraîcheur
des nuits et du léger coup de charrue du fellah.
Il faut l'avouer en toute franchise, si la pensée
que Jésus a gravi ces pentes abruptes et s'est
assis sur ces bancs de rocher, à l'ombre d'oliviers séculaires, ne venait enchanter l'âme du
pèlerin, loin de s'imposer la fatigue d'une ascension monotone, il aurait à peine un regard
pour cette chauve et insignifiante colline. Mais
précisément là toutes les pierres parlent; des
souvenirs évangéliques vous reviennent à chaque
pas que vous faites, et on se prend à vivre,
après dix-neuf siècles, le temps où le Sauveur,
entouré de ses disciples, priait, enseignait et
pleurait sur la sainte montagne.

Nous marchons toujours et atteignons la
grotte du *Credo*. C'est là que les apôtres auraient composé le Symbole de la foi chrétienne,
avant de se disperser. Est-ce vrai? La tradition
a t-elle tort ou raison? Je ne sais. Quoi qu'il en
soit, douze colonnes sont là; sur chacune d'elles
est gravé un article du Symbole, et je trouve
très vraisemblable que les apôtres aient composé
d'un commun accord la profession de foi des
futurs chrétiens avant de se séparer.

Quelle scène! Je ne puis y songer sans que
me revienne en mémoire le tableau d'un maître
français. Une croix est plantée au centre de la
toile; les apôtres l'entourent. A leurs mains cal-
leuses, je reconnais des hommes du peuple, des
travailleurs. Je vois leurs bras s'étendre, leur

bouche s'ouvrir, leur œil mesurer l'horizon
immense : que font-ils, que se disent-ils? Ils
partagent entre eux, ces douze misérables Juifs,
le monde qu'il s'agit de conquérir à Jésus-
Christ.

Ne venez plus me parler d'Annibal, de César, de Charlemagne ou de Napoléon! Ces
Douze, sans la puissance du génie qui en-
traîne, sans la force des armes qui subjugue.
organiseront de magnifiques victoires sur des
peuples infinis ; ils feront ce prodige de précipiter aux genoux d'un Dieu crucifié la richesse
et la luxure, l'orgueil des savants et le sombre
désespoir des malheureux !

Tout en songeant à ces choses, nous repre-
nions notre rude sentier et arrivions au *Carmel
du Pater*. Ce couvent, refuge de pauvres Carmélites, a été construit en 1869, sur l'emplacement d'un « ancien moustier qui avait nom
Sainte-Patrenostre, là que Jhésu-Chris fit Pa-
trenostre et l'apprit à ses apoustres, » dit la
*Citez de Jhérusalem*. La sœur tourière du monastère est une Africaine du plus beau noir ;
tout Jérusalem la connaît, et, dans le court instant où j'ai pu lui adresser la parole, ma surprise a été grande de l'entendre me répondre
en un français et avec une pureté d'accent
absolument remarquables.

Contre les murs du cloître sont fixées de
hautes plaques en faïence peinte, sur lesquelles
est écrit le *Pater*, en trente-deux langues. Il
convenait de rendre cet hommage à l'Oraison

dominicale, au lieu même où Jésus-Christ l'enseigna à ses apôtres.

Il va de soi que le *Pater*, ainsi traduit, n'est plus que de l'hébreu pour les pèlerins. Voici, du reste, la nomenclature des langues employées : l'arabe, l'arménien, l'hébreu, le kurde, le bohémien, le cophte, l'éthiopien, le chinois, le sanscrit, le tartare, le flamand, le hongrois, le breton, le suédois, le samaritain, le français, l'italien, le géorgien, le portugais, l'espagnol, le polonais, le latin, le chaldéen, le syriaque, le grec, le norvégien, le slavon, le danois, le russe, l'anglais, l'allemand et le turc.

Il n'y manque que le sauget et la langue de Barbisier !

Le sommet de la montagne rappelle un des plus grands souvenirs de l'histoire évangélique. C'est là que Jésus, en présence de ses apôtres et de nombreux disciples, quitta la terre, où son amour infini pour l'humanité déchue et frappée l'avait fait descendre. Entre Nazareth et la crête du Mont des Oliviers, en un espace de trente-trois années, dans ce petit coin d'Asie Mineure, se passa la plus merveilleuse chose qui se puisse concevoir : le voyage de Dieu parmi les hommes, ses créatures, pour leur apporter la *vie*, pour leur enseigner la *vérité*, pour leur montrer le *chemin* de l'éternel salut.

Sainte Hélène avait construit une basilique au lieu de l'ascension du Sauveur. Aujourd'hui, sur ce sol sacré, s'élève une mosquée musulmane. Nous y entrons, moyennant bagchich,

et j'en considère avec dégoût les murs sales,
maculés d'inscriptions bizarres et de figures
grotesques. Il semblerait que Gavroche a passé
par là et s'est plu à exercer sa verve canaille
sur le compte des fils du Prophète. Cette circonstance trouble ma dévotion et fait que j'examine distraitement la trace traditionnelle du
pied de Notre-Seigneur sur le pavé et m'empresse de fuir vers Béthanie.

La tour des Russes, laide, grêle, se dresse à
notre gauche ; je n'éprouve nulle envie d'en
faire l'ascension. Mes jambes, d'ailleurs, demandent des ménagements : je songe aux Pyramides d'Egypte qu'il faudra escalader bientôt !

Chemin faisant, pendant que je fixe mon regard vers l'est, du côté de la mer Morte, un âne
s'en vient me heurter de la tête. Le sentier est
étroit, je me retourne brusquement et d'un
geste violent repousse la bête, qui roule dans
un bouquet de jeunes figuiers.

Or sur l'âne était un jeune musulman qui,
furieux, se relève, et s'élance sur moi, *la courba*
à la main. Cet homme voulait m'exterminer, et
j'ai cru ma dernière heure arrivée.

C'était le cas de ne pas faiblir. Il leva son
fouet : je levai mon bâton ; il me lança des
regards terribles : je le fixai d'un air intrépide.
C'était fini : il baissa son fouet, je baissai mon
bâton ; et nous continuâmes notre route, en nous
tournant le dos. Ce bon fils de Mahomet avait
pensé me renverser en dirigeant sa monture

dans mes jambes : et c'était lui qui avait roulé, avec sa bête, dans le fossé.

Nous arrivions à Bethphagé. Le village de ce nom n'existe plus. Il n'en reste que le souvenir du poulain d'ânesse que le Seigneur envoya querir, en cet endroit, pour faire son entrée triomphale à Jérusalem, le jour des Rameaux.

Dans une misérable chapelle, se trouve un bloc énorme, carré et orné sur ses faces de fresques qui dateraient du XII<sup>e</sup> siècle. On vous dit, sans sourciller, que cette pierre est celle qui servit au Sauveur pour monter sur l'ânon. Une pierre d'un mètre cinquante pour monter sur un âne !

C'est ainsi que les légendes les plus absurdes sont racontées à propos des plus grands et des plus touchants souvenirs de l'histoire évangélique : mousses répugnantes sur des monuments à jamais sacrés.

Des monceaux de pierres à droite et à gauche, des champs de pierres à perte de vue devant nous, de toutes parts des terrasses faites de pierres entassées et de maigres enclos fermés de pierres, sous nos pieds des pierres encore et du sable : tel est le chemin qui mène de Bethphagé à Béthanie.

Pauvre Béthanie ! Savez-vous, dans l'Evangile, un nom plus suave et qui rappelle de plus douces choses ? Ce pays est bien la patrie de l'hospitalité la plus touchante qui ait été reçue et donnée, de l'amitié la plus profonde et la plus sainte qu'un cœur ait jamais versée dans un autre cœur.

Jésus chez Madeleine, Marie et Lazare, à Béthanie ! Ni les peintres n'ont pu rendre le charme infini de ces rencontres divines, ni le génie de la piété n'a pu se redire les ineffables confidences qu'échangèrent l'homme et Dieu.

Nous sommes là, au lieu même où s'élevait la maison des amis de Jésus, où il venait avec tant de bonheur, et rien ne vit plus de ce mémorable passé. Je n'ai qu'une satisfaction : cueillir une fleur de Béthanie sur une sorte de chasal qu'on me dit être l'emplacement de la demeure de Madeleine. Le village est en amphithéâtre, et mon imagination trouve son compte dans la situation élevée de cette ruine. Je me suis toujours, en effet, représenté la maison où Jésus est venu tant de fois se reposer, comme précédée d'une terrasse d'où la vue portait au loin, qu'ombrageaient des figuiers et des orangers, où les heures s'écoulaient délicieuses dans la tiède atmosphère des soirs d'Orient.

Je n'ai garde d'oublier que Jésus fit à Béthanie, en faveur de la famille tant aimée, le plus grand de ses miracles.

Lazare est mort depuis quatre jours ; son cadavre, entouré de bandelettes et mis au tombeau, debout, selon la coutume de ce temps, exhale déjà une horrible odeur de putréfaction.

Jésus arrive par le chemin de Jéricho. Un même cri s'échappe des lèvres de Marthe et de

Madeleine : « Seigneur, si vous aviez été là, notre frère ne serait pas mort.

— Où l'avez-vous mis? demande le Sauveur.

— Venez et voyez. »

Arrivé en face du tombeau, Jésus pleura.

Ce n'est donc pas une faiblesse de pleurer ses parents morts ou ses amis disparus. Quand nos larmes gardent l'espérance, et qu'au delà du tombeau nous entrevoyons l'aube blanchissante du Paradis qui se lève pour nos morts, pleurons : Jésus a pleuré Lazare.

Le tombeau de l'ami du Sauveur est encore là. On y descend par un escalier de vingt-six marches dont la construction est sans doute plus récente. L'établissement de cet escalier a dû être nécessité par des exhaussements de terrains et des constructions qui se firent en cet endroit, comme il est arrivé pour la grotte de Bethléem.

A la dernière marche, nous nous trouvons dans un vestibule carré de trois mètres de côté environ. Au fond est l'entrée du caveau, que fermait une pierre roulante.

— Otez la pierre, dit Jésus.

— Mais non, reprend Marthe, mon frère est depuis quatre jours dans la mort et déjà sent mauvais.

— Otez la pierre, vous dis-je.

Et la pierre fut roulée, et tous purent voir par l'ouverture béante le cadavre que cachait ce sépulcre.

— Lazare, viens dehors, commande Jésus.

Les bandelettes et le linceul tombèrent, et le

mort, à cet appel tout-puissant, marcha hors de sa tombe, en pleine force de vie et en pleine lumière du jour.

Ce miracle eut tout le pays pour témoin et fit grande rumeur parmi le peuple.

Pour nous, nous avons dû payer bagchich au musulman qui possède le tombeau de Lazare, pour avoir le droit d'y pénétrer; et nous avons éprouvé cette étrange déception de remarquer sur les visages des habitants un air de défiance farouche, qui contrastait douloureusement avec le souvenir embaumé de la famille hospitalière qui reçut là, autrefois, le Sauveur des hommes.

Partons ! Nous voici sur le chemin qui de Jéricho remonte à Jérusalem. Un pèlerin plus savant que les autres nous dit que Jésus était sur ce chemin, et à l'endroit où nous sommes, quand il maudit le figuier stérile : la seule malédiction qu'il ait portée, et qui fut pour frapper de mort un arbre déjà stérile !

A un tournant de la route, nous faisons halte. J'en apprends bientôt le motif : c'est ici qu'est mort, il y a trois ans, l'abbé Comboroure, de Lyon. La caravane du pèlerinage se rendait à Jéricho. Le cheval qui portait le malheureux abbé, lancé au galop, fit un écart brusque et jeta à terre son cavalier. La chute fut mortelle. Ce prêtre français, tué ainsi à la fleur de l'âge, repose à Jérusalem dans le caveau des pèlerins. Nous récitons le *De profundis*, puis reprenons notre route. De nouveau nous franchissons la vallée de Josaphat et rentrons dans la

Ville sainte par la porte *Sitti-Mariam*. C'est à peine si je prends un repos d'une heure avant de me diriger sur *Aïn-Karim*, la patrie de saint Jean-Baptiste.

Le chemin qui mène au pays de saint Jean-Baptiste, *saint Jean des Montagnes* pour les chrétiens, *Aïn-Karim* pour les Arabes, est fort accidenté. Je le fais à pied avec l'ami Dugourd.

Nous voici sur la route impériale de Jérusalem à Jaffa, récemment terminée. Nous traversons un faubourg dont les maisons misérables et la population en guenilles nous rappellent certaines banlieues de villes industrielles. A gauche, se distingue la masse énorme du couvent grec de *Sainte-Croix*, élevé, d'après une ancienne tradition, au lieu même où poussa et fut coupé l'arbre qui servit au supplice du Sauveur. C'est le séminaire des Grecs schismatiques.

Il y a quelques années, une demi-douzaine de moines géorgiens l'habitaient seuls, sans souci du danger dont les menaçaient les Bédoins pillards et les Musulmans fanatiques. Il advint qu'une nuit, ces bandits franchirent les murs du monastère, assassinèrent le supérieur et pillèrent la maison. Ce genre d'exploits ne laisse pas d'être fréquent en pays turc.

L'ami Dugourd, qui trouve les affreux chemins de Syrie encore trop faciles, me conseille de prendre par les champs pour gagner du temps. J'ai le malheur de l'écouter, et nous voilà tous deux à battre un sentier qui nous éloigne du but et se perd bientôt dans des entassements de rochers arides. Çà et là, s'étendent des champs de culture, et je vois des fellahs qui arrêtent leur charrue pour nous regarder, et rire plus à leur aise de notre embarras.

Pour moi, sur ce sol léger, au milieu de pierres et d'épines, je songe à la parabole du *Semeur*, que Jésus dut prononcer en un site semblable : on ne saurait en effet, jeter ici une poignée de semence sans qu'il en tombe une partie dans les pierres, une autre dans les épines et le reste dans la bonne terre.

Après d'énergiques efforts et mille obstacles franchis, nous retrouvons la bonne route, et j'ai, très présent à l'esprit, le souvenir du discours que nous tînmes, Dugourd et moi, chemin faisant : *En quoi consistera le bonheur du Paradis ?* Je hasardai cette proposition, au moment précis où *Aïn-Karim* se découvrit à nos yeux : que le bonheur du ciel serait en harmonie avec le tempérament particulier de chaque individu sur la terre; que les mystiques s'abîmeraient dans une contemplation ininterrompue, que les penseurs marcheraient dans la lumière, heureux de percer les plus impénétrables mystères; que les voyageurs s'élanceraient encore en des régions toujours nouvelles, et que les simples se reposeraient tout simplement dans l'assurance d'une félicité sans fin. Mais toutes ces joies, ajoutais-je, ne devaient être que la moindre part du bonheur des élus : la substance même de ce bonheur se trouve dans la vision intuitive, la possession immédiate de Dieu.

Le magnifique spectacle qui s'offrait alors à nos regard émerveillés nous fit dire à tous deux, en même temps, que nous allions entrer, en attendant mieux, dans un véritable paradis terrestre.

Une vallée profonde se creusait sous nos pas, et les pentes en étaient très douces, avec de splendides jardins en terrasses, des enclos verdoyants, des arbres en fleur et des vignes belles comme les nôtres au printemps de mai.

Au fond, s'étageait sur les deux versants la gracieuse bourgade tout entière peuplée, hélas ! de musulmans. Au milieu des vignes, çà et là. se dressaient de vieilles tonrs, pour loger les gardiens des récoltes, comme au temps de l'Evangile. Nous marchions dans le ravissement.

Au centre du village est une fontaine qui donne une eau incomparablement fraîche et limpide. Des femmes, jambes et bras nus, y lavent leur linge et se détournent pour nous regarder ; je ne leur trouve pas l'air farouche et l'allure pleine de défiance que prennent d'ordinaire les musulmans vis-à-vis des chrétiens. L'une d'entre elles s'avance même pour nous offrir à boire ; nous la remercions d'un sourire et d'un bagchich. Ce langage-là est compris partout. J'ajoute que la fontaine est appelée par les Arabes eux-mêmes *Fontaine de Marie*.

Un sentier nous conduit à la *Chapelle de la Visitation*, bâtie sur l'emplacement de la maison de sainte Elisabeth. C'est donc ici qu'éclata pour la première fois, de la bouche même de la Vierge, le chant sublime du *Magnificat* qui retentit toujours à travers les siècles. Le sanctuaire est étroit, pauvre, mais que nous importe ? Notre émotion ne se prend pas aux pierres ou aux marbres des édifices. Nous revivons délicieusement les scènes évangéliques, parce que nous sommes au pays qui en fut témoin et que nous avons la foi.

Je cueille une fleur dans la corbeille naturelle qui précède la porte, et nous sortons, non sans avoir vénéré le rocher qui s'ouvrit et se ferma, dit la légende, pour préserver le petit saint Jean du glaive d'Hérode le massacreur.

La curiosité, plus que la dévotion, voudrait diriger ma course vers *Saint-Jean du désert.* C'est la grotte où se retira le Précurseur, en un site sauvage, sur la pente de la vallée du Térébinthe, peuplée d'animaux féroces, et rebelle aux efforts du laboureur. Ce lieu d'horreur était bien fait pour préparer saint Jean à prêcher la pénitence aux foules, et il me semble éprouver quelque chose de l'impression que dut produire sur ses contemporains, sortant de sa dure retraite, cet homme extraordinaire dont une peau de bête couvrait les membres, et qui s'était nourri de sauterelles. Personne ne veut m'accompagner. Force m'est de partir sans voir le désert de Saint-Jean.

Nous nous rendons à l'orphelinat des *Dames de Sion.* Cet établissement de charité fait le plus grand bien dans la région. Nous le visitons et l'admirons. La religieuse qui nous guide nous raconte les merveilles de la vie et de la mort du juif de Strasbourg qui, converti au christianisme, fonda la communauté des Dames de Sion, à Jérusalem. J'ai vu à Rome, dans l'église *Saint-André delle Fratte*, le tableau de la Vierge devant lequel Théodore-Marie Ratisbonne, en 1842, touché de la grâce, quitta l'infidélité juive pour aller au Christ.

Il a voulu mourir dans son orphelinat d'Aïn-Karim. Sa tombe est au fond du jardin et porte ces simples mots :

*Père Marie*
*6 mai 1884*

Un oranger étend ses branches sur la pierre funèbre, et nous le trouvons, à cette fin de décembre, chargé de ses fruits d'or : admirable symbole de l'œuvre du Père Ratisbonne, qui continue à porter des fruits d'or au milieu des juifs et des musulmans de Terre-Sainte qu'elle recueille, éclaire et sauve.

Il nous reste à honorer de notre pieux hommage le lieu de la nativité de saint Jean-Baptiste. C'est, aujourd'hui, une église gardée par quelques religieux franciscains.

Nous y arrivons par d'horribles ruelles, encombrées d'immondices, puantes à soulever le cœur. Le quartier juif de Jérusalem est un Eden en comparaison. Je me tiens le nez, tout en ouvrant un œil attentif pour ne pas poser le

14

pied dans les matières infectes qui s'étalent au grand soleil.

Nous arrivons enfin. Le monument, très beau, a trois nefs et un dôme supporté par quatre piliers. A gauche du maître-autel, on descend par un bel escalier dans la chapelle de la Nativité de saint Jean-Baptiste. De magnifiques bas-reliefs en marbre blanc, encadrés dans un fond noir, y représentent les principales scènes de la vie du Précurseur ; c'est un roi de Naples qui a fait don de ces richesses au sanctuaire.

Nous prions quelques instants ; je récite pieusement le *Benedictus* que le prêtre Zacharie fit entendre ici même, le premier, il y a tant de siècles, et nous partons.

Sur le chemin de Jérusalem, deux Arabes s'en vont lentement, chassant devant eux des ânes superbes, parfaitement sellés et de fière allure. Notre détermination est bientôt prise : nous allons monter ces superbes baudets pour rentrer dans la Ville Sainte. Les âniers ne demandaient pas mieux.

Me voici donc, pour la première fois de ma vie, sur un âne. Je songe aux amis de Franche-Comté ; si certains d'entre eux étaient là pour me voir, comme je serais honteux !

Je commence par trouver que l'âne a du bon, que son pas est doux et son port de tête distingué.

Allons : au galop ! Ma bête dévore l'espace. Je tiens ferme la bride, dans la crainte continuelle que le sabot de mon coursier venant à heurter les pierres qui couvrent le chemin, nous n'allions faire ensemble la culbute.

Dans cet équipage, nous arrivons à Jérusalem. Déjà l'âne a cessé de me plaire, et je regrette mon cheval. Mais il fallait bien goûter de tout, dans ce merveilleux voyage où tant de choses nouvelles me furent révélées.

L'heure du repos n'a pas encore sonné. Infatigable, je me rends à l'église *Saint-Sauveur*, pour admirer la crèche que les bons Pères franciscains y ont construite. C'est une œuvre d'art.

Une Bethléem très convenablement peinte forme le fond de la scène, qui a de très grandes proportions. Le devant est occupé par des prairies où paissent des troupeaux et où s'épanouissent des fleurs parfumées. Au milieu coule un ruisseau, un véritable ruisseau dont le murmure très doux enchante l'oreille. Dans la même direction s'étend une route poudreuse, sur laquelle je vois passer des chameaux pensifs et de pauvres fellahs chargés de provisions. A droite et à gauche sont plantés de grands arbres, avec des oiseaux et des nids dans les branches. Planant sur le tout, des anges, les ailes éployées, entonnent l'hymne du ciel :

*Gloria in excelsis Deo !*

Or, dans un tout petit coin, s'ouvre la grotte bénie où Jésus est couché sur un peu de paille.

Je sors ravi de ce spectacle, pour regagner Notre-Dame de France. Le soir, en un concert improvisé, de charmants Noëls nous seront chantés par un jeune Père de l'Assomption.

Le défilé pittoresque des oiseaux devant la crèche et l'adoration qu'ils chantent au Sauveur réveilleront les plus endormis et dérideront les plus tristes. Le canard, la pie, le rossignol, soupirent des couplets ravissants.

Mais c'est en francais. Je le dis sans chauvinisme, nos vieux noëls bourguignons, en patois, sont encore préférables à ces finesses :

> Pou moi, y l'y veut poutiâ
> In bareille de mon vin
> Et n'ousé qu'y a luâ
> En revegnant di melin ;
> Enne pare de pussins
> Et in peni de rouzés.
> Chantons trelous, de pa Dé :
> Noué ! Noué !

Le lendemain, nous nous trouvâmes plusieurs pour reprendre le chemin de Bethléem. J'eus encore le bonheur de célébrer la messe dans le béni sanctuaire, et de prier au berceau de Jésus. Au petit déjeuner, chez les Franciscains, oubliant la sainteté du lieu, je faillis sauter à la gorge d'un journaliste italien qui se trouvait là, et parlait de la France en termes blessants pour mon patriotisme.

On ne peut imaginer les sottises que débita ce faquin contre le pape et contre nous. Un Crispi de trentième ordre.

Nos tasses de lait avalées, nous jugeâmes bon de ne pas rester plus longtemps en pareille compagnie, et nous nous dirigeâmes vers les *Vasques de Salomon*.

Deux choses me frappèrent dans les rues de Bethléem : la présence d'un cheval sur le toit en terrasse d'une lourde maison carrée, et une enseigne conçue en ces termes : *Ici on vend des bibles*. Ce protestant anglais ou allemand qui s'en va vendre des bibles hérétiques dans la ville de David m'a stupéfié. Il ne fait pas, du reste, m'a-t-on dit, de brillantes affaires. Je le vois fort ennuyé sur le pas de sa porte.

Les fameux réservoirs qui portent le nom de *Vasques de Salomon* ne sont guère qu'à une lieue de Bethléem. A droite et à gauche, des champs de roches arides. Devant nous s'élève le *mont des Francs* où quelques chevaliers français se maintinrent, dit une tradition, quarante années encore après la chute définitive du Royaume latin de Jérusalem.

Bientôt, entre deux montagnes nues, nous découvrons une étroite vallée, de la plus délicieuse verdure. Un petit ruisseau murmure doucement au milieu de jardins magnifiques, à l'ombre de rosiers géants, de grenadiers en fleur et de figuiers verdoyants. C'est le jardin de Salomon, l'*Hortus conclusus* du Cantique des cantiques.

Nous arrivons aux bassins. Ils sont taillés dans le roc et revêtus intérieurement d'un mur en maçonnerie. Des ouvertures souterraines les mettent en communication. Le premier, qui a 50 pieds de profondeur sur une longueur de

582 et une largeur de 180, se déverse dans le second, qui est de dimensions moindres et qui coule à son tour dans le troisième, encore plus petit.

Ces bassins sont alimentés par une source d'une incomparable limpidité. Nous y buvons tous, en songeant qu'elle est *la source close, la fontaine scellée*, que chanta Salomon, et qu'un aqueduc romain mène jusqu'à la Ville sainte.

Il fait une chaleur torride. Nous sommes heureux d'accepter l'aimable invitation de M. Dubois pour regagner rapidement et sans fatigue Jérusalem, tout émerveillés de ce que nous venons de voir.

## XX.

# EN SELLE POUR JÉRICHO

L'excursion à Jéricho, au Jourdain et à la Mer Morte a toujours paru effroyable aux pèlerins. Quinze à vingt, sur quatre cents, osaient à peine l'entreprendre autrefois.

On avait peur des routes, qui sont mauvaises, des Bédouins, qui sont pillards, et de la chaleur, qui est accablante. Bref, les guides vous eussent volontiers conseillé d'emporter avec vous, en partant, de l'eau bénite, un drap de mort et un cercueil.

Le fameux voyage ne nous apparut pas sous cet aspect.

Nous étions au 29 décembre, et la chaleur, à cette époque de l'année, même au désert de Jéricho, doit être supportable. Les chemins, en certains endroits, sont abrupts, effleurent les abîmes : cette circonstance n'aura d'autre effet que de retenir à Jérusalem tous les pèlerins qui ne sont pas cavaliers. Quant aux Bédouins, nous les rendrons inoffensifs en traitant avec eux.

Ces Bédouins se considèrent comme les souverains légitimes de la plaine du Jourdain, et, au fond, je ne sais trop ce qu'on pourrait objecter à leurs droits. Ce sont d'ordinaire de brillants guerriers, bien montés et bien armés, sorte de chevaliers errants, à cela près qu'ils font plus de torts qu'ils n'en redressent.

C'est avec eux qu'il faut s'entendre. La rançon est payée d'avance à quelque chef de tribu qui se déclare satisfait et s'engage, par Allah et Mahomet, à nous donner aide et protection en tout cas de besoin.

Avec quel bonheur je remontai à cheval pour cette nouvelle excursion! Ma monture, en Galilée, était d'allure fière et calme à la fois, bonne bête, qu'un coup de cravache rendait meilleure encore. Mon cheval gris de Jéricho ne se laissait pas aussi facilement conduire, et malheur à qui l'approchait de trop près : il répondait aux familiarités par des ruades. C'est ainsi qu'il blessa assez sérieusement à la jambe droite un pèlerin qui passait, à cheval, à proximité de son train de derrière. Pour moi, je n'eus pas à en souffrir.

Nous partîmes de bon matin, au nombre de septante, dont une quinzaine de dames. Dondal et Dugourd étaient de la bande. L'abbé Ricard ne voulut pas quitter la Ville Sainte, désireux de se plonger plus que nous encore dans le charme infini des souvenirs évangéliques.

La caravane fit le tour de Jérusalem par la belle route qui passe devant la porte de Saint-

Etienne et la porte d'Hérode, descend dans la
vallée de Josaphat et s'en échappe, en longeant
le pied du mont des Oliviers. Bientôt nous saluons Béthanie, que dominent les ruines crou-
lantes et pittoresques du couvent de Mélissende,
et dès lors le chemin est une succession de
pentes longues et rapides, dans un paysage de
mamelons arrondis, nus, d'aspect bleuâtre, semblables à des tentes gigantesques, dans un campement immense.

« Un homme, dit l'Evangile, descendait de
Jérusalem à Jéricho. » Rien de plus exact. Nous
descendons toujours, appuyant sur l'étrier et
nous renversant en arrière pour ne pas sauter
sur le cou du cheval ; le moindre heurt, et nous
lui passerions par-dessus la tête.

Aucune trace d'habitation. Çà et là, cependant, quelques champs cultivés. Le pays est
désolé, mais sans tristesse, parce que l'œil rencontre une variété infinie de points de vue, se
reposant tour à tour sur des vallées profondes,
des collines entrecoupées, des sommets arrondis
ou des pics aigus. De pauvres ruisselets s'insi-
nuent lentement à travers les galets brûlés de
soleil, coulant comme à regret, goutte à goutte :
ruisselets anémiés, toujours sur le point de
mourir tout à fait.

Nous descendons de cheval à la *Fontaine des
Apôtres*. Là, l'eau est abondante, mais personne
n'ose y boire. Cette eau contiendrait, paraît-il,
de petites sangsues qui s'attachent au palais,
se gonflent de sang, et grossissent au point de

vous étouffer. Est-ce vrai? L'abbé Mariti, qui passait là, le siècle dernier, ne manqua pas de boire à la *Fontaine des Apôtres*, « non par dévotion, mais parce qu'il avait soif, et cette eau lui parut excellente. »

Des espèces très variées d'oiseaux voltigent et chantent dans ces solitudes. J'ai remarqué avec étonnement le sans-gêne et la familiarité de ces petites bêtes avec nous. Un pinson vint se poser sur la pointe d'une roche qui surplombait la route, à portée de la main, et nous regarda passer tous, jusqu'au dernier, puis s'envola. Je vis, un peu plus loin, un énorme corbeau se percher sur le dos d'un âne que son cavalier venait de quitter pour quelques instants. Et quand nous mangions en campagne, même avant la fin du repas, de gentils passereaux venaient becqueter les miettes tombées dans l'herbe ; c'était charmant.

Environ trois heures après notre départ, nous étions au khan du *Bon Samaritain*. C'est un grand espace carré, enclos de murs et muni, à son entrée, d'une sorte de hangar qui sert d'abri pour les voyageurs. Les montures, ânes, mulets, chevaux et chameaux se répandent dans le khan, cherchant l'ombre contre les murs, ou rognant, de ci, de là, des brins d'herbe sèche.

Ce caravansérail prend son nom d'une page évangélique, récit ou parabole. C'est là qu'aurait été dépouillé un malheureux voyageur, que le « Bon Samaritain » recueillit, et dont il pansa les blessures. Nous y faisons une halte d'un quart d'heure, non sans visiter la belle grotte qui se creuse tout auprès, comme se creusait la grotte de Bethléem, au fond du *diversorium*, où la place manqua pour Joseph et Marie.

Encore deux heures de marche, sur une route qui devient de plus en plus mauvaise, s'entre-coupe d'éboulements, et ne présente, à certains passages, qu'un étroit sentier, au-dessus de ravins affreux. Les Turcs font des routes, mais ne les réparent jamais.

A un détour du chemin, j'aperçois tout à coup les chevaux de ceux qui me précédaient, seuls et la bride lâchée : plus de cavaliers! J'arrive à cet endroit, et descends de cheval, comme les autres ; un drogman m'indique un sentier ver-tigineux qui mène dans une gorge sauvage, où j'entends gronder un torrent.

Le spectacle est grandiose. Me voici en face d'une muraille de rochers qui s'étagent à une grande hauteur, et je marche au pied d'une muraille semblable, dans la fraîcheur délicieuse d'une vallée verdoyante : un coin de Franche-Comté ou de Suisse, en plein désert d'Orient.

Arrivés au fond du ravin, nous franchissons, sur un pont rustique, le torrent qui coule en cet endroit paisiblement au milieu des roseaux, dont les hautes cannes se balancent sous un souffle léger.

En face, nous apparaissent, creusés dans le roc, avec des parties saillantes, les bâtiments d'un monastère grec fondé par le moine Jean

Koziba. C'est une réunion de plusieurs grottes en avant desquelles on a construit une chapelle et divers abris accessoires.

Par un sentier raide et tortueux nous atteignons un escalier taillé en plein rocher, qui nous mène jusqu'à l'intérieur du couvent. Je commence par visiter une cellule, et je la trouve assez semblable aux cellules de nos religieux, des capucins, par exemple. Quelques images pieuses et un chapelet pendent au mur; devant l'étroite fenêtre, une petite table en bois blanc, sur laquelle est disposée une machine rudimentaire pour le travail des bibelots de nacre: dans un coin, une maigre couchette.

De la fenêtre ouverte, la vue plonge dans le ravin ; je remarque un mince câble de fer qui, fixé aux murailles et bien tendu, s'en va jusqu'au ruisseau, où son extrémité inférieure se trouve scellée dans un rocher.

Je demande à quoi sert ce long fil. Le moine, qui n'entend pas le français, mais qui devine ma question, prend un vase en fer-blanc armé d'une boucle et d'une longue corde, passe la boucle autour du fil, et laisse tout partir. Le vase se remplit de lui-même dans le torrent et remonte le long du câble, tiré par la corde.

C'est simple, mais ingénieux tout de même.

En sortant de la cellule, je vois d'autres moines grecs, et tous sont d'aspect absolument repoussant.

Vêtements sales, chaussures sales, longue chevelure sale sous un bonnet rond graisseux,

barbe inculte et sale. Je suppose charitablement
que l'âme de ces schismatiques est plus belle
que leur vilain corps.

Quoi qu'il en soit, nous avons pu apprendre
jusqu'où allait leur formalisme monacal et leur
intransigeance. C'était pour eux jour maigre, un
samedi. Or, le soleil de midi nous dardait ses
plus chauds rayons, et nous eussions voulu
prendre notre repas sous un abri du cloître.
Cette faveur nous fut impitoyablement refusée.
Nous devions dîner en gras, comme c'était notre
droit : ces pharisiens ne permirent pas à des
voyageurs de manger de la viande chez eux.

Je fus loin de regretter ce refus, car notre
festin fut servi vers le pont, au bord du ruisseau,
sous l'ombrage délicieux des figuiers et des
orangers. Moyennant quelques sous, un frère
convers nous offrait un bouquet de fleurs et
nous permettait l'entrée dans le jardin.

Ce jardin est un paradis terrestre. J'ai vu, à
Grenade, les jardins des Califes, avec leurs allées
bordées de myrtes toujours verts, et des ruisselets qui murmurent leurs douces chansons
sous vos pas, mystérieusement, comme au temps
des sultanes. J'ai trouvé, au jardin de Koziba,
que les eaux du Kelt, dans cette gorge sauvage,
arrosent par une multitude de canaux, un
charme encore plus pénétrant. Je n'en pouvais
sortir, errant sous les citronniers et les orangers
chargés de fruits d'or, au milieu d'un bosquet
de palmiers chevelus, parmi des bananiers
élancés et des vignes verdoyantes, les yeux ra-

vis de toutes ces verdures, et les oreilles char-
mées par la musique d'invisibles oiseaux.

Il faut partir, par l'âpre sentier que j'ai des-
cendu il y a quelques heures. Un jeune Frère de
l'Assomption, en marchant, me donne divers
détails sur la laure de Koziba. C'est ici que se
serait caché le prophète Elie, poursuivi par
l'impie Achab. Il buvait à ce torrent pendant
que des corbeaux lui apportaient, matin et soir,
du pain et de la chair pour sa nourriture. Nous
nous tournons et nous voyons une grotte creusée encore plus haut que le couvent et habitée
par un solitaire. Ce moine ne descend de son
aire qu'à Pâques, par une échelle de corde; il
puise l'eau dont il a besoin et reçoit un peu de
pain et quelques figues par un fil comme celui
dont nous avons parlé plus haut. C'est effrayant.

Une grotte plus profonde que les autres sert
de cimetière. Et comme le nombre des morts y
a dépassé de beaucoup le nombre des places, un
ossuaire placé au milieu a reçu les plus vieux
ossements; les têtes y sont alignées sur deux
rangs superposés : c'est d'un effet macabre saisissant, me dit le Frère. Je songe au cimetière
encore plus horrible des Franciscains, à Rome.

Suant, soufflant, époumonés, nous atteignons
enfin le chemin et reprenons nos montures.
Nous serons bientôt dans la plaine de Jéricho.
Le vady Kelt se retrouve devant nous; on le
franchit avec peine et non sans éclaboussures.
Voici les buissons horriblement crue's du *Spina
Christi*, l'épine dont fut tressée la couronne du

Sauveur. Des vêtements et des jambes se déchirent à ses branches hérissées. Nous contournons la *Montagne de la Quarantaine*, et arrivons enfin tout au pied.

Je suis très fatigué. L'envie ne me vient pas de faire l'ascension de ce mont aride, sur le flanc duquel est encore construit un couvent grec, semblable à celui de Koziba.

La tradition place en cet endroit le lieu du jeûne de Notre-Seigneur Jésus-Christ, et désigne le sommet comme le théâtre de la tentation du Sauveur par le démon. Une demi-douzaine de pèlerins infatigables attaquent bravement la montagne ; nous les voyons bientôt comme pendus à ses parois abruptes, au-dessus des abîmes, et cette vue suffit pour me donner le vertige.

En bas, nous passons le temps, qui à s'entretenir du fait évangélique de la Tentation de Jésus, qui à s'étendre sur le maigre gazon pour se mieux reposer, qui à explorer les lieux. Un lieutenant de vaisseau, décoré, s'étudie à siffler un appel, au moyen de quatre doigts introduits dans la bouche. « Le rêve de ma vie...., » dit-il. Il n'y parvient pas. Nos contrebandiers ont plus de talent.

Je visite le jardin du couvent de la Quarantaine et le moine jardinier, encore plus malpropre que les Kozibites. Il me vend un roseau coupé sur les bords du ruisselet qui arrose son courtil et fait pousser ses légumes. C'est un souvenir que je conserve.

Les ascensionnistes sont revenus et reçoivent

les félicitations de la caravane. L'entreprise qu'ils ont menée à bonne fin, après les fatigues de la journée, serait, paraît-il, des plus ardues et des plus périlleuses. Quelques voyageurs téméraires y auraient même laissé leur vie. Seulement, rectifie quelqu'un, c'était en prenant la montagne par un autre côté. Cette parole humilie nos six héros et console tout le monde.

Là-dessus, chacun remonte en selle, sauf moi qui aime mieux marcher à pied. Nous atteignons bientôt la *Fontaine d'Élisée*, dont les eaux, dit la Sainte Écriture, perdirent naguère leur amertume, par la bénédiction du saint Prophète.

Cette fontaine, qu'ombrage un arbre immense, déverse ses eaux dans un canal, d'où elles se répandent pour inonder la plaine environnante et la rendre admirablement fertile.

Nous faisons une lieue à travers des champs de blé fraîchement ensemencés, des pâturages verdoyants et des jardins clos. Il faut franchir une multitude de petits ruisselets et des haies d'épines aux pointes cruellement acérées.

La nuit tombe; on ne voit plus son chemin; vous enfilez des sentiers sans issue et perdez le temps à revenir sur vos pas. La caravane est complètement désagrégée, et une lourde fatigue nous a tous saisis.

Une coupole blanche attire un groupe dont je suis. Nous pénétrons, pour y arriver, sous une longue voûte formée de vignes entrelacées en berceau. A l'extrémité, un énorme dogue nous accueille de ses aboiements furieux ; prudemment je recule, et chacun en fait autant. Ce n'est qu'à la lueur des torches que nous pourrons enfin découvrir l'Hôtel Bellevue : une misérable bicoque, tout entière en rez-de-chaussée.

Dans la chambre qui m'échoit, trois couchettes encore plus minces et plus dures que celles du campement à Tibériade. Comme j'arrive le dernier, vous pensez qu'on ne m'a pas laissé la meilleure. Nous prenons le repas sous la grande tente, et la plupart, harassés, quittent la table pour le lit.

Dugourd, toujours brave homme et bon vivant, offre aux amis *une « tournée »* de cognac. Nous sommes une douzaine à accepter son invitation, et on décide de passer la soirée devant la porte de l'Hôtel. Soirée mémorable !

Nous prenons place, qui sur des bancs de bois, qui sur des chaises boiteuses sorties du gourbi. N'oubliez pas que nous sommes au 29 décembre. Sur notre tête, une tonnelle élégante formée d'un seul pied de vigne, un pied géant que tous les voyageurs admirent à Jéricho. Une brise très douce caresse nos visages, et nous apporte les parfums capiteux d'un seringa voisin. La curiosité me fait m'approcher du foyer qui embaume si délicieusement l'air attiédi. Au lieu de trouver le buisson touffu qu'on rencontre dans les jardins de France, je vois, autant que me le permet la clarté des étoiles, un arbre de la taille des chênes de nos forêts, et tout blanc de fleurs. C'est merveilleux.

Cependant que les cigarettes s'allument et que le cognac, couleur d'ambre, remplit de minuscules gobelets, une conversation fort intéressante s'engage. Le patron de l'Hôtel est au milieu de nous, homme très intelligent et heureux d'utiliser le peu de français qu'il a pu apprendre à Paris, au temps de la grande Exposition.

« Oui, dit-il, j'ai pris des marchandises, et je suis allé tenir boutique au Champ de Mars, en 1889.

« Les Parisiens se disaient l'un à l'autre, en passant devant moi : Regarde un peu cet arbigot ! Allons, faut pas qu'il *croye* nous la faire, avec son burnous, son jupon et ses godillots ! A vu le jour à Montmartre ou à Belleville — est Arabe comme moi — connaît mieux la place *Maub* que le désert, bien sûr !

« Et cependant, vous voyez, j'étais un Arabe au naturel. Je venais bien de Jéricho, mon pays, pour vous servir, *messious.* »

Je jugeai l'occasion bonne pour obtenir quelques renseignements sur le pays.

— Ils sont donc bien terribles, les Bédouins, dis-je, qu'on n'ose pas venir chez vous sans escorte?

— Terribles, oui pour le pillage, non pour l'assassinat. Ils savent qu'un cadavre est toujours un objet encombrant; que les consuls européens vengent de façon impitoyable, sur toute une tribu, la mort d'un seul de leurs nationaux. On a pendu des Bédouins par douzaines pour des meurtres dont les auteurs n'étaient pas retrouvés.

Le vrai danger pour le voyageur serait de tomber au milieu de tribus en train de se livrer bataille. Ces combats sont fort communs, par le fait des haines qui surgissent entre les familles voisines et qui se transmettent parfois à plusieurs générations. On voit alors les hommes, montés sur leurs chevaux ou sur leurs chameaux, armés de fusils, de sabres, de lances ou de bâtons, charger impétueusement l'ennemi et le poursuivre jusque dans son dernier refuge. Le sang coule, et, dame ! si un touriste est à portée, il pourra bien partager le sort des vaincus.

— Et qui commande, dans ces batailles ?

— Le chef de la tribu, qui est du reste un maître absolu. Point de lois, point de règlements qu'il doive observer. Sa volonté est la seule loi, devant laquelle, du reste, tous s'inclinent. Il juge les différends, tranche toutes les difficultés, punit tous les délits, récompense tous les mérites, quand il veut et comme il veut. Les choses ne se passaient pas autrement au temps des Patriarches, ajoute notre hôtelier, qui a lu l'Histoire sainte.

Il faut dire, à la louange des Bédouins, qu'ils sont très hospitaliers. Si vous leur demandez abri, ils vous dépouilleront de vos armes, pour commencer; mais vous pourrez dormir tranquille sous leur tente. Et ne vous avisez pas de leur offrir de l'argent, le lendemain ; ils le refuseraient avec colère. Tout au plus accepteront-ils un présent en nature. Les femmes, qui sont très coquettes, recevraient, je crois, avec reconnaissance, un collier de sequins, un bracelet ou un objet quelconque de verroterie : elles recherchent ce qui brille.

— A quoi s'occupe le Bédouin ?

— A trois choses : à cultiver la terre, à garder les troupeaux et à chasser.

C'est un chasseur émérite comme c'est un parfait cavalier. Son fusil ne le quitte jamais. Il tue perdrix, corbeaux, chacals, gazelles et sangliers.

Tenez, voici la hure d'un sanglier tué la semaine dernière. Cette bête, qui se nourrit surtout de blé de Turquie, a une chair blanche délicieuse.

On trouve encore le tigre de l'autre côté du Jourdain, et savez-vous comment le chasse le Bédouin ? Il s'affuble d'une peau de tigre, avec un poignard dissimulé sous ce vêtement original, et se met à quatre dès qu'il aperçoit le fauve. Celui-ci s'approche sans défiance et veut gambader avec le faux tigre, qui, au bon moment, lui plonge son poignard au cœur.

Le Bédouin cultive la terre et sème le blé, qui croît et mûrit en trois mois. Mais, gare aux voleurs ! Il faut monter, de nuit, la garde au bout du champ, fusil en main. Le blé battu court les mêmes risques ; nombre de laboureurs embarrassés l'apportent dans ma maison, où je le garde, moyennant redevance.

— Les tribus, demande quelqu'un, sont-elles nomades comme autrefois ?

— Parfaitement. Dès qu'une région est épui-
sée, que les troupeaux de moutons, de chèvres,
de bœufs, de mulets ou de chameaux ne trouvent plus de quoi vivre, la tente est levée,
pliée et transportée ailleurs.

— Que fait-on des malades?

— Je vous répondrai que le Bédouin est rarement malade. Il ne sait du reste pas ce que
c'est qu'un médecin. Il mange du plâtre pour
se purger, boit à la source du Prophète, qui est
très riche en carbonate de chaux, et, quand il
a la fièvre, mange une sorte de fruit qu'on
nomme *pomme de Sodome*. Ce fruit, semblable
à une petite orange, fort appétissant d'aspect,
ne renferme à l'intérieur qu'une poussière
bleuâtre. »

L'heure passait, rapide, pendant que notre
hôtelier, d'un air bon enfant, nous donnait tous
ces renseignements. Il fallut bien se résigner à
gagner sa couchette, malgré la tiédeur embaumée de l'air qui nous enveloppait et la joie
que nous avions à contempler une belle nuit
d'Orient. Le concert lamentable des chacals venait jusqu'à nos oreilles, et je m'endormis à
cette fanfare de miaulements répétés.

A quatre heures, le lendemain matin, son-
nait le réveil, et, quelques minutes après, le
boute-selle.

Retrouver son cheval de la veille n'était pas
petite besogne. Figurez-vous un enclos carré,
entouré de haies vives, et quelques torches
éclairant la mêlée confuse de nos chevaux,

ânes et mulets rassemblés en cet étroit espace, en compagnie de tous les chameaux de Jéricho. Il fait nuit noire ; les cavales hennissent, les ânes braient, les mulets ruent, les moukres hurlent, les pèlerins gémissent : c'est très beau comme désordre et comme effarement.

Je finis par rejoindre mon coursier, qui rognait paisiblement un reste de méchante paille. Aussitôt à cheval, je suis la bande qui s'avance vers le Jourdain, au milieu de l'obscurité la plus complète. Le Père Germer, notre chef, marchait en tête avec un bachi-bouzouck du désert. Que de culbutes ! La terre, lézardée de crevasses, tendait aux chevaux des pièges où ils tombaient avec leurs cavaliers, et ces incidents égayaient la trop matinale promenade.

Quand le soleil commença à rougeoyer à l'horizon, un spectacle fort curieux s'offrit à nos regards. Nous étions dans une plaine immense, aride, inculte, grise, coupée çà et là de canaux, piquée à de rares endroits d'épineuses broussailles. Sur le sol éclata bientôt comme une moisissure blanche, assez semblable à une rosée de neige. J'eus la curiosité de porter à mes lèvres un peu de ce givre inconnu ; c'était horriblement salé. Nous n'eûmes pas de peine à reconnaître par là le voisinage de la Mer Morte, et je songeai à la femme de Loth changée en statue de sel. Certes, il nous eût suffi de nous arrêter dans cette plaine quelques minutes de plus, pour voir le miracle biblique se renouveler à nos dépens.

Un air plus vif nous pénétrait, à mesure que
nous approchions du Jourdain. Le grand jour
s'était fait, et nos chevaux marchaient d'une
belle allure.

Les yeux fixés sur les monts de Moab qui se
dressaient devant nous, comme une muraille
crénelée, nous avancions joyeux, la poitrine
largement dilatée. Après deux grandes heures
de chevauchée, la caravane tout entière attei-
gnait les fourrés de saules qui cachent le fleuve,
à l'endroit où la tradition chrétienne place le
baptême du Sauveur. Déjà les tentes sont dressées, et les prêtres s'y précipitent pour célébrer
le saint sacrifice. C'est dimanche, et je suis profondément édifié de la façon toute respectueuse
et recueillie avec laquelle nos moukres et drogmans assistent à la messe.

Nous nous empressons d'aller saluer le Jourdain. Il coule à quelques pas, en gracieux
méandres, entre des arbres touffus qui se pen-
chent sur ses eaux pour en aspirer la fraîcheur,
route bénie à travers des lieux desséchés et
maudits. Il est large comme nos petites rivières
de Franche-Comté, moins que le Doubs et la
Saône. Ses eaux, enflées par les pluies, cou-
laient abondantes en flots bourbeux et préci-
pités. Défense nous fut faite de nous y baigner ;
des malheurs étaient à craindre. Du moins,
nous pûmes y boire à notre aise, et y plonger
nos pieds fatigués de courses incessantes.

Je revins aux tentes, puis me rendis, avec
mes compagnons, à un couvent grec élevé non

loin de là. Chemin faisant, nous ramassions
d'énormes morceaux d'une matière qui nous
parut être du minerai de fer. Or, c'était du
soufre très pur, enveloppé comme d'une couche épaisse de rouille. En brisant le morceau,
on mettait à découvert ce soufre, que le contact d'une allumette chimique suffisait à en-
flammer. Comment ne pas se souvenir que
nous sommes au champ où s'élevaient Sodome
et Gomorrhe, les villes infâmes que brûla une
pluie de soufre et de feu ?

Les moines grecs de la plaine de Jéricho sont
aussi sales que ceux de la montagne. J'ai pénétré dans leur cuisine et dans leur réfectoire ; il
s'en dégage une abominable odeur de suif rance
et d'eaux grasses en fermentation. Je me demandais de quoi peuvent bien vivre ces hommes, dans ce désert aride. J'ai pu constater
qu'ils font commerce d'objets de piété, d'images saintes et de galets du Jourdain décorés de
peintures diverses. Ils fabriquent aussi des bibelots de bois et des ustensiles de ménage. Ç'a
été un rire général, quand nous avons demandé
à quoi servait une petite pelle de bois, tailladée
de pointes aiguës en damier, emmanchée
comme une pelle à feu, et qu'on nous a répondu :
c'est l'instrument dont se servent les Bédouines
distinguées pour se gratter dans le dos, et faire
tomber leurs poux.

A onze heures, nous prenions un maigre festin sur les bords du Jourdain, à l'ombre des
tamaris, en face d'une forêt touffue où, paraît-il,

se cachent encore des panthères. Le docteur
Lartet raconte que les Arabes les chassent à
cheval, les poursuivent et, après les avoir ré-
duites, les tuent. Ce fauve, très dangereux,
fond la nuit au milieu des troupeaux, et y fait
un effroyable carnage. C'est le loup de ces régions.

Un coup de trompe, et nous sommes tous en
selle pour la Mer Morte. Après avoir franchi une
lande embroussaillée, nous voyons une belle
plage, unie comme la main, se développer devant nous. Quel galop, mes amis, et les belles
chutes dans le sable !

Le spectacle est superbe. Devant nous, la
Mer Morte étend sa nappe de plomb. Des montagnes sauvages s'enchevêtrent à droite, et présentent des teintes variées, selon que le soleil
les frappe en ligne droite ou en ligne oblique,
ou les laisse dans l'ombre : toute a gamme
des couleurs, du rose le plus tendre au violet
des glaciers et au noir des nuées d'orage. A
gauche, plus loin que les peupliers, les acacias,
les tamaris et les roseaux géants qui bordent
le Jourdain, sur les pentes des monts de Moab,
d'immenses forêts, et tout au sommet, à peine
perceptible à l'œil, la petite mosquée où les
musulmans vénèrent un prétendu tombeau de
Moïse.

Encore un quart d'heure de galop et nous
sommes sur le rivage, qu'encombrent en cet
endroit de grandes branches de bois mort char-
riées par le Jourdain. Ma surprise est grande

de trouver l'eau du lac d'asphalte parfaitement claire et limpide. Je m'empresse d'y goûter. Pouah ! Cette eau claire est tout ce qu'on peut imaginer de plus amer et de plus nauséabond ; j'en ai la bouche comme en chair vive. Je veux au moins laver mes mains dans le flot qui vient doucement mourir sur un lit de petits cailloux, huileux à ce contact. Autre déconvenue : je ne puis plus arriver, malgré des efforts réitérés, à me purifier entièrement de cette ablution malencontreuse : mes mains demeurent humides, et, jusqu'au soir, distilleront une sueur visqueuse fort désagréable.

Pas un poisson dans la Mer Morte ; ceux que le Jourdain y jette, à son embouchure, périssent rapidement. On a prétendu même que les oiseaux qui tentaient de la franchir dans les airs tombaient bientôt, comme asphyxiés ou empoisonnés. Mais ceci est faux.

La vérité est que l'eau de la Mer Morte contient environ vingt-cinq pour cent de sel, le quart de son poids, proportion que l'eau de l'Océan est loin d'atteindre. C'est ce haut degré de salure qui tue poissons et végétaux dans son bassin, et qui produit sur les baigneurs une sensation si étrange. Il semble qu'on flotte sur un lac d'huile ; les pieds se refusent à pénétrer dans l'eau, et le corps tout entier se sent comme ballotté par un mouvement régulier qui vous jette de droite à gauche, sans résistance possible.

En reprenant la position verticale, il n'est pas rare d'enfoncer dans une substance noire et pâteuse, sorte de bitume recouvert de sel, d'où l'on a peine à se retirer.

Et ainsi tout ce que vous voyez, tout ce que vous sentez se mêlant au flot des souvenirs historiques, l'imagination revit le terrible passé. Deux villes pleines d'impuretés, Sodome et Gomorrhe, se dressaient là dans leur orgueil. Comme dit le poète :

Chaque toit recélait quelque mystère immonde.

La colère du Seigneur fit pleuvoir la dévastation sur les cités infâmes, dont il ne resta que des cendres bientôt balayées par le simoun.

Le feu fut sans pitié. Pas un des condamnés
Ne put fuir de ces murs brûlants et calcinés.
Ainsi, tout disparut sous le noir tourbillon,
L'homme avec la cité, l'herbe avec le sillon.

Une chose bien remarquable aussi est la dépression du bassin de la mer Morte, qui se creuse à quatre cents mètres au-dessous du niveau de la Méditerranée. Le Jourdain dont les sources, à Banias, sont à six cents mètres d'altitude, arrive donc ici avec cette énorme différence de niveau, qui explique l'effrayante rapidité de son cours. Il ne jette pas moins de six cent mille tonnes d'eau, chaque jour, dans le gouffre, qui franchirait bientôt ses limites, si une évaporation puissante ne venait maintenir l'équilibre.

En selle ! Nous chevauchons dans une plaine entrecoupée de fondrières, labourée d'énormes crevasses, au flanc desquelles les chevaux ont parfois peine à prendre pied. Encore un couvent grec. Les moines nous font entrer dans une horreur de salon, et nous offrent du *raki*, sorte de chartreuse russe, qui est à trente-six mille coudées au-dessous de la nôtre. C'est toujours la même malpropreté. Je visite la chapelle, non sans avoir pris l'eau bénite dans une soupière placée à l'entrée, et ornée de son couvercle.

Je vois à droite un pupitre ; sur ce pupitre, un livre richement relié et ouvert. M'étant approché, je remarque que le feuillet, qui porte l'image d'un saint et quelques mots de sa vie, en grec, est jauni comme par le frottement répété du doigt. On m'explique que seuls les baisers des moines ont déteint sur le parchemin : pour venger les saints des injures des iconoclastes, les Grecs ont coutume de venir fréquemment baiser l'image du saint du jour.

L'église, chez les schismatiques, est divisée en deux parties, la nef et le sanctuaire, que sépare l'un de l'autre une haute cloison, nommée *iconostase*. Cette cloison, du côté de la nef, est entièrement couverte de peintures aux vives couleurs, représentant, sur fond or, la Vierge et les saints. Le sanctuaire, invisible pour les simples fidèles, se compose simplement d'un autel et de divers candélabres. Tout y est dans le plus parfait désordre.

La fin de l'excursion fut, pour moi, des plus agréables, ayant eu la bonne fortune de retrouver le comte de Lapparent, qui connaît Besançon et qui m'en parla longuement. J'avais un plaisir extrême de m'entretenir, dans ce désert, si loin, si loin, de mon pays tant aimé ; je songeais mélancoliquement aux choses et aux gens.

A la tombée de la nuit, nous rentrions au gîte.

Je voyais maintenant Jéricho, la superbe Jéricho, la ville des palmiers. Aujourd'hui, plus un seul palmier ; un pauvre hameau fortifié par une clôture d'épines sèches, deux couvents, deux hôtels, et quelques tentes de Bédouins, voilà tout ce qui reste de Jéricho !

Mais du moins, de grands souvenirs planent sur cette misérable déchéance : souvenir de la femme de mauvaise vie qui fut sauvée par la foi, dans la ruine d'une ville entière — souvenir de l'usurier Zachée à qui fut adressée cette parole : *le Fils de l'homme est venu chercher et sauver ce qui était perdu* — souvenir de l'aveugle qui, assis aux portes de la ville, criait : *Fils de David, ayez pitié de moi*, et dont le Sauveur rouvrait, sur l'heure, les yeux à la lumière.

Harassé de fatigue, j'eus volontiers passé de la table au lit, si ma curiosité n'eût été prise par un étrange spectacle.

Dans le parc aux chevaux, des Bédouins rangés autour d'un grand feu qui jetait dans la nuit, sur leurs figures basanées, des reflets étranges, chantaient. Leur mélopée sinistre, sorte de litanie avec invocation et répons, était accompagnée de formidables battements de mains. L'un d'eux s'étant mis à brandir un sabre, une sarabande effrénée s'organisa. Les bras et les jambes s'agitèrent en gestes sauvages, les figures grimacèrent, les bouches hurlèrent : c'était une scène d'enfer.

Et tout se termina.... par une petite quête, comme à la foire aux pains d'épice.

## XXI.

# FUITE EN ÉGYPTE

~~~~~~

Oh ! la belle chevauchée le lendemain, pour
remonter à Jérusalem ! Décidément, je deviens
cavalier et vois avec terreur le moment où il
faudra quitter pour toujours le cheval, la bonne
bête arabe, qui a fini par me connaître.

Sept heures sans mettre pied à terre ! Et le
soleil du 1er janvier, dans les ravins pierreux,
nous darde des rayons brûlants ; je ne sais comment me préserver la nuque et les yeux ; une
sueur énervante m'enfièvre étrangement. Je fai-
blis tout à coup.

Par bonheur, le brave comte de Lapparent,
qui a fait d'autres marches et qui est homme
de ressources, m'offre un quartier d'orange et
une goutte de vieux cognac ; c'est le salut.

Vers une heure après midi, nous étions à
Notre-Dame de France. Tous les pèlerins de-
meurés à Jérusalem étaient sur la porte pour
nous accueillir, presque étonnés de nous voir
encore munis de nos bras et de nos jambes,

surpris que pas un seul n'ait songé à laisser
ses os, là-bas, dans le désert de Jéricho.

Après le dîner, repos. Songeâmes-nous seulement à nous souhaiter le bon an ?

Le lendemain, journée pénible. Il fallait dire
adieu à Jérusalem. On nous chanta la triste
cantilène dont l'écho retentira à jamais dans
nos cœurs déchirés, qu'un pèlerin ne redit pas
sans pleurer :

> Il faut partir !
> Tel est le cri d'alarme.
> Reçois, chère Sion, une dernière larme.
> Il faut partir !
> Sion, de tes grandeurs je garde souvenir.
> Encore une prière,
> En quittant le Saint Lieu ;
> Plutôt que l'oublier, s'éclipse la lumière :
> Jérusalem, adieu !

Adieu, Tombeau du Christ, adieu, Calvaire
béni ! O murailles du Saint-Sépulcre, que vous
êtes heureuses, vous restez ! O lampes, qui brû-
lez nuit et jour devant le lieu le plus saint qui
soit sur la terre, que j'envie votre destinée ! Et
vous, portes de la grande basilique, toi, pavé
du sanctuaire de mon Jésus, laissez-moi vous
baiser : Je vous dis adieu pour toujours !

Nous étions là, ce dernier soir, les yeux fixés
au saint Tombeau, immobiles, comme raidis et
cloués au sol, le cœur noyé dans l'angoisse de
cette suprême entrevue. Des clefs s'agitèrent
aux mains des gardes ; c'était fini. Je m'en allai
en reculant, pour voir encore les pierres du

Saint-Sépulcre, et quand je fus dehors, sous le parvis, un telle douleur m'étreignit que je pus à peine regagner l'hôtellerie.

J'entrai chez l'excellent et vénéré chanoine Legrand pour le remercier et prendre les salutations qu'il voulait adresser à ses amis et compatriotes, et cette visite me serra encore le cœur.

Le lendemain, vers sept heures du matin, nous étions tous à la gare, et le train nous emportait, et nous étions comme un convoi de malheureux que l'ennemi vainqueur dirige vers la terre d'exil, loin, bien loin de la patrie aimée.

L'aspect tantôt sauvage et tantôt gracieux du pays parcouru nous rasséréna. Entre Lydda et Ramlay, nous vîmes des poiriers en fleurs, et la forêt d'orangers qui entoure Jaffa nous parut belle, embaumée, comme au départ. La mer s'était calmée pour nous permettre un facile embarquement, entre les rochers aigus qui défendent l'entrée du port. Le thermomètre, sur les barques qui nous conduisaient au *Notre-Dame du Salut*, marquait 50 degrés. A deux heures et demie précises, le canon du bord tonnait, et nous voguions vers la terre d'Egypte.

Accoudé sur le bastingage, je regardais fuir les rivages palestiniens, et j'ai présent à la mémoire qu'un cri profond de reconnaissance s'échappa de mon âme, pour remercier la Providence qui m'avait si attentivement gardé. Pas la moindre mésaventure, pas la plus petite égra-

lignure, pas une minute perdue, pas un instant
de fatigue ou de déception.

Nous longeons le pays des Philistins que
j'aperçois en une ligne de terres grises, au premier plan, et en un sillon bleuâtre de montagnes, plus loin. Les maisons de Jaffa se font
petites, petites. Encore quelques tours d'hélice,
et plus rien. Vers le soir, un bateau-poste qui
revient des Indes par Suez passe à une faible
distance du *Notre-Dame de Salut*. Les deux navires se saluent d'un vigoureux sifflement de la
sirène.

En parcourant le bateau, je lis pour la première fois cet avis laconique : « Il est défendu
de jouer. »

Est-ce pour rappeler ce trait de saint Louis
qui, venant de Damiette et passant en l'endroit
où nous sommes, demanda ce que faisait le
comte d'Anjou, son frère, qui ne lui tenait nulle
compagnie. On lui dit qu'il jouait aux dés avec
Messire Gautier de Nemours. « Et il alla, dit le
bon Joinville, tout chancelant à cause de sa
faiblesse de maladie, prit les dés et les tables et
les jeta à la mer, pendant que Gautier sautait
sur l'argent. »

Le temps est mauvais. La mer moutonne et
un affreux roulis secoue le navire. La nuit, impossible de dormir un seul instant; nous sommes, aux troisièmes, plus bas que la ligne de
flottaison, et les vagues battent furieusement les
flancs du bateau. J'ai encore dans l'oreille ce
fracas épouvantable des flots déchaînés. Je n'ai

entendu pareille harmonie qu'au sommet du Vésuve, sur les bords du cratère en fureur : ces accents-là, on ne les oublie jamais.

Le lendemain, quelques prêtres seulement, dont j'ai le bonheur d'être, parviennent, au milieu de la tempête, à célébrer le saint sacrifice. En sortant de la chapelle, je suis noyé et presque balayé par une lame, qui inonde le pont, à cet endroit.

Enfin, enfin! De vagues silhouettes de palmiers paraissent à l'horizon. Puis des maisons blanches éclatent aux rayons du soleil matinal; se dressent bientôt des mâts de vaisseaux épais comme arbres en forêt : c'est *Alexandrie*. Un pilote égyptien monte à notre bord et non sans peine, dans le port encombré, nous conduit à fleur de quai.

Le débarquement ne s'opère pas sans peine. Un navire anglais nous barre le passage ; il faut parlementer pour obtenir la faveur d'y mettre le pied, et de là passer à terre.

«Que de coton! » C'est mon premier cri. Des balles de ce produit s'entassent sur le quai en monceaux énormes. Les voitures passent rapides, emportées par le galop des petits chevaux égyptiens, prennent une charge et filent à toute vitesse, croisant d'autres voitures, au milieu d'un bruit infernal de roues qui brûlent le pavé et de conducteurs qui hurlent dans toutes les langues.

Il faut passer, autant que possible sans se faire écraser. Des Frères des Ecoles chrétiennes, aux barbes superbes, sont venus nous saluer et nous offrir leurs services. Oh! les braves gens! A leur suite, nous évitons tous les dangers et finissons par atteindre une large et belle rue, d'aspect quasi européen. N'étaient les toits qui sont plats, les balcons fermés d'où l'on voit sans être vu, les magasins que ne protègent ni vitrines ni portes, comme partout en Orient, vous vous croiriez à Marseille.

Nous avons essayé de former une procession et de nous avancer en chantant. Nous vîmes bien alors que nous n'étions ni à Marseille ni en aucune ville de notre pauvre patrie : car il ne se rencontra pas un agent pour nous bousculer, et pas un commissaire de police pour nous mettre au poste.

Au delà de la magnifique place des Consuls, sur le square Ibrahim, se dresse la basilique de Sainte-Catherine. Des Franciscains la desservent, et les catholiques d'Alexandrie y viennent prier. J'y célèbre la sainte messe heureux de vénérer sainte Catherine d'Alexandrie, dans sa ville d'Alexandrie, après avoir baisé, à Gênes, le tombeau de sainte Catherine de Gênes, à Bologne, le tombeau de sainte Catherine de Bologne, et à Rome, le tombeau de sainte Catherine de Sienne.

A la sortie de l'église, la musique des Frères nous honore de l'éclat vibrant de ses cuivres, et nous guide jusqu'au palais scolaire où les chers Ignorantins entretiennent le bon renom de la France.

En notre honneur l'établissement a revêtu
une décoration magnifique. Un repas tout cordial nous attend ; nous le prenons à la hâte ; la
fanfare continue à jouer. Quand elle se tait,
dans le vaste réfectoire, une immense acclamation retentit : Vivent les Frères ! Vive la France !

Une demi-heure après, nous étions paisiblement installés dans le train spécial que la Direction avait chauffé pour nous porter dans la
capitale de l'Egypte. Je me mis à la portière, et
mélancoliquement, je regardai fuir cette fameuse Alexandrie, à peine entrevue.

Pauvre vieille ville ! Ses jours assurément
sont comptés. Le percement de l'isthme de Suez
lui a été une blessure dardée en plein cœur par
les hommes de progrès et le génie du commerce
des mondes. Du moins son histoire fut belle, et
sa gloire, dans le passé, fut éclatante.

Fondée par Alexandre, qui lui donna son
nom, elle recèle, en quelque endroit de ses ruines, les cendres du grand conquérant. Archimède, Euclide et vingt autres dont les noms
sont venus jusqu'à nous, ont vu le jour à Alexandrie. Ce fut là que s'ébaucha la philosophie
païenne, et que tous les peuples vinrent mettre
en commun leurs religions, leurs cosmogonies,
leurs croyances, de même qu'ils y déposaient
leurs livres sacrés dans la bibliothèque des Pto-
lémées. Ce fut là que l'Evangile, apporté par
saint Marc, commenté et enseigné par des hommes comme Clément, Origène, Athanase et
Cyrille, glorifié par d'innombrables martyrs, au-

dessus desquels nous aimons à placer la noble vierge Catherine, conquit les Grecs et l'intelligence humaine, comme il avait déjà conquis les cœurs et les consciences.

La domination musulmane fut fatale à la ville d'Alexandrie. Tous les témoignages de son ancienne splendeur furent détruits et leur poussière jetée au vent par le farouche Omar. Il ne reste debout que la *Colonne de Pompée*, haute de cent dix-sept pieds et faite de deux blocs de granit; elle est réputée la plus belle qu'il y ait.

Le train marche avec une vitesse modérée. Nous pouvons à satiété repaître nos yeux de la vue d'affreux gourbis en terre cuite au soleil, demeures misérables de misérables fellahs. Nous sommes en plein marais, dans le Delta, qui n'offre ici que le spectacle monotone de petits lacs bourbeux parsemés d'ilots où se dressent de rares palmiers.

A mesure que nous pénétrons dans les terres, l'aspect du pays change et la réalité des choses vient consoler nos imaginations trop longtemps déçues.

Voici des champs de trèfle vert. Cet herbage est mangé sur place par des buffles hideux qui fixés, au moyen d'une longue corde, à un piquet planté en terre, rasent tout ce qui se trouve à leur portée, dans le rayon de la corde. Quand la place est nette, le piquet est transporté un peu plus loin, et la même opération recommence.

Nous admirons d'immenses étendues de fèves
en fleur, des champs de citronniers et des
plantations de cannes à sucre. La terre sue en
quelque sorte la fertilité, et une incomparable
richesse de végétation couvre le sol. Et tout
cela sous un soleil brûlant qui ne connaît pas
d'hiver et n'éteint jamais ses feux.

Mais le Nil est là, et c'est le débordement
périodique de ce fleuve qui ouvre en plein
désert la luxuriante vallée où nous sommes.

La crue du Nil commence le 15 juin et cesse
le 15 octobre de chaque année. L'eau se retire
alors, et les Egyptiens la recueillent en des canaux creusés de main d'homme. Tant que dure
la sécheresse, la grande besogne du fellah sera
de puiser cette eau dans le canal pour la ré-
pandre sur son champ. Comment s'y prendra-
t-il ? Je l'ai vu utiliser trois méthodes. Voici la
plus simple, la méthode primitive.

Deux hommes et un panier. Le panier, tressé
soigneusement de joncs, est profond ; aux anses
sont attachées des cordes. Les hommes, presque
nus, debout sur le bord du canal, saisissent les
cordes, et par un mouvement régulier, ca-
dencé, emplissent le panier, le vident en de
petites rigoles, le remplissent, le vident encore
et ainsi du matin jusqu'au soir.

Autre système. C'est une roue garnie de pots
de terre à son pourtour. Un buffle ou un mulet
est au manège et fait tourner la roue verticalement dans le canal où les pots s'emplissent
tour à tour pour se vider de même, dans les

rigoles dont j'ai parlé plus haut. C'est le système des *norias*.

De ci de là, vous apercevez une machine à vapeur : c'est le troisième mode d'épandage de
l'eau dans les champs.

Vues du train, les rigoles d'irrigation, symétriquement creusées, paraissent être un immense filet jeté sur les champs. Les canaux qui
les alimentent ont été creusés à diverses époques ; l'Egypte en a aujourd'hui plus de quatre
mille kilomètres. Nous en longeons plusieurs,
et nous les voyons gonflés d'une eau épaisse où
barbotent non des poissons, mais des paysans
à peau basanée : pour ces indigènes de douze,
quinze ou vingt ans, le caleçon de bain doit
sembler un objet de luxe. Ils s'en passent, et
nous regardent filer, ainsi nus comme vers,
sans penser à mal. La morale de Mahomet ne
va pas plus loin.

Le bon Joinville, dans son récit de la croisade, a parlé du Nil, et voici ce que, de son
temps, on en savait et disait.

« Ce fleuve, qui vient de Paradis terrestre,
est différent de toutes les autres rivières ; car
quand viennent les autres rivières en aval, s'y
jettent de petits ruisseaux : en ce fleuve s'en
jette aucun. Il vient tout en un canal et alors
jette de ses branches qui s'épandent parmi
le pays. Et quand ce vient après la Saint-Remy,
sept rivières s'épandent par l'Egypte et couvrent les terres plaines. Quand elles se retirent,
les laboureurs vont chacun labourer ses champs,

avec une charrue sans rouelles, sèment des fro-
ments, orges, fèves et riz, et après vient si bien
que nul n'y saurait être mendiant.

« On ne sait d'où vient cette crue, si ce n'est
de la volonté de Dieu ; sans quoi nuls biens ne
viendraient en ce pays, pour ce que la grande
chaleur du soleil y brûlerait tout, car il n'y
pleut nulles fois en Egypte.

« Le fleuve est toujours trouble, dont ceux
du pays qui boire en veulent, le prennent et y
écrasent quatre amandes ou fèves, et le lendemain est si bonne à boire que rien n'y manque,

« Avant que le fleuve entre en Egypte, les
gens qui ont accoutumé à ce faire, jettent leurs
filets au soir ; et, quand vient le matin, s'y trouvent ces épiceries qu'on vend au poids, c'est à
savoir gingembre, rhubarbe, lignaloës et can-
nelle. On dit que ces choses viennent de Paradis terrestre, que le vent les abat des arbres
qui sont en Paradis, comme le vent abat aussi,
en les forêts du pays, le bois sec. Et ce qui
tombe de bois sec dans le fleuve, les marchands
nous le vendent ici.

« L'eau du fleuve est telle que quand nous
la pendions en pots blancs qu'on fait au pays
aux cordes de nos pavillons, elle devenait au
chaud du jour aussi froide comme de fontaine.

« On disait au pays que le soudan de Babylone avait maintes fois essayé d'où le fleuve
venait, et y envoyait gens portant manière de
pains que l'on appelle biscuits, pour ce qu'ils
sont deux fois cuits, et de ce pain vivaient

jusqu'au retour. Ils rapportaient qu'ils avaient cherché le fleuve, qu'ils étaient arrivés à un grand tertre de roches taillées; là où nul n'avait pu monter. De ce tertre tombait le fleuve, et il leur semblait qu'il y eût grand foison d'arbres sur la montagne en haut. Et ils disaient qu'ils avaient trouvé merveilles de bêtes sauvages de diverses façons : lions, serpents, éléphants qui les venaient regarder dessus la rive, à mesure qu'ils montaient le fleuve. »

Les voyageurs modernes ont exploré les sources du Nil, sans parvenir à atteindre le mystérieux jaillissement de ce « Père de l'Egypte. » On comprend que les Anciens l'aient adoré comme un dieu, et se soient prosternés devant ses crocodiles, après les avoir empaillés. En ce temps-là, on obtenait à moins les honneurs de la divinité.

Nous ne pouvions oublier qu'en cette vallée, un siècle avant nous, et quelques centaines d'années après Joinville, étaient venus des Français : savants illustres, intrépides généraux, soldats accoutumés à la guerre. L'étoile de Bonaparte les guidait.

Or il advint qu'un soir, après un jour sans pain, les bataillons se trouvèrent enlisés dans un marais. Les hommes, écrasés de fatigues, commençaient à proférer des plaintes; on dut abandonner en route des malades, et c'est à peine si les tentes purent être dressées. Tout repos devint impossible; ceux que ne brûlait pas la fièvre étaient dévorés par les mousti-

ques; l'inconnu qui s'ouvrait devant nos soldats leur causait une frayeur étrange.

Toute une compagnie entra en pleine révolte; d'autres se préparaient à l'imiter et un
murmure de mauvais présage courut dans tout
le corps d'expédition. Quelques mutins furent
passés par les armes, mais cette sévérité
n'apaisa pas l'exaspération de soudards qui
voulaient bien mourir, mais face à l'ennemi,
en vendant leur sang au prix du sang, dans le
feu de la bataille, non dans la pestilence d'un
marais.

Il fallut que Bonaparte payât de 'sa personne
pour calmer la révolte et rendre le courage à
ces héros désenchantés. Son prestige vint à
bout de leur défiance, et le lendemain on reprenait la route vers le Caire.

Nous stoppons à *Tantah,* où nous sommes reçus aux accents d'une fanfare joyeuse. Les
Frères, toujours eux! Ils sont là, heureux de
saluer des Français au passage et de nous faire
ressouvenir de la patrie. Des missionnaires de
Lyon ont disposé sur le quai de la gare : pain,
vin, fromage, gâteaux, oranges, mandarines.
Oh! les braves gens!

Il fait grand soleil, et ces rafraîchissements
sont les bienvenus. Mais le sifflet déjà grince.
En route.

Je ne cesse de m'extasier devant la fertilité
exubérante de la vallée; le plaisir serait com-
plet, si la vue des malheureux fellahs ne venait nous attrister. On ne maudira jamais as-

sez l'ignoble religion de Mahomet qui main-
tient, après des siècles de christianisme, tant
d'hommes dans le plus honteux esclavage.

Le fellah est l'homme du sol, l'indigène, le
descendant des Pharaons ; il fait trois récoltes
par an, et il vit à peine. Ses moissons ne lui
appartiennent pas ; il n'a rien. Pas un pouce de
ce merveilleux jardin n'est à lui. Il travaille
pour le Turc, qui lui laisse juste de quoi ne
pas mourir de faim, rivé à sa caste, au dernier
degré de l'échelle sociale. Il n'est pas fermier,
pas même serf ; c'est un paria, comme furent
les petits-fils de Jacob, après la mort de Joseph : ceux-ci peinaient pour un Sésostris,
ceux-là peinent pour le Khédive.

Corvéables à merci, ils sont arrachés à leurs
champs, de temps à autre, par des levées en
masse, et s'en vont au loin exécuter quelques
rudes travaux pour le compte du gouvernement, sans autre salaire que le morceau de
pain, l'oignon ou la pastèque qui suffit à les
nourrir.

Et dans cette abjection la femme est encore
plus malheureuse que l'homme, placée, si c'est
possible, plus bas encore, au rang de la bête de
somme. Je m'attriste à toutes ces pensées,
quand soudain une rumeur court d'un bout à
l'autre du train qui semble prendre une allure
plus rapide : au loin, bornant l'horizon, blanches dans le jour qui tombe, pointent les pyramides.

## XXII.

# AU CAIRE

~~~~~~~~

Vers cinq heures, notre train faisait son entrée en gare, une fort belle gare, de construction élégante et solide, couverte partout sur ses
murs de jolies arabesques qui sont des textes
du Coran ou des indications pour le voyageur.

A la sortie, j'éprouve une déception complète. Je me souvenais vaguement de la rue du
Caire construite au Champ de Mars, au temps
de l'Exposition de 1889, je ne savais rien de
plus précis sur la capitale de l'Egypte, et je
m'attendais à mettre immédiatement le pied
dans « une rue du Caire » authentique. [Igno-
rance et naïveté! Je vis s'étendre devant moi
une vaste esplanade, bordée de maisons européennes, encombrée de voitures, de bêtes et de
gens, comme les places de nos grandes villes,
obscurcie par une poussière toute pareille à
celle de nos pays, mais qui se dorait délicieusement aux rayons du soleil couchant, avant de
tomber sur nos vêtements.

Parmi la cohue des omnibus, chacun cher-

cha et trouva sans trop de peine le char à
trois mules qui devait le transporter à son hôtel. J'avais mon billet de logement, avec une
centaine d'autres pèlerins, pour *Royal-Hôtel.*
Nous y arrivâmes rapidement, par une rue
large, où, à cette heure, les voitures s'entre-croi-
saient, au milieu des cris aigus des conducteurs. Je ne fis qu'une remarque : il y avait
sur les trottoirs un peu plus de gens à face
noire et à pieds nus, que sur un boulevard de
Paris, de Lyon ou de Bordeaux, et, sur la foi
des enseignes, les magasins de la rue me parurent tenus par des gens échoués ici de tous les
coins du monde.

*Royal-Hôtel* n'était pas fait pour me restituer
un peu de couleur locale égyptienne. Nous
nous trouvâmes en une maison fort bien amé-
nagée, avec salon, fumoir, cabinet de lecture,
tapis moelleux sur les degrés de l'escalier et
domestiques vêtus comme tous les garçons
d'hôtel de France et de Navarre. Un moustiquaire tendu autour de nos lits me rappelait
tout au plus le midi, Nice ou Tarascon. J'ouvre
ma fenêtre et vois, dans la rue, un orchestre
ambulant qui accorde ses instruments ! Enfin !
je vais me régaler de musique arabe.

Malheur de moi ! ces diables d'Arabes, qui
ont appris notre arrivée et qui ne sont pas des
imbéciles, exécutent la *Marseillaise :* histoire de
nous induire à délier patriotiquement nos
bourses. Je redescends furieux, et m'arrête
dans l'antichambre de l'hôtel pour me calmer

et lire les affiches piquées à la muraille. Un grand placard vert rédigé en langue française annonçait une représentation théâtrale. Devinez ce que j'y lus? *Mam'zelle Carabin. — Les 28 jours de Clairette.* A côté s'étalait la réclame d'un cirque : Devinez de quel cirque? *Du Cirque fin de siècle.* J'étais tué.

On passe à la salle à manger, qui est immense; nous sommes quatre-vingts à la même table. Le menu n'a rien non plus d'oriental; c'est de bonne cuisine française et l'appétit ne manque à personne.

Mais nous avons hâte de nous lever; chacun songe à faire en ville une petite promenade, sous la fraîche brise du soir. Je traversais le salon pour sortir, quand j'aperçois la figure si ouverte et si pleine de malice d'un jeune avocat bisontin, M. M., que je reconnais aussitôt. Ce me fut une joie indicible que cette rencontre, en pareil endroit, et je m'empressai de présenter le touriste comtois à ses compatriotes du pèlerinage. Il nous présenta lui-même à Madame sa tante, avec qui il voyageait, et je vous déclare que la connaissance fut bientôt faite entre nous.

Dans la rue, notre attention fut tout de suite attirée par un spectacle curieux. Des enfants, par bandes de trois, tenant à la main des lanternes de papier bariolé, qui affectaient les formes les plus diverses : bateau, maison, voiture, tête humaine, étoile, etc., circulaient en silence, pénétraient dans certains magasins, chantaient un couplet, recevaient une aumône et s'en allaient plus loin recommencer la même cérémonie. Je ne sus pas d'abord ce que voulait dire cette promenade aux flambeaux, en plein boulevard. J'appris bientôt que le lendemain, 6 janvier, était la Noël des Grecs, dont les petits schismatiques avaient coutume de célébrer ainsi la veillée. Chose bizarre, je retrouvais au Caire le vieil usage encore en honneur dans certains pays de Franche-Comté, la semaine de l'Epiphanie : trois enfants, représentant les trois rois mages, vêtus de robes blanches, ceints d'une corde, mitrés de papier et l'un d'eux portant une étoile au bout d'un bâton, parcourent les villages, entrent dans les maisons et chantent la romance chrétienne :

> *Nous sommes tous trois venus*
> *Pour adorer l'Enfant Jésus.*

. . . . . . . . . . . . .

Nous flânons. Voici l'*Esbekieh*, une promenade charmante, toute plantée d'arbres rares, tout embaumée de fleurs, toute murmurante de jets d'eau « qui ne se taisent ni jour ni nuit. » A cause de la demi-obscurité, nous n'osons trop nous y aventurer, à cette heure tardive. Mais à deux pas s'ouvre le magnifique bazar des étoffes. Sous la lumière éclatante, les tissus orientaux aux couleurs vives, brochés de soie et d'or, étincellent comme rubis et diamants. C'est une fête pour les yeux, et j'ima-

gine les convoitises que doit allumer au cœur
des Européennes ce flamboyant étalage. Et si c'é-
tait faux, clinquant, « camelote » ? — Peut-
être.

Nous rentrons fatigués. Comme le sommeil
ne vient pas, j'ouvre un Guide où je lis que le
Caire porte en arabe le nom de *Mers-el-Câhira*,
et compte de 350,000 à 400,000 habitants, dont
20,000 Européens. La ville est divisée en une
cinquantaine de quartiers, et possède autant de
mosquées que Rome d'églises. Une hauteur, le
*Mokattam*, la domine tout entière, couronné lui-
même d'une splendide mosquée. Le climat est
excellent, mais les rues sont étroites, tortueuses
et sales. Le Caire est le siège du gouvernement,
la résidence ordinaire du vice-roi et des consuls européens, une des plus saintes villes de
l'Islamisme. Des écoles du génie, d'artillerie, de
cavalerie, de médecine, de théologie arabe y
reçoivent une nombreuse population scolaire.
Ni pluie ni neige en ce pays du soleil, qui sera
bientôt un pays d'Europe. Déjà toutes les na-
tions s'y sont donné rendez-vous, et y exercent
leur influence dévastatrice du passé. Le quartier
moderne s'étend de jour en jour ; mais il sera
bientôt moins habitable que la vieille ville, où
l'étroitesse et l'irrégularité des rues entretiennent une fraîcheur nécessaire.

Le lendemain était dimanche. De très grand
matin, un groupe de prêtres, dont je faisais
partie, prit le train, emportant quelques autels, et se rendit à Matariyeh. On donne ce nom

à un petit village, distant du Caire de dix kilomètres, bâti sur l'emplacement de l'ancienne
Héliopolis, et célèbre par les souvenirs chrétiens que la tradition y attache.

Les quelques Arabes que nous voyons dans
les rues s'enveloppent frileusement dans de
grands manteaux assez semblables aux limou-
sines des bergers, et grelottent comme si nous
étions en pleine Sibérie. Songez que nous sommes au 6 janvier, qu'il est tombé un peu de
gelée blanche, et que, pareille chose ne s'était
vue au Caire, depuis dix-sept ans ! Pour nous,
gens de France et de Comté, nous trouvons cette
fraîcheur matinale délicieuse, et savourons,
comme il le mérite, un lever de soleil, en plein
hiver, au pays des pyramides, où jamais ne
pleut, ne neige.

Nous sommes arrivés. Sous le poids de la
chaleur déjà intense et de nos colis sacrés, nous
marchons péniblement dans la poussière de
sentiers étroits qui longent les parcs et les villas
des Egyptiens de marque. A perte de vue, tout
autour de nous, la plaine s'étend, verdoyante
sous les luzernes plantureuses, les blés en herbe
et les plantations de cannes à sucre — coupée seulement par les murailles en terre qui ferment
les jardins et les bosquets des maisons de plaisance — aride et fauve où commence le désert.

Un prêtre à grande barbe vient à nous. C'est
un des Pères du collège des Jésuites au Caire.
Ces religieux ont la garde des souvenirs chrétiens de Matariyeh. Il nous fait pénétrer dans

une vaste propriété où se cachent, au milieu d'arbres hauts et touffus, un chalet et un oratoire. Par une avenue large, bordée d'arbustes et de fleurs qu'arrose une source d'eau vive bien extraordinaire en cet endroit, nous arrivons devant un sycomore aux branches largement épandues.

— C'est ici, nous dit le bon Père. Cet arbre, qui date du XV<sup>e</sup> siècle, est un rejeton du sycomore qui abrita la sainte Famille et que les pèlerins visitaient dès le II<sup>e</sup> siècle. La source abondante et fraîche, où vous pourrez vous désaltérer tout à l'heure, jaillit miraculeusement à la présence de Jésus enfant. Un vieux chroniqueur en parle en ces termes : « A cele fontaine, lavais Nostre-Dame les drapiaux à son cher fils quand ils s'enfouirent en Egypte pour le roi Hérode. A cele fontaine, portait li Sarrazin moult grand honour et moult volontiez se venaient laver en icelle. »

Maintenant je vais ouvrir la barrière qui entoure l'arbre vénéré pour le soustraire aux pieuses rapines des pèlerins, et vous pourrez célébrer vos messes sous ses branches.

— Ainsi fut fait. Nous terminions quand arriva le gros de la caravane. Je laissai chacun satisfaire sa dévotion et m'en allai visiter à quelques pas le champ de bataille où Kléber, le 19 mars 1799, remporta, avec quelques milliers d'hommes contre toute une armée, une brillante victoire. L'illustre général, qui eut connaissance de la tradition chrétienne, après la lutte s'approcha du sycomore de Matariyeh, et de la pointe de son épée grava dans l'écorce la date de sa victoire.

Je suis au champ où s'élevait Héliopolis, la *Ville du Soleil*. Plus rien : pas même les ruines aviles de ruines qui durent être grandioses. Un obélisque, le dernier qu'on ait laissé à l'Egypte, est seul debout, envahi à sa base par les terres qui s'accumulent, témoin mélancolique d'un passé qui ne fut pas sans gloire, parlant encore avec le mystère désormais inutile de ses hiéro-glyphes. Pendant que mon imagination surexci-tée reconstruit la ville du Soleil, que je songe au collège illustre de prêtres qui vivaient là, ins-truisirent Hérodote et Platon dans la sagesse des Egyptiens et dont l'un donna sa fille à Jo-seph pour épouse, tout à coup je recule d'hor-reur à la vue d'un malheureux qui s'approche de moi, marchant à quatre, sur ses genoux et ses coudes, pieds et mains en l'air. C'était hi-deux. Je fais une aumône précipitée à ce monstre humain et regagne les bosquets de Matariyeh.

La chaleur est accablante. Nous sommes heu-reux de trouver des ombrages frais pour instal-ler nos tables et prendre le repas qu'on vient de nous apporter du Caire. Je partage avec M. et M^me Dubois un guéridon large comme la main.

Quelques pèlerins, le dîner fini, parlent d'al-ler visiter, aux confins mêmes du désert, une maison d'éducation fort intéressante. Je me joins à eux et nous arrivons bientôt. C'est char-mant.

« Les pensionnaires sont réparties par caté-
gories; chaque classe, selon l'âge et la taille, a
sa cour spéciale. Nous les voyons graves, mo-
destes, pas trop curieuses, aller et venir; se promener comme il convient à des personnes bien
élevées. La robe est blanche, grise et noire; et,
détail de costume, elles portent agencées par
derrière, avec assez de grâce pour des Africai-
nes, ces plumes aux jolis frisons dont nos mondaines ornent leurs coiffures et leurs éventails.
Peu à peu, les moins timides s'approchent,
voyant nos bonnes intentions, et se montrent
reconnaissantes des gâteries que pèlerins et pè-
lerines leur prodiguent à l'envi. La salle des
petites, vraie bonbonnière, est ravissante : nos
crèches et nos asiles ne sont pas mieux installés.
L'établissement est monté sur un excellent
pied. D'un pavillon central, la direction surveille aisément cours, classes et dortoirs. Sur la
porte d'entrée de ce pensionnat modèle, j'ai lu
en grosses lettres cette inscription :

*Parc d'autruches.*

C'est parfaitement cela. Une société s'est fondée pour battre ainsi monnaie sur la coquette-
rie féminine, et j'ai cru entendre dire que
l'affaire était très bonne. » Le surveillant à qui
je me suis adressé pour faire emplette d'un
œuf d'autruche est, par hasard, un Saônois,
d'Argillières. Je lui ai serré la main avec bonheur.

Au milieu de nuages de poussière, mal assis

en d'affreuses voitures, tantôt fendant l'air et tantôt avançant à peine, nous regagnons le Caire péniblement. Nos chars nous déposent à l'entrée d'une rue, et, dès un premier coup d'œil, je m'écrie : Ah! enfin, voici une rue du Caire !

Nous mettrons trois quarts d'heure pour aller d'un bout à l'autre, et nous serons régalés, à chaque pas, des spectacles les plus curieux.

Point de pavé, la terre battue.

D'une maison à l'autre, en maints endroits, des cordes sont tendues qui supportent de vieux lambeaux de toile et des nattes de roseaux tressés, pour donner une ombre précieuse au passant. Ces multiples tentes, placées à des hauteurs différentes, faites de diverses matières et plus ou moins défraîchies, présentent le plus pittoresque coup d'œil.

La circulation est épaisse, difficile. Que d'ânes, mes amis, que d'ânes ! Il y en a, paraît-il, quarante mille au Caire. Je le crois bien. Nous en avons toujours quelqu'un sous le nez ou sur les talons, harcelé du sempiternel « han ! han ! » et du bâton à pointe de fer de l'ânier. De grands chameaux pensifs passent lentement, chargés de bois, de pierres ou de provisions, hésitants dans leur marche, comme embarrassés de leurs longues jambes.

L'Arabe aime les friandises. Nous avons l'oreille déchirée par le cri strident du marchand de bonbons et de confitures. Quels bonbons et quelles confitures ! Une sorte de pâte molle, transparente, gluante et gélatineuse,

arcie d'amandes, saupoudrée de farine et
parfumée d'essence de rose : c'est horrible !

Au milieu des ânes, âniers, chameaux, chameliers, marchands de confitures, porteurs
d'eau, passe la femme égyptienne, droite, majestueuse dans la lenteur de sa démarche et
l'ampleur de ses vêtements bariolés. Je ne sais
ce qui me frappe, à la voir ainsi vêtue, ne
montrant de tout son corps que ses yeux. Un
instant de réflexion m'amène aussitôt à reconnaître le côté vraiment original du beau sexe
en Orient : ces femmes-là ne causent pas. La
mantille qui couvre la tête, retombe par derrière sur les épaules, et s'abaisse par devant jusqu'aux sourcils — le voile de mousseline noire
qu'une bobine placée entre les deux yeux et
fixée à la naissance des cheveux par un crochet,
laisse pendre sur la poitrine jusqu'à la taille où
il finit en pointe — les colliers de sequins de
vieil or ou de vieil argent qui tintinnabulent
au cou et sur la gorge : tout cela est fort curieux. Mais pour l'Européen accoutumé à l'incessant caquetage des femmes d'Europe, il
tombe en admiration devant le silence que savent garder les Orientales.

Une noce arabe ! Je ne m'en serais pas douté.
Deux hommes, nus jusqu'à la ceinture, tenant
en main de courts bâtons, paraissent dans la
rue, se démènent comme beaux diables et bous-
culent quelque peu les passants. Des joueurs de
fifre et de tambourin les suivent, et derrière
marchent, sur deux files, les femmes et les jeu-

nes filles de la noce. Puis une voiture dont je ne
puis distinguer la forme, enveloppée qu'elle est
dans un immense drap de coton blanc. L'époux
et l'épouse sont enfermés dans cette voiture, et
j'en suis à me demander comment ils peuvent
respirer. La noce dure plusieurs jours et le cortège nuptial se développe ainsi dans les rues
chaque soir.

Je m'arrête un instant pour considérer un
homme assis par terre devant un tapis sur lequel s'entassent des piles de monnaie : c'est un
changeur. Moyennant escompte, il vous don-
nera la monnaie de votre pièce, et, en sa qualité
de juif, fera tout son possible pour vous mettre
dedans. Quelquefois le changeur opère sur une
petite table, comme le charlatan de nos fêtes
foraines, et sa petite table vous fait souvenir de celles des usuriers que Jésus, à coups de
fouet, chassa du temple.

Nous cheminons toujours, impatients d'atteindre enfin l'extrémité de la rue. Fatigué, je
marche les yeux à terre, donnant à peine un
coup d'œil au spectacle qui est toujours le
même, frappé cependant de l'apparence ché-
tive, malingre, souffreteuse des enfants que
nous rencontrons. L'enfance, je le vois, n'est
pas choyée et honorée ici comme en pays chrétien; je me suis laissé dire que les deux tiers
des enfants n'arrivaient pas à l'âge d'homme,
chez les disciples de Mahomet.

La rue interminable peu à peu s'élargit; nous
débouchons sur une vaste place où je m'arrête

un instant pour voir défiler un régiment de
soldats du Khédive, tous de belle allure, le
fusil sur l'épaule gauche, vareuse bleue et pantalon blanc. Des collégiens s'approchent de moi,
heureux de trouver à qui bégayer les quelques mots de français qu'ils ont appris avec
grand'peine. Je leur réponds de façon aimable,
et, un marchand de cannes à sucre venant à
passer, tous s'empressent pour m'en offrir.

Mais j'avais hâte de monter à la citadelle qui
se dressait devant nous. De la plate-forme de
cette éminence, une vue admirable s'offre à
l'œil enchanté. A nos pieds s'étend la grande
cité toute hérissée de minarets, toute mame-
lonnée de coupoles qui s'arrondissent, blanches
comme neige, dans la mer grise des terrasses.
Au delà, la plaine débordante de vie, sous la
caresse du Nil, et au fond les Pyramides.

Laissant à gauche un jardin tout embaumé
du parfum des citronniers, nous arrivons à la
balustrade d'où l'on montre le « saut du Ma-
melouk. » Voici, en deux mots, l'origine de
cette désignation.

Le pacha Méhémet-Ali, qui voulait fonder
une monarchie égyptienne indépendante, ren-
contrait un obstacle terrible à ses projets dans
l'aristocratie antique, riche et vaillante, des
Mamelouks. Pour se défaire de ces redoutables
soudards, il ne crut efficace qu'un moyen :
la trahison. Feignant d'avoir à leur proposer
quelque expédition militaire, il les convoque
tous à la citadelle et leur fait servir un somp-

tueux banquet dans ses jardins. A un signal
donné, des égorgeurs se précipitent sur eux.
Pris à l'improviste, les Mamelouks ne peuvent
essayer de résistance. La plupart succombent
aux coups de leurs assassins. D'autres s'élancent
du haut du rocher à pic et sont brisés dans
leur chute. Un seul tente l'aventure sur son
cheval de guerre qu'il a pu retrouver, et en un
élan formidable vient tomber au pied de la
plate-forme, sain et sauf.

Un ruisseau de sang, dégorgeant des portes
de la citadelle dans la rue escarpée qui conduit
à la ville, annonça au peuple du Caire le succès
de ce coup d'Etat : c'était le 1er mars 1811.

La citadelle est couronnée par le magnifique
palais de Méhémet-Ali, aujourd'hui caserne et
logement des bureaux de divers ministères, et
par une mosquée, construite sur le modèle de
Sainte-Sophie à Constantinople, d'un goût
exquis et d'une grande magnificence. Elle est
tout entière en marbre blanc, et une vaste cour
la précède, où d'élégantes fontaines versent
leurs eaux fraîches et limpides pour les ablu-
tions des fidèles.

Mais la tache de sang de lady Macbeth semble
reparaître toujours sur le pavé d'albâtre, et
cette splendide mosquée, destinée à expier un
crime, ne fait qu'en immortaliser le souvenir.

La visite de la citadelle s'est terminée pour
quelques-uns d'entre nous par la descente dans
le *Puits de Joseph*. Ce puits, taillé dans le roc,
se creuse jusqu'au niveau du Nil à une profon-

deur de deux cent soixante-dix pieds. Un chemin en spirale serpente dans les parois du
gouffre, assez large pour permettre à deux
bœufs d'y descendre et d'atteindre, vers le milieu, un palier où se trouve installée une noria
à manège qui monte l'eau à l'orifice. J'ai suivi
ce chemin, presque obscur, non sans m'arrêter
maintes fois dans une admiration pleine d'épouvante. Est-ce bien Joseph, le fils de Jacob, qui
a creusé ce puits ? Le fait n'est pas certain. De
graves historiens en donnent la gloire à Saladin.

Revenu à la lumière, je tombe en pleine caserne anglaise. Dans la vaste cour, comme des
collégiens, jouent les soldats sous le grand soleil : jambes très longues, casaques rouges, figures d'adolescents, gaieté bruyante. Dans la rue
et en tenue, ces sujets de la Reine sont d'une
morgue insupportable, avec leur baguette à la
main, la calotte sur l'oreille, un gros cigare à
la bouche et faisant triomphalement sonner le
pavé sous leurs bottes. Ils se sentent chez eux,
au Caire.

Nos voitures nous attendaient au pied de la
citadelle, sur la place dépourvue d'arbres où a
lieu, chaque année, le 13 novembre, la cérémonie du départ des tapisseries sacrées desti-
nées à la *Caaba* de La Mecque. En attendant le
signal du retour, je contemple à loisir les minarets des mosquées voisines, gris, maigres,
élancés, assez semblables, au sommet, à des
cierges de gros calibre qui seraient coiffés d'un
éteignoir. C'est incontestable : ni au dehors

ni au dedans, la mosquée n'a de caractère religieux. Quand elle n'est pas horriblement laide,
c'est une élégante salle de fêtes, rien de plus.

Une voiture légère passe, au trot de deux
mules somptueusement harnachées. Devant les
bêtes court un homme, *le saïs*, qui porte à la
main un bâton, et dont la peau noire reluit sous
un vêtement de soie et de gaze laissant nus ses
bras et ses jambes. Ce nègre est un objet de
luxe qu'exhibent dans leurs promenades en
ville les Egyptiens riches ; c'est un esclave
qu'on charge de précéder les attelages pour
écarter les passants, et à qui on permet parfois de s'asseoir à l'arrière du véhicule, quand
la voie n'est pas trop encombrée ; c'est un valet
de pied acheté au Soudan, vêtu et traité à la
mode orientale.

On me montre une maison qu'habitent des
*derviches hurleurs*. Je n'ai ni le désir ni le
temps de m'y rendre. Aussi bien il s'y pratique
d'extravagantes choses que de froids specta-
teurs rapportent avec horreur. Voici un exercice de cette lamentable communauté.

Des hommes sont accroupis en cercle sur des
peaux de bouc ou de mouton, et chantent ensemble ces paroles toujours répétées : « Là Allah illà Allah. Il n'y a de Dieu que Dieu. »
Viennent ensuite des soupirs ou ronflements
rythmés, des cris déchirants qui se transfor-
ment en clameurs sourdes et s'accompagnent
de révérences cadencées. Quelques coups de
grosse caisse éclatent par-dessus l'infernal gé-

missement, les folles révérences redoublent de
vitesse, et bientôt toute la troupe est comme en
délire. Enfin le cercle se rompt : un seul
homme continue à se plier en deux, les mains
jointes derrière le dos et poussant des cris horribles. Tantôt il se précipite contre le mur
qu'il heurte violemment de la tête, tantôt il
balaie la terre de ses cheveux, pendant que les
autres, avec des airs inspirés, murmurent de
sourdes prières. Le malheureux finit par entrer
dans une sorte de crise nerveuse et continue
ses mouvements désordonnés jusqu'à ce qu'il
tombe sur le carreau, roide et sans connaissance,
l'écume à la bouche et le corps inondé de sueur.

Je ne sais si quelque pèlerin a vu ce spectacle. Pour moi, j'avais hâte de rentrer pour
prendre un repas réparateur et dormir du sommeil du juste derrière les fines mailles d'un
moustiquaire en coton blanc. Le lendemain
nous devions saluer les Pyramides.

# XXIII.

## PYRAMIDES ET TOMBEAUX

~~~~~~

Sortis du Caire par un pont magnifique sur
le Nil, large en cet endroit de plus de cinq
cents 'mètres, après avoir contemplé la grande
voile triangulaire des embarcations qui sillon-
nent le fleuve sacré devant les jardins immenses de Ghizeh, nous pénétrons dans la
splendide avenue d'acacias construite et plantée en huit jours, sur une longueur de plusieurs kilomètres, pour la réception de l'impératrice Eugénie, à l'époque de l'inauguration
du canal de Suez. Le trot de nos chevaux est
lent, et nous pouvons à notre aise admirer
dans la plaine fertile les hautes herbes dévo-
rées par de vilains buffles, les bois de palmiers
çà et là répandus, et les maisons basses des
villages arabes, taches blanches dans l'étendue
verdoyante.

Là ont rugi les soldats de Bonaparte, sans
peur sous le choc de la cavalerie musulmane,
après avoir entendu le mot qui les grandissait à

la taille des héros des vieux âges : « Songez
que du haut de ces Pyramides quarante siècles
vous contemplent. » Nous étions au pied de ces
glorieux monuments, tombeaux gigantesques,
« tentes immobiles de la Mort. »

Je les contemplais dans une admiration si-
lencieuse, fier de les tenir sous mon regard,
quand deux Arabes s'approchèrent et m'offrirent
par gestes de me hisser au sommet. Je tentai
l'ascension. Après avoir, tiré par l'un et poussé
par l'autre, tout à fait sans façon, escaladé quelques assises, mon infirmité me prit aux entrailles et à la tête, le vertige : il fallut me résigner à redescendre. Les pieds dans le sable
brûlant et le cou tendu, je dus me contenter
du spectacle pittoresque des pèlerins mieux
doués qui grimpaient comme chamois sur les
montagnes. Figurez-vous que chaque banc de
pierre est haut de deux pieds au moins, ce qui
constitue un escalier formidable, puisque la
pyramide de Chéops atteint cent quarante-
deux mètres. Les deux autres, celle de Képhren
et celle de Mycérinus, sont moins hautes de
quelques mètres. Un revêtement de pierres po-
lies, qui les couvrait sur toutes faces, devait à
jamais les préserver de la profanation du pied
humain. Ce revêtement a disparu, volé par les
divers envahisseurs de l'Egypte, et laissant paraître les gradins de plus en plus étroits des
pyramides, à mesure qu'on s'éloigne du sol.

Quelle masse ! un quart d'heure pour faire
le tour de la pyramide de Chéops qui réunit

quatre-vingt-cinq millions de pieds cubes. Napoléon, dans ses loisirs de Sainte-Hélène, a calculé qu'avec les pierres de ce monument on pourrait enclore toute l'Espagne d'un mur de cinq pieds de hauteur.

Un prêtre du pèlerinage a été désigné pour célébrer une messe solennelle en cet endroit. L'autel est formé de quelques blocs alignés, et il faut tenir un parasol ouvert sur la tête de l'officiant, tant la chaleur est grande. Nous assistons tous au Saint Sacrifice, non sans avoir un particulier souvenir pour les Français morts en Egypte, il y a cent ans, et non sans invoquer les vieux anachorètes qui parurent aux premiers siècles, comme des fleurs embaumées dans l'aridité du désert. Il y en eut jusqu'à soixante mille, et c'est à peine si quelques noms sont venus jusqu'à nous. Mais les Paul et les Antoine demeureront éternellement célèbres.

Mes deux Arabes ne me perdent pas de vue. Ils ont juré de me faire passer encore une fois par leurs vilaines mains. Les voici qui m'entourent, me saisissent et en deux minutes me hissent jusqu'à l'ouverture de la pyramide. C'est un trou noir, sinistre, étroit. Un de mes guides passe le premier et je le suis, dans une hésitation mêlée de crainte ; l'autre s'engouffre après moi. Il faut se tenir courbé en deux, la poitrine dans les jambes. Nous sommes dans un tube de pierre, fortement incliné, et où je fais aussitôt sur le pavé glissant la moitié du chemin sans pouvoir m'accrocher à rien. L'Arabe m'arrête de

son pied nu, qui a la force d'une barre d'acier.
Il m'eût arrêté plus tôt, s'il l'eût voulu ; mais il
tenait à permettre cette brusque descente pour
faire apprécier, à leur valeur, ses services.
Bientôt nous atteignons l'extrémité de ce premier tube, et nous pénétrons dans un second,
qu'il me faut monter péniblement, une bougie
à la main, toujours accroupi, soutenu par les
guides, glissant à chaque pas sur la pierre polie
comme glace.

La respiration devient difficile ; l'air sous
l'énorme masse et loin du jour se fait plus rare ;
je suis haletant et couvert de sueur. Encore des
couloirs ; je commence à prendre peur et m'arrête un instant pour chercher à percevoir
quelque bruit, des pèlerins qui me suivaient
avec d'autres guides : rien ! C'est le silence de
la tombe. Je suis, en effet, en plein tombeau
d'un Pharaon. J'allais demander à rebrousser
chemin, quand une grande pièce carrée s'ouvre
devant nous, la *Chambre du Roi ;* à quelques
pas, la *Chambre de la Reine.*

Sous la lumière pâle, jaunie, hésitante du
flambeau que je tiens à la main, l'appartement
funèbre de Chéops m'apparaît complètement
nu et vide : ni sépulcre, ni ossements momi-
fiés, ni rien des choses précieuses que les
Egyptiens avaient coutume d'enfouir avec leurs
morts. Un des Arabes me demande la bougie
pour éclairer un détail des parois, et il fait un
geste si brusque qu'il l'éteint. Le coup était
préparé. Le misérable déjà me cherche à tâ-

tons et s'apprête à exiger un bon bagchich
pour la peine qu'il va se donner en rallumant
le flambeau. Son espoir n'a pas été long. En
une seconde j'avais pris et enflammé une allumette, et le courage me revenant au cœur, je
traitai ces fils du prophète comme ils le méri-
taient.

Mais tout n'était pas fini. Je dus subir leurs
instances de brocanteurs, et me fâcher encore
pour ne pas prendre des médailles, scarabées
ou statuettes datant, me disaient-ils, de Moïse :
rien que cela ! Au retour, nouveau « truc. »
L'Arabe qui me précédait s'arrête tout à coup,
et se saisit le pied gauche, en faisant une gri-
mace d'extrême douleur. Je lui avais écrasé un
orteil, gémissait-il, en me tendant la main pour
une compensation d'argent. Je refusai tous
dommages-intérêts, et revenu enfin à la lumière, je donnai à mon homme son strict salaire, avec un petit sermon sur la conduite à
tenir pour toucher le cœur et la bourse d'un
Européen, dans l'intérieur d'une pyramide.

On nous dit que l'heure du repas approchait,
et que nous allions le prendre dans les ruines
souterraines d'un temple d'Isis. Des chameaux
de course, superbes méharis, étaient là, tenus
par des moukres. Je m'approchai d'une de ces
hideuses bêtes, que son gardien toucha légèrement au genou pour lui signifier de s'étendre à
terre. Me voilà en selle, mais attention ! Il faut
me renverser en arrière pour ne pas être projeté par-dessus la tête du méhari, puis en avant,

pour ne pas donner de l'échine dans un pommeau de trente centimètres planté derrière moi : car ce cheval du désert, dès qu'il a reçu son fardeau, relève brusquement d'abord son train postérieur, puis non moins sèchement son train antérieur, sans souci d'imprimer au malheureux cavalier deux terribles secousses en sens inverse. L'opération terminée, et quand je me vis à pareille hauteur, j'envisageai une chute comme non moins probable qu'effrayante. Quand la bête marcha, ce fut bien pis ; si elle eût pris le pas de course, j'étais mort.

Je me fis déposer en face du Sphinx. Le célèbre colosse produisit sur moi plus vive impression que les pyramides. Je voulus le fixer, mais son regard de pierre me força à baisser les yeux. On dirait, en vérité, qu'il voit et qu'il entend. Il a été taillé dans le roc sur lequel il repose, et les assises de granit qui apparaissent dans son visage, superposées horizontalement, produisent un effet étrange. C'est une tête d'homme sur un corps de lion, et ce corps n'a pas moins de cent dix-sept pieds de longueur : on jugera des dimensions de la tête par cette remarque qu'un homme de taille ordinaire peut entrer et se tenir debout dans l'oreille. Le grand Sphinx était presque entièrement enseveli dans le sable. Belzoni en fit débarrasser les abords et découvrit deux temples pratiqués dans le corps de l'animal : l'un entre ses jambes, l'autre dans une de ses pattes.

Je m'arrache à la contemplation du monstre

pour rejoindre la caravane, déjà installée dans
le fameux temple d'Isis, et faisant fête aux paniers de victuailles. Pas banal, notre abri ! Je
suis adossé à une muraille d'albâtre faite d'un
seul morceau, qui ne mesure pas moins de
quatre mètres en tous sens. Nous sortons du
milieu de ces vénérables ruines pour rôder encore autour des pyramides, pygmées au pied
de ces géants. Un guide arabe, pour quelques
sous, nous émerveille en faisant l'ascension de
Chéops, aller et retour, en huit minutes. Par
exemple, si quelque chose eût pu ralentir son
escalade, ce n'est pas l'abondance ou le poids
des vêtements. Il était couvert, comme tous ses
pareils, d'une simple chemise qui lui tombait
aux genoux.

Un coup de trompe ! C'est le photographe
du khédive qui a appris notre excursion à
Ghizeh, et qui veut nous croquer contre un des
flancs de la grande pyramide. Opération moins
grandiose qu'elle n'en a l'air tout d'abord. Pour
que le groupe apparaisse sous un autre aspect
que celui d'une tache noire sur la blancheur
des pierres, il faut nous prendre de très près,
et alors, nous n'avons plus au dos la pyramide,
mais simplement deux rangs d'énormes blocs
mal taillés.

Le retour s'effectue sans incident. Notre marche se trouve cependant retardée par la rencontre d'une multitude de chameaux, d'ânes et
d'Arabes qui reviennent d'une sorte de foire
établie dans la banlieue du Caire. C'est un

pêle-mêle indescriptible de gens et de bêtes, une cacophonie épouvantable de cris aigus, de braiments forcenés et de mugissements plaintifs, au milieu d'une poussière ignoble. Je me félicite d'être en voiture.

Le soir, vers la fin du repas, parut un commis de l'agence Desroches, pour demander et prendre le nom des pèlerins désireux de faire l'excursion de Saqquarâh. Un prêtre des Charentes et moi fûmes seuls à lever la main. Notre geste fut accueilli par un formidable éclat de rire : deux sur quatre-vingts ! Par bonheur, les locataires de l'*Hôtel Bristol* et de *New Hotel* montrèrent plus d'empressement, et la caravane finit par compter une quarantaine de pèlerins.

Le bateau à vapeur où nous prîmes place était, hélas! trop petit. Dès que la charge se trouvait plus lourde d'un côté que de l'autre, la malheureuse embarcation penchait, au point de donner des craintes au capitaine. A plusieurs reprises on nous demanda de descendre à l'entrepont, pour lester le frêle navire. Mais nous aimions mieux rester en plein air, et admirer à notre aise les spectacles variés qui se déroulaient sous nos yeux : un fleuve immense sillonné de barques à voile, des îlots ravissants couverts de cannes à sucre, des bouquets de palmiers énormes qui se reflétaient dans le Nil, çà et là, sur les bords, des maisons de plaisance et le tombeau blanchi de quelque saint musulman. Mais pas un crocodile! Le

souffle bruyant des bateaux à vapeur les a
épouvantés, et toute la race a émigré vers les
régions des grandes cataractes. Décidément,
c'est un malheur : s'imagine-t-on un Nil sans
crocodiles ? Il faut se résigner.

Après cinq heures passées au milieu de
craintes mortelles et d'enchantements inoubliables, nous mettions pied à terre non loin du
petit village de Bédréchin. De superbes baudets, sellés et prêts à partir, nous attendaient.
Chacun fit son choix et l'escadron s'élança,
bride abattue, dans une forêt de palmiers.

Nous donnons à peine un regard aux tristes
masures qui forment le village de Bédréchin,
près duquel passe cependant une voie ferrée,
qui possède même une gare, toute blanche
parmi les dattiers verts. La course continue,
mais avec moins de cohésion ; certaines montures, plus lâches ou plus fatiguées, retardent
leurs cavaliers. On ne se retrouve réunis que
devant la statue gigantesque de Sésostris,
étendue à terre, sous l'ombre des palmiers, et
toujours belle, malgré d'affreuses mutilations.
Nous marchons où fut la célèbre Memphis ; la
statue que nous avons sous les yeux décorait
l'entrée du Temple, et ne mesurait pas moins
de quarante-cinq pieds, dit Diodore. La
frayeur que j'avais éprouvée à regarder la face
de granit du Sphinx me reprend ici. Les pru-
nelles énormes du vieux Sésostris me figent le
sang dans les veines ; il me faut détourner la
tête.

Encore un temps de galop et nous atteignons
Saqquarâh, la *Plaine des Momies*, parsemée de
pyramides et de tombeaux. C'est un enchevêtrement de monticules de sable fin, que sépa-
rent des gorges étroites creusées sous le souffle
du chamsin, et que recouvrent un peu partout
de très vieux ossements, blanchis par le temps.
Le gardien des tombeaux nous accompagne et
nous en ouvre les portes. Si je possédais cette
science nouvelle, l'Egyptologie, que tant de
Français ont illustrée en ce siècle, je pourrais
décrire ici les hypogées de Memphis.

Mais l'Egyptologie est pour moi de l'hébreu,
et je dirai simplement que j'ai vu sous la terre
des tombeaux absolument semblables à quelque
grande habitation moderne, avec de vastes
pièces, de larges couloirs, sur les murs, des
peintures hiéroglyphiques et symboliques d'une
merveilleuse beauté ; et, pour tenir lieu de
meubles, des sarcophages, vides aujourd'hui.
Les peintures ont ceci de remarquable qu'elles
représentent volontiers des scènes de la vie des
anciens Egyptiens, à la ville, aux champs ou
en bateau ; nous saisissons là, et sans crainte
d'erreur, les mœurs de gens qui sont morts il
y a cinq mille ans.

La plupart de ces tombeaux ont été décou-
verts et déblayés par notre compatriote Mariette. La maison de planches qu'il habita de
longues années, en plein désert, est toujours
là. Je m'en approche dans un sentiment de respect, songeant à ce qu'il fallut de divination

scientifique et d'opiniâtre énergie pour mener
à bien tant et de si difficiles travaux. Lutter
contre le sable ! Voir parfois le travail de plusieurs années anéanti sous une rafale impitoyable ! Il fut conquérant à sa manière, ce
Mariette, et chez lui le courage ne brilla pas
moins que la science.

Son grand titre de gloire est la découverte
du Sérapéum de Memphis. Cette immense galerie souterraine était le cimetière des bœufs sacrés qu'adoraient les Egyptiens. Nous y descendons par une pente douce qui mène d'abord
dans une vaste antichambre. Sur l'antichambre
s'ouvre un trou noir assez semblable à l'orifice
de la grande pyramide. On entre en se baissant et on se trouve aussitôt dans la vaste nécropole. C'est comme une large voie, bordée de
chapelles funéraires basses et profondes, toutes
semblables et possédant en leur milieu le même
énorme tombeau de granit. J'allume le magné-
sium que j'avais en poche et qui éclate comme
un feu follet dans l'impénétrable obscurité.

A cette lumière, nous visitons en détail une
des chapelles. Le couvercle du sarcophage a été
déplacé, et nous pouvons du regard plonger
jusqu'au fond : plus rien ! Les conquérants suc-
cessifs de l'Egypte : Grecs, Romains, Arabes,
Turcs, ont dévalisé les vieux tombeaux. Nous
ne trouvons ni carcasse de bœuf sacré, ni aucun des objets précieux dont l'idole fut honorée
dans la mort.

Une exhalaison épaisse et troublante se dé-

gage seule de ce cimetière d'ignominie : l'idée
que pendant des siècles des hommes de belle
civilisation se plurent à adorer une bête, poussant la folie jusqu'à combler d'honneurs sa cha-
rogne et lui élevant des mausolées qui défient
le temps. Le Sérapéum était un temple merveilleux, où l'on arrivait par une avenue de six
cents sphinx.

Alors « tout était dieu, excepté Dieu lui-
même. » Humilions notre orgueil devant de
pareilles aberrations, et rendons d'infinies ac-
tions de grâces à Celui qui nous a apporté « la
vérité et la vie. »

L'heure du départ est venue. On voudrait admirer de plus près la grande pyramide à gradins ; le temps manque. Les ânes, heureux de
retourner à l'étable, galopent furieusement.
Nous nous envolons dans un nuage de poussière ; le voisin ne voit plus son voisin, et la
course folle qui nous emporte ressemble à une
charge de cavalerie. Braves bourriquets ! Nous
franchissons de nouveau les bois de palmiers
et retrouvons bientôt Bédréchin.

La voie ferrée est là ; je revois la station. En
un temps trois mouvements, j'ai pied à terre.
Je rends ma monture à son propriétaire, et
m'approche du petit bâtiment carré qui sert
de gare. Précisément un train arrive. J'y saute
sans billet, en compagnie d'autres pèlerins,
comme moi peu soucieux de reprendre le bateau. Nos vêtements secoués dans la marche
rapide emplissent le wagon de poussière.

Les voyageurs présents ne paraissent pas le moins du monde satisfaits. Mais leurs plaintes sont murmurées en une langue que nous ne comprenons pas; nous nous excusons nous-mêmes dans un idiome qui leur est totalement inconnu : en sorte que tout s'arrange. Comme quoi : le meilleur moyen de s'entendre est encore de ne pas se comprendre.

Je l'ai dit, sur une table de quatre-vingts pèlerins nous avions été, la veille, seulement deux, à l'*hôtel de France*, pour donner notre nom au groupe de Saqquarâh. Notre entrée à la salle à manger, au moment du potage, parut un miracle et fut saluée par un cri universel. Le bruit avait couru dans la caravane que le bateau qui nous portait était loin de présenter les garanties suffisantes, que nous serions condamnés à une marche très lente, et que nous ne pourrions rentrer en ville qu'à une heure avancée de la nuit : si le Nil n'engloutissait l'expédition tout entière !

Nos braves compagnons de voyage s'exagéraient les choses, heureusement.

## XXIV.

# LE RETOUR

~~~~~~~~~~

Qu'avait-on fait pendant notre absence ? La plupart avaient visité le *musée de Boulacq*, transporté, depuis quelques années, à la banlieue de Ghizeh. Les pèlerins de Memphis durent se lever de grand matin, le jour du départ, pour pouvoir jeter un coup d'œil sur la plus extraordinaire des collections. Je ne sais ce que firent les autres. Pour moi, je louai à cinq heures un âne qui me transporta d'abord à la chapelle des Jésuites, où je célébrai la messe, puis au *Vieux Caire*.

Ce misérable faubourg, qui occupe l'emplacement de l'ancienne Babylone d'Egypte, compte trois ou quatre mille habitants, et n'est formé que de ruelles tortueuses, infectes, qui s'enchevêtrent en un dédale exaspérant. Pourquoi suis-je venu là ?

Me voici en face de l'église copte de Madame Marie — *Sitti Miriam*, et une tradition très ancienne m'apprend qu'en cet endroit s'élevait l'humble case qui abrita la sainte Famille du-

rant les années de l'exil : je suis venu pour
vénérer ce souvenir du Dieu fait homme.
Affreusement délabrée, triste, pitoyable, l'é-
glise où j'entre. Un prêtre schismatique est
là, sale comme un pope, qui me fait des civi-
lités exagérées et, après, me tend la main
pour un bagchich. Je ne vois aux murailles
humides que de grossières peintures ; dans un
coin est un puits fermé par une planche ver-
moulue ; la voûte lézardée m'inspire des craintes. Un escalier de pierre me mène en une chapelle souterraine où je peux enfin prier en paix
et me mêler, par la pensée, à la sainte Famille
qui pria, souffrit et travailla en ce lieu même.

Je remontai bientôt, car les minutes m'é-
taient comptées, et je voulais parcourir le
musée Ghizeh avant le départ, fixé à midi.

Mais Ghizeh est de l'autre côté du Nil : que
faire ? Je demande s'il n'est pas quelque moyen
de passer le fleuve, sans retourner au grand
pont. Pour toute réponse, mon ânier, qui devine ma pensée et me veut du bien, dirige sa
bête vers un port minuscule où sont amarrées
des *dahabiés*. Je prends place sur une de ces
embarcations qui, de loin, avec leurs longues
voiles blanches, ressemblent à d'énormes mouettes se balançant sur les flots, les ailes déployées.
Mon âne, à la vue de l'eau, recule en reniflant,
et, tiré par son maître, s'arc-boute énergique-
ment au talus, bien décidé à garder pied sur
la terre ferme. On le prend par la douceur : il
demeure insensible ; on le frappe : rien ! Force

est de le porter sur le bateau, où, durant toute
la traversée, il ne cessa de trembler comme
devant la mort. Nous débarquons non loin d'un
petit golfe envahi tout entier par des roseaux
gigantesques, et je songe à Moïse exposé par
sa mère dans une touffe de roseaux semblables à ceux que j'ai sous les yeux.

Je suis à la porte du musée une heure avant
l'ouverture. J'en profite pour visiter le Jardin
des Plantes du Caire, qui se trouve précisément
dans le voisinage. Rien, dans ce vaste parc,
qui mérite l'attention, sinon les délicieux cha-
lets construits par je ne sais quel sultan pour
loger ses femmes, et les sentiers ombreux où
l'on marche sur des mosaïques de petits cailloux aux couleurs variées.

Mon heure se passe en flâneries dans ce paradis mahométan, et j'entre au musée avec le
premier groupe. Me voici donc dans cette galerie du Caire, unique au monde ! Je vais,
pour un instant, oublier tout ce qui vit et
respire aujourd'hui, me plonger corps et âme
dans le passé le plus reculé, me promener
devant des choses ensevelies depuis cinquante
siècles, auprès desquelles les monuments de
Pompéi sont comme s'ils étaient d'hier. En face
de Sésostris, Cicéron me devient, en effet, presque un contemporain, et la toilette d'une Romaine étalée au musée de Naples, comme une
mode à peine oubliée, en face des bijoux qui
entourèrent la tête ou chargèrent la poitrine
d'une reine de la sixième dynastie.

Mon intention n'est pas d'énumérer et encore moins de décrire tous les objets offerts à mes regards de visiteur un peu pressé. Marchons d'un pas rapide dans les salles, comme j'ai dû faire, et contentons-nous d'une brève nomenclature.

Voici les momies : momies de chats, momies de rois. Je le vois, on n'épargnait rien alors pour retarder autant que possible la dissolution du corps et pour en conserver intacts les organes. L'embaumement rend le cadavre à peu près indestructible, aussi longtemps du moins qu'il demeure couché dans cette terre sèche de l'Egypte qu'aucune pluie ne perce et ne détrempe. Sous la vitrine qui les protège, ces vieux morts ont des yeux qui semblent encore briller, des dents toujours solidement plantées au râtelier, des cheveux d'apparence soyeuse, et partout aux bras, aux pieds, à la poitrine, au visage même, comme des cordons de veines encore gonflées de sang. N'était l'horreur de la peau devenu un parchemin noirâtre et racorni, on croirait des corps récemment exhumés.

Ramsès II, le Sésostris des Grecs, le Pharaon de la Bible, a le privilège de retenir plus longuement les visiteurs. Cet oppresseur des Hébreux, « qui n'avait pas connu Joseph, » entreprit des expéditions colossales, gagna des victoires et érigea des monuments impérissables : c'est l'Alexandre des temps anciens. Ses faits et gestes sont écrits sur les propres linges et bandelettes qui enveloppaient sa dépouille mortelle.

On s'arrête volontiers devant les momies de femmes, qu'on avait coutume de parer, dans la mort, comme pour une fête. Les bracelets finement travaillés, les anneaux, les épingles, les diadèmes, les colliers, mille objets de parure d'or et d'ivoire, sont à leur place ; les cheveux sont encore tressés et le henné qui teignait les ongles n'a pas été effacé par le temps.

Je passe devant les sarcophages, les sphinx, les stèles couvertes d'hiéroglyphes, les poteries de toute nature, les armes, les instruments usuels, les ustensiles de ménage, les statues grandes et petites en bronze, en granit ou en bois, figures bizarres d'hommes ou d'animaux. J'admire comme tout le monde le maître de chantier qui tient encore en main son bâton de commandement et qui fut sculpté dans un tronc de sycomore, il y a cinq mille ans. L'allure du personnage et l'expression de son visage sont d'un naturel parfait : Le cheik du village ! s'écrièrent les Bédouins de Mariette en le découvrant.

Des peintures curieuses, des bas-reliefs finement exécutés et représentant les travaux des divers métiers à la ville et aux champs, la vie et les mœurs des générations éteintes, sollicitent mon attention ; mais je passe rapidement. Les vieux papyrus me retiennent davantage ; je m'extasie devant ces feuilles d'arbustes chargées de si beaux caractères, solides comme parchemin, paraissant au toucher plus douces que nos meilleurs papiers. Ne faisons-nous pas plus mal ? C'est en effet la pensée qui vous obsède au milieu de tant de merveilles : la marche des siècles est-elle toujours une marche en avant dans les manifestations de l'art et du travail humain, comme notre orgueil se plaît à le proclamer ?

L'heure me presse. Brusquement je quitte Sésostris et toute sa compagnie, remonte sur mon âne et, au galop, regagne l'hôtel. On prenait le repas final et déjà les voitures de l'agence nous attendaient devant la porte. J'arrivais à temps.... pour engouffrer pain et viande dans mon sac et dîner en route.

A cinq heures du soir notre train spécial entrait en gare d'Alexandrie, et nous nous rendions tous chez les Frères, qui avaient préparé en notre honneur une soirée dramatique et musicale exceptionnelle. Nous sommes accueillis aux éclats de la fanfare de l'établissement, et un chœur puissant, appuyé de l'orchestre, exécute une cantate dont j'ai retenu la première strophe :

> Salut, Pèlerins de la France !
> Salut, vaillants fils de la Croix !
> Salut, Croisés de Pénitence !
> Salut, Amis du Roi des rois !

Le programme, parfaitement composé, comprenait une saynète enfantine : *les Sabots du Petit Jésus* (par une faveur toute spéciale j'ai rapporté un de ces bienheureux sabots), une romance : *Jeanne d'Arc*, une poésie déclamée : *Vive la France!* un duettino comique : *C'est le chat*, une comédie de François Coppée : *le Luthier de Crémone*, un chœur de Verdi : *les Pèlerins de Jérusalem*, et divers morceaux d'orchestre. Les acteurs appartenaient à toutes les nationalités, et ce nous était une grande joie de les entendre, chacun conservant son accent natal, déclamer, en français, des choses écrites à la gloire de la France. Voilà comment les Frères Ignorantins se vengent à l'étranger des persécutions et des mépris dont on les accable dans la mère patrie.

Vers dix heures du soir, la sirène du bateau mugissait, le canon grondait, et, l'ancre levée, nous voguions vers l'Europe. La mer fut presque constamment mauvaise et les estomacs, en conséquence, malades. On dit de saint Bernard qu'il allait au réfectoire comme au supplice : nous en étions tous là. Le maître d'hôtel put faire de belles économies.

Existe-t-il des remèdes à ce terrible mal de mer? J'en ai trouvé un à mon usage particulier, ni difficile ni coûteux : prendre mon pliant, m'y asseoir et ne le plus quitter. Je restais donc sur le pont, au grand air, et une brave fille de la Sarthe — je la remercie encore du fond du cœur — m'apportait de très copieux repas que je mangeais d'excellent appétit, à la barbe des malades scandalisés de tant de vergogne. Mais un jour, paf! une vague em-

barque et m'inonde de la tête aux pieds, re-
froidissant mes haricots et balayant mon dessert.
Les témoins de mon infortune rient largement.
Je dois dire que certains pèlerins, la jeunesse de
vingt-cinq à cinquante ans, trompaient l'ennui
et la souffrance en organisant des courses à
cloche-pied, avec obstacles tracés à la craie, en
jouant au chat perché, au saut-de-mouton et
aux quatre coins.

Hélas ! ce n'étaient qu'impuissants palliatifs. Il
régnait sur le bateau comme une immense tristesse ; les voix que nous avions entendues chanter ou déclamer, au départ, se taisaient : on
pensait au pays et on soupirait après les rives
de France. Quatre jours sans voir autre chose
que l'immensité verdâtre de la mer, sous un
ciel qui versait la mélancolie, sans entendre
d'autre bruit que le choc des vagues écumantes
contre les flancs du navire.

Un matin, la journée s'annonça moins sombre
que de coutume. C'était un dimanche, et on
nous dit que nous approchions de *Malte*. C'en
fut assez pour nous tirer de l'engourdissement
douloureux où nous étions depuis le départ. Le
soleil, pénétrant les nuages et calmant les flots,
achève de nous rendre à nous-mêmes, et c'est
avec une joie indicible que nous nous précipitons pour admirer le port de Malte, un des
plus beaux qui soient.

Le *Notre-Dame de Salut* s'avance lentement
sur une mer d'azur, dans le golfe profond
qu'abritent, à gauche, la citadelle, et à droite, la

cité La Valette. C'est une merveilleuse ceinture
de rochers que couronnent des murailles fortifiées et des palais grandioses, que des pointes
de terre habitées par les mariniers et les pêcheurs partagent en ports plus petits, où jamais
ne pénètrent ni vents ni marées.

Sur cet ensemble incomparable tombait une
lumière blanchissante ; les maisons étincelaient,
la mer étincelait, et l'âme était saisie comme
d'un enivrement d' splendeurs inconnues.
C'était l'heure des vêpres, toutes les cloches
sonnaient : et les puissantes harmonies de l'ai-
rain roulant sur les roches et sur les flots ajou-
taient encore à la grandeur du spectacle.

Nous débarquons, pénétrons en ville par une
porte superbe et remarquons tout de suite la
propreté extraordinaire des rues : ni boue, ni
pierres, ni débris d'aucune sorte, pas la moindre souillure, pas même de la poussière. Les
maisons sont d'architecture élégante, avec de
légers balcons, et souvent, sur la façade, des
statues de saints. Peu de voitures ; la ville,
bâtie sur une pente rocheuse, présente presque
partout des escaliers. Je suis frappé de la mine
honnête des habitants ; les femmes portent sur
toute leur personne une modestie et une candeur
deur ravissantes. Leur costume mérite d'être si-
gnalé. C'est simplement une jupe noire et une
mantille de même couleur : la mantille tombe
de la tête, relevée gracieusement à gauche au-
dessus de l'œil par un pli qu'arrête une épingle
d'or.

Nous atteignons l'église Saint-Paul. Le vrai roi de l'île, le grand Apôtre, nous fait les honneurs de sa petite principauté ; il est naturel qu'il nous dirige d'abord vers sa demeure. C'est l'heure de l'office, et l'assistance nombreuse nous paraît très recueillie. Un prêtre est en chaire, ou plutôt à la tribune Ce n'est plus la chaire étroite, ronde, haut placée que tous mes lecteurs connaissent : c'est une estrade de grandes dimensions où le prédicateur peut se promener à l'aise.

Le ministère est exercé par des religieux italiens, qui parlent aux fidèles la langue du pays, une langue imparfaite, mélange d'arabe et d'italien. Les Maltais sont peut-être les meilleurs catholiques du globe. L'Angleterre, qui possède l'île depuis un siècle, n'a pas manqué d'y envoyer ses plus fameux prédicants et ses plus enragés vendeurs de bibles. Inutiles efforts ! Jamais on ne vit un Maltais passer à l'hérésie. Le dimanche est respecté scrupuleusement. Pas un habitant qui ne revête, ce jour-là, ses habits de fête, pas une boutique qui ne soit close. Des pèlerins s'étaient promis d'emporter des oranges de Malte ; ils n'ont pu en trouver une seule.

On nous fait, paraît-il, une rare faveur en nous permettant l'entrée du Palais des Chevaliers, où j'ai pu admirer de magnifiques tapisseries, présents des Bourbons de France, un musée d'armures fort intéressant et toute une galerie de portraits des grands maîtres de l'Ordre. Quels noms! Villiers de l'Isle-Adam, Vignacourt, de Rohan, La Valette! On sent courir dans ce palais, devant ces cuirasses et devant ces géants, comme un souffle de fierté chrétienne et d'héroïque bravoure.

La force armée est représentée à Malte par des soldats écossais. La vilaine chose qu'un soldat écossais! Figurez-vous un homme de taille moyenne, plutôt maigre, le teint jaunâtre, avec quelques poils roux sous le nez; coiffez-le de la toque, en forme de petit bateau, des cochers de bonne maison et chaussez ses pieds de brodequins pointus; revêtez-le d'une tunique qui lui couvre tout le corps jusqu'au dessus du genou; fixez à son épaule gauche un débris de châle ancien et faites circuler tout autour de ses reins une ceinture de crinières diverses pendant verticalement : tel est le soldat écossais, gardien de Malte.

Les vieux chevaliers en doivent frémir de honte dans leurs tombeaux, sous les voûtes de la cathédrale Saint Jean. Nous les visitons en ce lieu de leur éternel repos, non sans être frappés d'admiration devant ce pavé, mosaïque funèbre formée de quatre cents tombes de chevaliers, incrustées de jaspe, de porphyre, de vert antique — devant ces chapelles d'une richesse inouïe consacrées aux différentes Langues qui composaient l'Ordre — devant cette peinture immense qui couvre toute la voûte, merveille de science et d'habileté.

Une prière dans l'illustre nécropole, et nous

prenons le chemin de *Citta-Vecchia*, l'ancienne
capitale de l'île, pour y vénérer les grottes de
Saint-Paul. Il est six heures, et la soirée, dans
l'air tiède, sera délicieuse. Un train spécial
nous emporte, franchissant les parcs, frôlant
les villas, dans un paysage pierreux et fertile
qui me ravit. Je me sens de plus en plus em-
poigné par la douceur des choses, le calme de
la nature, l'air de candide bonté brillant sur
tous les visages, et je dis naïvement à mes
voisins : oui, c'est ici que je voudrais vivre.... !

Nous arrivons à la station de *Notabile*. Tout le
monde descend et la caravane gagne en quelques minutes la belle cathédrale de Citta-Vecchia. Le soir s'est fait, et c'est dans le mystère
des premières ombres de la nuit que nous pouvons admirer ce qui paraît encore, non sans
deviner ce que les ténèbres nous cachent. Sous
l'église est la grotte qu'habita saint Paul, durant les deux mois de son séjour à Malte. Nous
y descendons, précédés de flambeaux, et nous
trouvons bientôt devant une magnifique statue
de l'apôtre, dans une galerie de pierre blanche,
douce comme craie sous la main. Après une
courte prière, nous remontons emportant
une parcelle de cette pierre tendre. Ainsi
font tous les pèlerins et tous les touristes,
depuis des siècles, et, chose absolument extraordinaire, les parois de la grotte restent les
mêmes, l'excavation ne s'en trouve pas plus
profonde, la forme même de la crypte ne change
pas.

Au retour, nous traversons de nouveau **La Vallette** pour regagner le bateau, et la course est charmante, dans les rues paisibles, sous la discrète lumière des lampes qui brillent par milliers, devant les portes, au pied des statues de la Vierge ou de l'Apôtre. Au souper nous tirons le gâteau des Rois et chantons des noëls anciens. Un officier de cavalerie nous apprend une manière de charge, en frappant la table successivement d'un doigt, de deux, de trois, de dix, puis des pieds, fort amusante.

Il est nuit noire. Mais je ne songe pas à gagner ma couchette. Debout, au gaillard d'arrière, je regarde, dans le port, des lanternes brillantes filer en tous sens, au ras de l'eau : telles des âmes ou des étoiles se promenant, légères, sur les flots. Ce sont des embarcations de plaisance qui portent des Maltais attardés. Moi aussi, un soir, à Venise, je m'embarquai à la *Piazzetta* pour une course délicieuse sur le *Grand Canal*, et, blotti au fond de la gondole, sentis tout mon être emporté, loin de la terre, dans le pays des âmes.

Il est onze heures, l'ancre est levée, nous partons. Mon œil ne quitte pas Malte et son port ; puis je ne vois plus que le phare, puis plus rien. Je me retourne, et c'est pour reconnaître le sympathique individu de l'abbé Bulteau qui me dit : Nous sommes seuls sur le pont, tout le monde dort, il est minuit sonné, célébrons nos messes.

Ce grand acte accompli, nous descendons à

pas de loup dans nos cabines, et je me couche, en songeant toujours à Malte et à ses chevaliers, plein d'admiration pour les héroïques défen- seurs de la Croix contre l'Islam.

A sept heures, tout le monde sur le pont. Nous sommes en vue de Syracuse, mer verte et calme ; une Sicile rocheuse et dénudée ; une Syracuse semant sur le rivage de très vieilles maisons, de très vieilles églises, toute une ville cassée par l'âge. Le bateau marche lentement, pour nous permettre de mieux voir. Nous serons la journée entière sur la côte. Un petit vent froid nous frappe le visage ; ce vent a passé sur des montagnes glacées. Nous ne tardons pas en effet à découvrir l'*Etna*, dont les flancs sont blancs de neige. Le paysage change. Ce ne sont plus que profondes vallées où d'innombrables cours d'eau portent la fraîcheur et la fertilité ; les pentes sont couvertes de vignes ou de forêts, et les plaines s'étendent en plantureuses cultu- res. Aux rochers qui couronnent les coteaux de jolis villages sont pendus, comme nids d'aigles ; tandis que de petites villes fort coquettes s'éta- lent au soleil, non loin du rivage, à l'abri de douces collines. C'est un spectacle incomparable, plus merveilleux encore par le voisinage, de l'autre côté de la mer, de la triste, nue et in- fertile Calabre.

Voici Catane et, non loin, les rochers de Tizza. Nos érudits nous parlent de sainte Agathe et des Cyclopes, après nous avoir entretenus de Denys de Syracuse, d'Archimède et de Verrès.

Voici la gracieuse Taormina, d'où le sémaphore expédiera des nouvelles du *Notre-Dame de Salut* en France. Voici la toute belle Messine, qui s'accoude paresseusement à la verte montagne et s'étend jusqu'à la mer. Les Italiens, sur leurs barques, agitent des mouchoirs gaiement. L'année dernière ils nous traitaient de « sales Français » parce que nous avions rompu tout traité de commerce avec eux.

Voici, de nuit, le Stromboli qui nous salue, comme au départ, de l'éruption de ses gerbes enflammées. Et la journée du lendemain se passera dans la baie de Naples et sur toute la rive italienne de la Méditerranée. Ç'a été pour moi une joie immense d'admirer, du bateau, les lieux enchantés que j'avais parcourus quelques années auparavant. Après Sorrente et Castellamare, je revois Pompéi, Torre dell' Annunziata, Torre del Greco et toute la ligne des villas construites sur le rivage. Le Vésuve se dresse au fond du tableau, sombre dans une ceinture de nuages gris. Nous n'aurons pas le plaisir de voir son cratère vomir le feu ou la fumée : le terrible volcan se repose ce jour-là.

Je revois Naples ; une jumelle puissante me permet même de reconnaître l'hôtel à volets verts, au quartier Riviera, où je logeai. Que de souvenirs me reviennent en mémoire, que je voudrais relater ici ! Mais le navire marche et d'autres spectacles me captivent : Pouzzoles, Caprée, Procida, Ischia, Gaëte, Terracine, Porto d'Anzio et tout l'enchantement de la côte.

C'est le dernier jour. Comme aux précédents pèlerinages, il sera marqué par une superbe procession sur le bateau. Le Dieu qui, au pays, bénit nos campagnes, nos champs, nos forêts, nos vignes, nos fleurs, nos maisons, bénira le navire et la mer, son domaine aussi. Un reposoir est préparé au-dessous de la passerelle. Les fines mains de nos dames ont découpé de jolies fleurs dans le papier, construit des pavillons, un dais et des drapeaux. Les objets de prix, rapportés du Caire ou de Jérusalem, étaient des splendeurs variées. Le canon tonne, la procession s'ébranle, au milieu de chants enthousiastes, fait deux fois le tour du bateau, et s'arrête devant le reposoir, où quatre de nos marins montent la garde, l'arme au bras. Je ne puis dire les émotions qui nous étreignent, quand l'ostensoir s'élève sur nos têtes et que la bénédiction divine en descend, dans l'harmonie terrible des flots courroucés.

Je pensais que jamais théories pareilles ne s'étaient déroulées sur vaisseau en pleine mer. Mais voici que le bon Joinville me raconte ce qu'il advint un jour de mauvais temps sur la nef qui le portait.

« Nous cudions bien avoir fait plus de cinquante lieues. Mais le lendemain, et par trois fois, nous nous trouvâmes devant cette même montagne de Pantelaria. Quand les mariniers virent ce, nous dirent que nos nefs étaient en grand péril. Lors un prêtre qu'on appelait doyen de Mabrut, nous dit qu'il n'eut oncques malheur

dans sa paroisse, soit par défaut d'eau, soit par
trop de pluie, soit par autre mal, qu'après trois
processions, Dieu et sa Mère ne les en déli-
vrassent. Nous fîmes les processions autour des
deux mâts de la nef ; moi-même je m'y fis porter, car j'étais grièvement malade. Oncques
depuis, nous ne revîmes la montagne. »

Je me plais à remarquer ici que le brave chevalier parle, en ses chroniques, des pigeons
porteurs de lettres : déjà !

Le soir eut lieu la cérémonie des adieux.
M. Sagary, du Nord, résuma éloquemment les
joies et les grandeurs du pèlerinage ; on chanta
le *Super flumina Babylonis*, en répétant après
chaque verset, la main tendue vers l'autel, en
signe de serment sacré : *Si oblitus fuero tui,
Jerusalem, oblivioni detur dextera mea. — Si je
t'oublie, Jérusalem, que ma main soit vouée à
l'éternel oubli.* La scène est poignante ; des larmes coulent de tous les yeux. Le P. Bailly pro-
nonce quelques paroles, puis nous embrasse
tous dans la personne du vénérable doyen du
pèlerinage, M. l'abbé Ricord, aumônier des
Sœurs de la Retraite à Toulon, tout fier alors de
soixante-quinze printemps.

La mer est houleuse quand nous descendons
aux cabines pour la dernière fois. Impatient, je
me lève de très grand matin, le lendemain, et
peux célébrer avec six autres prêtres. Il est trois
heures. La mer devient de plus en plus mauvaise ; les vagues déferlent avec rage sur le pont,
balayant tout ce qui s'y trouve. Le roulis ter-

rasse les plus forts ; le navire a des craquements sinistres, nous prenons peur.

Le quartier-maître annonce même que la tempête dure ici depuis quinze jours et qu'un navire s'y est perdu, corps et biens. Mais lentement le crépuscule du matin dissipe les nuées d'orage. A mesure que nous approchons des côtes de France, le calme revient sur les flots. On peut, sans trop de peine, faire ses derniers préparatifs. Bientôt nous apercevons la ligne bleuâtre de la terre. La colline de Notre-Dame de la Garde pointe à l'horizon. Encore quelques tours d'hélice, et nous voici au port.

Les amis se serrent la main, non sans quelque tristesse. On subit les féroces exigences de la douane, on monte au sanctuaire de Notre-Dame de la Garde, pour remercier cette *Bonne Mère*, et chacun reprend le train qui l'emportera à toute vapeur vers le pays.

Ami lecteur, il faut aussi nous quitter. Je t'ai narré en bonne foi et simplicité ce qui m'est advenu aux lieux sanctifiés par la présence de notre divin Sauveur. Ecoute mon conseil : si tu es riche, prends dans ton coffre ; si tu es pauvre, mendie, et pars vers l'Orient. Nulles douceurs, nulles joies en terre comme les joies et les douceurs de ce béni voyage.

# TABLE DES MATIÈRES

BESANÇON. — IMP. PAUL JACQUIN.